Jennifer Echols est née à Atlanta et a grandi dans une petite ville près d'un lac magnifique en Alabama – un décor qui l'a beaucoup inspirée. Quand elle était au lycée, elle a fait partie de la fanfare et s'est consacrée à la pratique de plusieurs instruments (douée au saxophone, honorable aux percussions, médiocre à la trompette et franchement mauvaise au hautbois) avant de se tourner sérieusement vers la littérature et l'écriture. Ses comédies romantiques pour adolescents et jeunes adultes ont été publiées dans sept langues à travers le monde, et ont remporté de nombreux prix.

Du même auteur, aux éditions Castelmore, en grand format :

Sans attendre

Deux par deux :
1. *Ceux qui se cherchent*
2. *Entre eux, c'est pour la vie*
3. *Ceux qui ont tout pour réussir*

Chez Castelmore, en poche :

Deux par deux :
1. *Ceux qui se cherchent*
2. *Entre eux, c'est pour la vie*

Jennifer Echols

Entre eux, c'est pour la vie

Deux par deux – 2

Traduit de l'anglais (États-Unis) par Nenad Savic

CASTELmore

Collection dirigée par Bleuenn Jaffres
Ouvrage dirigé par Barbara Bessat-Lelarge

Titre original : *The Superlatives – Perfect couple*

Loi n° 49-956 du 16 juillet 1949 sur les publications
destinées à la jeunesse

Dépôt légal : juillet 2017

ISBN : 978-2-36231-227-4

CASTELMORE
60-62, rue d'Hauteville – 75010 Paris
E-mail : info@castelmore.fr
Site Internet : www.castelmore.fr

Chapitre premier

Des photos célèbres tapissaient les murs de la classe de journalisme de M. Oakley. Derrière son bureau, Martin Luther King Jr. saluait les milliers de personnes réunies sur le National Mall pour entendre son discours « *I have a dream* », tandis que l'obélisque du Washington Monument dominait l'horizon. Près de la fenêtre, un homme se dressait seul face à quatre tanks chinois pour protester contre le massacre de la place Tian'anmen. Juste au-dessus de l'écran de mon ordinateur, un marin de la Seconde Guerre mondiale embrassait spontanément une infirmière à Times Square le jour de la capitulation du Japon.

Ces affiches étaient là pour illustrer la théorie de M. Oakley selon laquelle une photo en dit plus qu'un millier de mots. Il avait raison. Les descriptions de ces événements dans mes manuels d'Histoire contribuaient à les rendre poussiéreux, alors que ces photos me donnaient envie de me battre, de me dresser contre l'injustice comme le Dr King ou l'homme de la place Tian'anmen.

Et de me laisser embarquer dans une histoire d'amour, comme cette infirmière.

Mon regard a glissé de ce dernier poster à mon écran d'ordinateur, saturé de photos de Brody Larson. Deux semaines plus tôt, le jour de la rentrée, notre classe de terminale avait élu les Superlatifs – le plus scolaire, le plus poli, le moins enclin à quitter la région de Tampa, Saint Petersburg. Brody et moi avions été élus « couple parfait qui ne s'est jamais formé ». Brody sortait avec Grace Swearingen depuis cet été ; quant à moi, je sortais depuis un peu plus d'un mois avec Kennedy Glass, le responsable de l'album de fin d'année. Être nommés couple de l'année alors que nous sortions tous les deux avec d'autres personnes était embarrassant. Déstabilisant. La situation était tout sauf parfaite.

Qu'on ait pu me choisir, *moi*, pour former un couple parfait avec *Brody* me paraissait aussi plausible qu'une tempête de neige s'abattant sur notre ville côtière le jour de la fête du Travail. Brody était le quarterback populaire et impulsif de notre équipe de football. Depuis douze ans que nous fréquentions les mêmes écoles, je l'appréciais, évidemment. Il était très sympathique et *tellement* mignon. Il me faisait peur, aussi. Brody avait failli perdre son permis pour excès de vitesse, il passait sa vie dans le bureau du principal à cause de ses mauvaises blagues, et ses nombreuses ex étaient à l'origine de psychodrames quotidiens. Jamais il ne s'enticherait d'une binoclarde respectueuse de la loi et du couvre-feu comme moi.

Voilà pourquoi je n'avais jamais tenté ma chance comme mon amie Tia me poussait à le faire, pourquoi je me contentais de le photographier pour l'album de fin d'année. Pour la section football, je l'avais shooté avec son casque et ses protections sur le terrain d'entraînement. Exaspéré par ses coéquipiers, les bras levés, il semblait supplier le ciel de lui venir en aide.

Sinon, je comptais utiliser une photo prise pendant la soirée du samedi précédent chez ma copine Kaye. Brody y sortait quelque chose du coffre de son pick-up, un sourire démoniaque aux lèvres. J'avais effacé les caisses de bières du cliché.

Pour la couverture en couleur, je l'avais photographié en gros plan la veille, à la bibliothèque. Ses longs cheveux bruns lui tombaient sur le front. Il portait un tee-shirt vert assorti à ses yeux brillants. Toutes les filles de l'établissement me remercieraient lorsqu'elles recevraient leur album en mai. En fait, c'était ce que Brody lui-même avait sous-entendu lorsque j'avais pris la photo. Il m'avait fait promettre de ne pas la revendre à un « site porno pour filles ». D'où son sourire.

Pour résumer, il était le marin de l'affiche : un garçon rentrant à la maison pour fêter la fin de la guerre et séduisant la première fille venue.

Je regrettais simplement de ne pas être cette fille.

— Harper, ça fait un quart d'heure que tu fixes Brody du regard.

Kennedy a remonté la rangée d'ordinateur en roulant sur sa chaise pour venir heurter la mienne, m'obligeant à me rattraper à mon bureau pour éviter d'être projetée en arrière.

Grillée !

— Dis-moi, tu ne prends tout de même pas au sérieux cette histoire de *couple parfait*, n'est-ce pas ? Les gens ont simplement voulu te faire une blague.

— Bien sûr que je ne prends pas ça au sérieux, ai-je rétorqué. (J'aurais dû clore cette conversation à ce moment-là, mais je n'ai pas pu.) On serait si mal assortis, lui et moi ? Pourquoi ? Parce qu'il est populaire et moi non ?

— Non.

— Parce que c'est une célébrité locale et moi non ?

— Non, parce qu'il s'est cassé la jambe quand il était en CM2 en essayant de sauter par-dessus un palmier nain avec son kart.

— Mmh... Je vois ce que tu veux dire.

— Sans compter que le couple parfait, on le connaît déjà ; c'est toi et moi.

Effectivement. J'ai souri en attendant qu'il passe un bras autour de mes épaules pour illustrer son propos, mais notre relation n'avait jamais été très tactile. J'espérais une caresse car j'imaginais que Brody aurait réagi comme ça dans la même situation. J'étais vraiment désespérée.

— Je regardais Brody sans le voir car je pensais à autre chose, ai-je expliqué, guillerette, en désignant de la tête le poster de Times Square. Il m'arrive de m'oublier dans cette photo.

Kennedy a examiné le baiser en plissant les yeux.

— Pourquoi ? Cette photo est super cliché. On la trouve partout – sur des mugs, des rideaux de douche. Elle est aussi commune dans les cabinets dentaires que les reproductions de Monet ou cette affiche de chiens jouant au poker.

Évidemment, puisque les gens l'aimaient – à juste titre. J'ai préféré garder mon opinion pour moi, cependant. Je m'estimais heureuse d'être parvenue à détourner la conversation.

En heurtant ma chaise, Kennedy s'était arrêté juste devant mon ordinateur. Soudain, il a fermé ma fenêtre sans me demander la permission. Par chance, j'avais sauvegardé mes retouches, mais si je ne l'avais pas fait ? J'étais passée à deux doigts de perdre mon travail. Si Kennedy avait fermé mes fichiers sans m'avoir laissé le temps de les sauvegarder... J'ai inspiré profondément par le nez pour me calmer, tandis qu'il faisait défiler ses propres dossiers, cherchant celui qui l'intéressait. J'étais tendue sans véritable raison.

Je connaissais Kennedy depuis toujours. Nous avions discuté un peu, le printemps dernier, lorsque M. Oakley l'avait choisi pour s'occuper de l'album de fin d'année et que j'avais été désignée photographe officielle du projet. À l'époque, je sortais plus ou moins avec Noah Allen et je n'étais techniquement pas disponible. Kennedy faisait plus vieux que ses dix-sept ans à cause de sa longue queue-de-cheval blonde, de son bouc plus foncé, de ses tee-shirts de groupes punk ou de films indépendants dont je n'avais jamais entendu parler, et de son piercing au sourcil.

Sawyer De Luca, qui avait été élu élève « qui a les meilleures chances d'aller en prison », n'arrêtait pas de se moquer de son piercing – mais Sawyer De Luca se moquait de tout et de tout le monde. Moi qui avais eu un mal fou à rassembler assez de courage pour me faire percer les oreilles quelques années plus tôt... Je ne pouvais qu'admirer Kennedy, mais j'étais persuadée que lui et moi ne boxions pas dans la même catégorie.

Et puis, cinq semaines plus tôt, nous nous étions croisés par hasard à un festival de cinéma dans le centre de Tampa. À ce moment-là, nous avons compris tous les deux que nous étions parfaits l'un pour l'autre, chose que je croyais toujours sincèrement.

Je ne craquais pour Brody qu'à cause de cette histoire de « couple parfait », comme une gamine de dix ans qui s'intéresserait subitement à un garçon dont elle aurait attiré l'attention sans le vouloir. Sauf que j'étais en terminale et plus en CM2. Sans compter que je n'avais pas du tout attiré l'attention de Brody. Notre classe pensait apparemment qu'il aurait dû s'intéresser à moi, mais Brody n'était pas du genre à faire ce qu'on lui disait.

—Ah, voilà.

Kennedy a ouvert une des pages qu'il avait conçues pour la section des Superlatifs. « Charmeurs de l'année », ai-je lu en haut du document.

—Oooh, ça me plaît, ai-je menti éhontément.

Un de mes boulots consistait à photographier tous ceux qui avaient été élus pour figurer dans l'album de fin d'année. Le cliché que j'avais pris de Tia et de son petit ami Will pour la page des charmeurs de l'année était vraiment très réussi. Je comptais l'inclure dans le portfolio que je joindrais à mon dossier d'admission en fac d'art. J'avais réussi à capturer un mélange d'espièglerie et de surprise sur leur visage comme ils se rapprochaient l'un de l'autre pour s'embrasser.

Kennedy avait ruiné l'impact de la photo en l'inclinant d'une trentaine de degrés.

—On ne pourrait pas la redresser ? ai-je proposé en penchant la tête sur le côté, ce qui m'a fait mal au cou.

—Tous les manuels et sites spécialisés que j'ai consultés suggèrent d'incliner quelques photos pour rendre le tout moins monotone. Toutes les photos ne peuvent pas être parfaitement verticales. Il ne faut pas craindre de sortir des sentiers battus.

Ses paroles m'ont vexée. Je n'étais pas du genre à faire comme tout le monde, et le design visuel était ma spécialité. Je cousais mes robes, je choisissais des tissus originaux, je m'assurais que les corsages étaient parfaitement ajustés. Je me donnais beaucoup de mal pour me faire remarquer d'un maximum de gens, quoique coudre n'était pas si difficile depuis que j'avais appris à utiliser la vieille machine héritée de ma mamie. Pour accompagner ma tenue du jour, j'avais choisi une de mes trois paires de lunettes rétro. J'avais très largement rentabilisé les montures ; je les portais religieusement depuis qu'on me les avait prescrites quand j'étais au collège. Grâce à elles, j'étais moins quelconque. Sans mes lunettes et mes tenues, personne ne me regarderait jamais.

Mon allure et ma créativité me permettaient de ne pas passer inaperçue. Voilà pourquoi Kennedy m'avait remarquée, tout comme j'avais été attirée par son piercing et ses goûts en matière de cinéma. Du moins était-ce ce que je croyais jusque-là.

Je me suis retenue de lui dire : *Tu n'as qu'à incliner les photos du club d'échecs et non pas les miennes.* Je me suis contentée de :

— Je trouve ça un peu daté. On dirait un trombinoscope des années quatre-vingt-dix, avec de fausses éclaboussures de peinture.

— Je ne suis pas d'accord.

Alors il a déplacé le curseur et m'a signifié son mécontentement en sauvegardant ses modifications d'un clic bruyant.

J'en ai eu mal au ventre, mais j'ai continué à sourire. Kennedy ne manquerait pas de me faire la tête si je ne trouvais pas un moyen de lui faire oublier cette dispute d'ici la fin du cours de journalisme. Ce soir-là devait avoir lieu le premier match de la saison de football, et j'avais pour mission de prendre des clichés de notre équipe. J'étais la seule élève à avoir reçu l'autorisation de rester sur la ligne de touche. Kennedy serait sans doute dans les gradins en compagnie de Quinn Townsend, avec qui j'étais plus ou moins sortie, et du reste de la classe de journalisme. Ensemble, ils passeraient leur temps à marmonner des blagues érudites dans leur barbe, à se moquer de l'équipe, du match, des sports en général. Après la rencontre, cependant, Kennedy et moi rejoindrions nos amis au *Crab Lab*. Et il s'y comporterait comme si nous n'étions pas ensemble.

— C'est juste l'inclinaison de la photo, ai-je tenté. Le reste est très bien – le fond, la police de caractères.

Pour toute réponse, il a ouvert la page suivante : « Ceux qui réussiront dans la vie. » Je n'avais pas encore pris la photo de mon amie Kaye et de son petit copain Aidan, mais Kennedy lui avait déjà fait une place. Il a sélectionné le cadre réservé au cliché et l'a incliné. Dans les dents !

— Tu comptes nous apporter les autres photos quand ? m'a-t-il demandé. La date butoir pour envoyer cette section à l'imprimeur est dans deux semaines.

— Ah... C'est plus difficile que prévu. Attention, je ne parle pas des photos en elles-mêmes, ai-je aussitôt clarifié de crainte qu'il confie mon travail à quelqu'un d'autre. Mais j'ai du mal à manquer les cours. On a eu tellement de devoirs sur table. Et puis, convaincre certains de nos camarades de se présenter à l'heure à un rendez-vous est aussi compliqué que de dresser des chats.

— Harper ! s'est-il exclamé. C'est super important ! Organise-toi mieux que ça !

J'en suis restée bouche bée. J'étais sonnée. L'organisation, c'était mon fort, justement. Kennedy aurait dû voir mon emploi du temps sur mon ordinateur portable. J'avais eu du mal à caser toutes mes séances photos, mais j'y étais parvenue. Ce n'était tout de même pas ma faute si les gens qui devaient poser pour moi ne venaient pas. Je ne pouvais pas les sortir de leur cours de sciences en les tirant par l'oreille.

— J'ai besoin de bosser en flux tendu si je veux terminer la mise en page à temps, s'est-il plaint. Pas question que tu me refiles tout d'un coup le dernier jour. Si on dépasse la date à cause de toi, l'album de fin d'année risque de ne pas être prêt pour la remise des diplômes et on le recevra tous par la poste, ce qui signifie qu'on ne pourra pas se faire de dédicaces !

Je me suis empourprée. Ce qui m'avait paru être un projet intéressant s'était révélé un véritable fardeau. Normalement, je m'arrangeais pour que les séances aient lieu au lycée, non loin de mes salles de cours. Ensuite, je sélectionnais et retouchais les clichés chez moi. Cependant, j'avais également d'autres responsabilités. J'avais accepté de photographier la course à pied qui aurait lieu le lundi suivant pour la fête du Travail. Et puis, évidemment, je devais aider ma mère, qui tenait une maison d'hôtes et pour qui je préparais les petits déjeuners chaque matin. Sincèrement, je ne voyais pas comment j'aurais pu fournir ces photos plus rapidement.

— Tout se passe bien ici ? a demandé M. Oakley, qui venait de se matérialiser derrière Kennedy.

— Tout à fait, monsieur, a répondu celui-ci.

De là où il se trouvait, M. Oakley ne pouvait pas voir Kennedy grimacer pour me dissuader de me plaindre. Lorsqu'il nous avait mis le projet entre les mains, notre professeur de journalisme nous avait bien dit qu'il attendait de nous que nous fonctionnions comme une entreprise – une entreprise qui avait un patron et des employés. Pas question de le déranger au moindre souci. Ce qui signifiait que Kennedy avait beaucoup plus de pouvoir qu'un responsable d'album de fin d'année lambda, dont toutes les décisions devaient être validées par son tuteur.

Pour le meilleur et pour le pire.

—Vous allez vous en tirer tout seuls ? a poursuivi M. Oakley en me regardant dans les yeux.

—Oui, monsieur, ai-je confirmé au moment où la cloche sonnait la fin du cours.

Comme M. Oakley s'éloignait et que les élèves ramassaient leurs affaires, Kennedy a rapproché sa chaise de la mienne pour me murmurer à l'oreille :

—Évite de hausser le ton avec moi.

Moi, hausser le ton ? C'était lui qui avait haussé le ton, attirant l'attention du professeur.

La sonnerie s'est tue. Kennedy s'est redressé et a repris d'un ton normal :

—Tu diras à Mme Patel que je vais manquer une grande partie de l'étude, s'il te plaît. Je vais rester ici pour avancer sur les autres pages, maintenant que je sais qu'on est dans le pétrin…

—D'accord.

La dispute ne s'était pas terminée comme je l'aurais voulu, mais au moins il ne semblait plus en colère contre moi.

J'ai ramassé mon sac et souri en voyant que Quinn m'attendait devant la porte. Son sourire franc rendait sa coiffure gothique et la pointe dépassant de sa lèvre inférieure moins menaçante. La plupart des élèves du lycée ignoraient ce que je savais : que Quinn était un amour. Nous nous sommes frayé un chemin vers la classe de Mme Patel dans le couloir surpeuplé.

—J'ai entendu ta conversation de tout à l'heure avec Kennedy.

—Tu as vu sa maquette ? Je comprendrais qu'il incline des photos ennuyeuses pour rendre le truc moins monotone, sauf que mes photos à moi ne sont pas ennuyeuses.

—Il changera d'avis quand il verra tes autres chefs-d'œuvre. En parlant des Superlatifs, il paraît que Brody parle de toi. C'est Noah qui l'affirme.

Je croyais savoir où cela allait nous mener. Noah et moi n'étions plus aussi proches qu'avant, cette année – depuis que je sortais avec Kennedy, en fait. À vrai dire, si je ne n'avais pas eu à vérifier ses devoirs de maths en étude, nous ne nous adresserions plus la parole. Au printemps dernier, cependant, quand nous sortions ensemble, il m'avait confié que Brody et lui étaient de grands amis. Le père de Brody avait été leur premier entraîneur de football quand ils étaient en CM1. Ils jouaient d'ailleurs ensemble depuis cette époque. Noah était défenseur droit sur le terrain, aussi son rôle consistait-il à protéger Brody d'éventuels tacleurs pour lui laisser le temps de faire sa passe. Des amis proches comme eux échangeaient forcément au sujet de la fille qui formait le fameux « couple parfait » avec l'un d'entre eux. Brody devait avoir dit à Noah à quel point il était ridicule qu'on m'ait choisie. Jamais Brody ne perdrait son temps avec une geek comme moi, voyons ! J'aurais dû dire à Quinn que je ne voulais pas savoir, au lieu de quoi je me suis entendue prononcer :

—Que raconte Brody à mon sujet ?

—Hier, pendant l'entraînement, Brody a dit que vous ne formiez pas le couple parfait, mais que vous vous *accoupleriez parfaitement*, rapport à ton cul, tout ça…

—Ah…

J'étais ravie que Brody m'ait remarquée et ait évoqué l'éventualité de coucher avec moi, mais je savais que j'aurais dû me sentir insultée.

— Ah ouais, quand même… Il ne devrait pas fanfaronner comme ça. Quelqu'un risque de tout raconter à Kennedy.

— Pas faux. Ceci dit, vu la manière dont Kennedy t'a traitée tout à l'heure, je ne comprends pas… Pourquoi est-ce que tu ne lui tiens pas tête ?

— Parce qu'il n'a pas tort. Il a vraiment besoin de mes photos pour l'album. Si je rends mon boulot avec du retard, je lui en fais prendre à lui aussi, alors il n'y a pas vraiment d'excuse valable. Et puis, il ne veut pas qu'on se dispute en classe parce que ça fait mauvaise impression devant M. Oakley.

Nous nous sommes arrêtés devant la porte de Mme Patel pour terminer notre conversation. Sawyer se trouvait dans la salle d'étude, or Sawyer et les conversations privées ne faisaient pas bon ménage.

Quinn a posé une main sur mon épaule, chose que Kennedy faisait rarement.

— Je me suis soucié trop longtemps des apparences, mais c'est terminé maintenant.

J'ai hoché la tête. Quinn avait décidé de faire une annonce à la fin de l'heure.

— Viens avec moi, a-t-il poursuivi. Viens dans la lumière. Cesse de t'inquiéter des apparences.

— Nous ne sommes pas dans la même situation, Quinn, ai-je rétorqué en fronçant les sourcils. Mais c'est vrai que les apparences, le visuel, c'est tout ce qui compte pour moi.

— Tu le regretteras.

Il a pivoté sur les talons de ses rangers et a disparu dans la salle d'étude. Perplexe, j'ai contemplé le couloir en train de se vider. Le soleil de Floride s'engouffrait massivement par les baies vitrées. L'année de terminale était censée être la plus belle de toute la vie. À peine deux semaines s'étaient écoulées depuis la rentrée, et j'avais déjà des problèmes avec mon boulot de photographe officielle de la classe. Et j'étais excitée comme une puce parce qu'un beau gosse qui ne serait jamais sorti avec moi avait fait une plaisanterie sur mon cul.

Tia était adossée aux casiers alignés devant la classe voisine – celle de M. Frank. Will lui murmurait à l'oreille, l'avant-bras appuyé contre le mur, et elle riait. Ils sortaient ensemble depuis le début de la semaine, ce dont je me félicitais. Will venait de débarquer du Minnesota. Après un démarrage chaotique, il semblait s'adapter à son nouvel environnement. Et Tia l'incontrôlable semblait véritablement heureuse.

Elle a vu que je les regardais et, lisant l'expression sur mon visage, m'a fait une grimace compatissante.

J'ai secoué la tête – *non, tout va bien* – et disparu dans la salle de Mme Patel.

— Hé, chérie ! a lancé Brody comme je me dirigeais vers lui en me faufilant entre deux rangées de tables.

Son regard vert était lumineux, quoique cerné, malgré son bronzage prononcé. Brody avait toujours eu des cernes. Quand nous étions à la maternelle, déjà, ma mère se demandait s'il dormait assez. Au collège, certains se moquaient de lui en le traitant de toxico. Ces cernes faisaient partie de lui, désormais, témoignant de sa vie mouvementée – y compris amoureuse. Il m'a tendu le poing.

— Salut, chéri, ai-je répondu tandis que je lui tapais dans le poing.

La manière dont nous avions réagi à notre élection soulignait davantage nos différences et démontrait, si besoin était, à quel point notre couple aurait été mal assorti.

Je ne l'aurais jamais avoué à Tia ni à Kaye, mais je m'étais beaucoup demandé ce qui avait poussé nos camarades de classe à nous marier virtuellement.

Brody, lui, ne se gênait pas pour m'appeler « chérie » et me taquiner. Cela durait depuis la rentrée, tout comme le *fist bump*. Chaque fois que nous le faisions, je craignais que quelqu'un le dise à Kennedy. Il m'aurait fait une scène, m'accusant de draguer dans son dos.

Brody, pour sa part, ne semblait pas craindre que quelqu'un mette Grace au courant. L'idée que je puisse menacer leur couple était à ce point improbable. Même si – et cela me maintenait éveillée certaines nuits – Brody ne m'appelait jamais « chérie » en me saluant d'un *fist bump* quand Grace ou Kennedy étaient dans les parages. Il ne le faisait que dans les moments tel que celui-là, lorsque Grace avait un autre cours et que Kennedy était absent. Nous étions seuls, avec une vingtaine d'autres élèves et Mme Patel.

Brody en était quand même arrivé à raconter à mon ex-petit ami Noah ce qu'il avait envie de faire avec moi en privé, ce qui signifiait qu'il prenait un peu trop ses aises.

J'ai posé mon sac près de mon pupitre et lui ai demandé à voix basse en désignant le fond de la classe :

— On pourrait se parler ?

Il a haussé les sourcils comme s'il savait qu'il était dans le pétrin.

— Bien sûr.

Il s'est levé brusquement en faisant grincer les pieds de sa table sur le sol. Quatre de nos voisins ont geint en se plaquant les mains sur les oreilles.

Il m'a suivie dans le fond, près des placards. À la lumière du soleil, j'ai remarqué que sa lèvre inférieure était enflée et la marque légèrement violacée sur sa mâchoire. Il devait avoir reçu un coup à l'entraînement. Ou bien était-ce le fait d'une ex en colère ? Adossé au mur, les bras croisés sur la poitrine, il avait l'air aussi nonchalant et classe que d'habitude. Cela m'a donné envie de rire. Il était tellement mignon, et il avait dit un truc tellement débile que… Sauf que c'était de moi qu'il avait parlé.

— Il paraît que tu as parlé de moi, l'autre jour, à l'entraînement…

Il m'a regardée avec des yeux ronds, mais je n'aurais su dire s'il était véritablement horrifié que j'aie découvert la vérité ou s'il le feignait. Il m'a regardée d'un air incertain, sans rien dire.

— Et si Grace en entendait parler ?

Il a haussé imperceptiblement les épaules comme si cela ne lui était pas venu à l'esprit et que ça ne lui faisait ni chaud ni froid.

Moi, en tout cas, cela me posait problème.

— Et si Kennedy en entendait parler ?

Cette fois, j'ai obtenu la réaction dont j'avais rêvé, même si je ne l'aurais jamais avoué. Brody s'est crispé, jaloux de mon petit ami, frustré de ne pas m'avoir pour lui tout seul.

Évidemment, je me faisais peut-être des idées mais, à ce moment-là, plus rien n'existait autour de nous. Il n'y avait que Brody et moi, partageant un *quelque chose.* Ses yeux verts me transperçaient, brûlants. Il me regardait exactement comme j'en avais envie.

Chapitre 2

Une seconde plus tard, j'ai cru que je m'étais fait des illusions. Il a cligné des yeux, et ce que j'avais pris pour de la jalousie s'est mué en un vulgaire manque de sommeil. Il a haussé les épaules puis s'est étiré, croisant les doigts derrière la nuque.

Il ne se pavanait pas devant moi. Les beaux gosses athlétiques comme lui faisaient l'étalage de leurs triceps devant les pom-pom girls comme Grace, pas devant les geeks comme moi. Le message qu'il voulait m'adresser était clair : « Si Kennedy me cherche des noises, je l'écraserai entre mon pouce et mon index. »

— Brody ! ai-je gémi de frustration, comme je le faisais – comme nous le faisions toutes – à la maternelle quand il nous chatouillait et nous faisait rire durant la sieste, ou lorsqu'il nous badigeonnait le nez de peinture juste avant que nous montions en scène pour jouer la pièce de théâtre de fin d'année.

Ma protestation a mis un terme à son numéro.

— Harper, je suis désolé, a-t-il lancé. Je ne l'ai pas fait exprès. Tu me connais, je raconte des conneries parfois. Bon, d'accord, presque tout le temps. Les copains de l'équipe m'ont demandé ce que je pensais de cette histoire de Superlatifs. Tu sais ce que c'est, dans une équipe de foot, quand quelqu'un te pose une question, tu te dois de répondre par une blague de cul.

— Je vois. C'était ta manière à toi de dire : « Je me la ferais bien. » En plus cru, bien sûr.

— Exactement.

J'ai tenté une imitation encore plus réaliste des connards de l'équipe de foot :

— Je me la taperais bien, cette...

Il m'a tapoté sur la tête, ruinant sans doute mon superbe chignon.

— Les mecs de l'équipe t'adorent. Ils trouvent ridicule l'idée que quelqu'un comme toi puisse sortir un jour avec un idiot dans mon genre. Je te préviens, ils vont continuer à me vanner, et je serai obligé de répondre avec des blagues de cul.

— Tu vas vraiment continuer à parler de mes fesses, alors ?

Il a haussé les sourcils d'un air entendu.

— Bien, ai-je conclu tandis que la sonnerie marquait le début de notre demi-heure d'étude surveillée.

Nous nous sommes dirigés vers nos places. Afin de souligner que je trouvais moi aussi ridicule l'idée que lui et moi puissions un jour sortir ensemble, j'ai changé de sujet :

— Prêt pour le match de ce soir ?

Avec un peu de chance, sa réponse ne serait pas trop détaillée et ne mettrait pas en lumière mon ignorance totale en football. Le sport ne m'intéressait pas. Afin de me permettre de photographier les phases de jeu les plus importantes, M. Oakley avait dû me dispenser une formation accélérée pour compléter ce que j'avais appris du temps où je sortais avec Noah. On pouvait toujours rêver.

Néanmoins, j'avais vraiment envie de savoir comment s'était passée la préparation de Brody et ce qu'il ressentait juste avant ce match de reprise. J'étais récemment allée à deux de ses soirées, mais je n'avais encore jamais eu l'occasion d'avoir une conversation sérieuse avec lui. Ce que je savais de sa carrière, je l'avais appris dans la presse locale. Voir cet événement important à travers les yeux du quarterback vedette m'aiderait à l'immortaliser pour notre projet.

Par ailleurs, j'adorais qu'il me regarde; j'avais beau avoir un copain et lui une copine, l'idée de notre couple avait beau sembler ridicule, j'avais envie d'attirer davantage son attention.

Il a posé la tête sur ses bras croisés et fermé les yeux.

— J'ai l'air on ne peut plus prêt, tu ne trouves pas?

La conversation était terminée.

Mme Patel a pris place à son bureau et sorti une pile de feuilles d'un tiroir. Les élèves ont fini de s'asseoir. Certains ont sorti des manuels de leur sac; d'autres se sont installés confortablement pour piquer un somme, comme Brody. Mme Patel nous avait bien fait comprendre qu'elle se moquait de ce qu'on faisait en étude dirigée, du moment que nous n'étions pas trop bruyants.

J'ai fait semblant de vérifier les devoirs de maths de Noah tout en m'efforçant de rassembler le courage nécessaire pour parler à Brody de notre photo pour l'album.

Mon planning étant serré, il aurait fallu faire au plus simple: lui donner rendez-vous dans la cour comme je l'avais fait avec les autres. J'aurais installé un trépied, programmé le retardateur, et je me serais avancée dans le cadre au bon moment. Toutefois, cela n'aurait pas été très mignon. Ni original. Et cela n'aurait en rien contribué au portfolio que je préparais pour mon dossier d'admission à la fac.

Sans compter que cela ne permettrait pas de rester longtemps collée contre lui.

J'ai levé les yeux de l'exercice numéro 5 de Noah et contemplé sa nuque tondue. Si Brody et moi évoquions la photo en sa présence, il ne manquerait pas de raconter au vestiaire entier que cette histoire de couple parfait m'était montée à la tête et que j'en pinçais pour leur quarterback. De là, Kennedy serait forcément mis au courant. Noah n'était pas du genre à garder pour lui les secrets des autres. Les siens, oui ; les miens, non.

Quinn était assis devant Noah. Lui ne colporterait aucun ragot, mais il serait désolé lorsque Brody finirait par mal se comporter avec moi, comme lorsque Noah avait décidé de casser. Ce qui serait encore pire.

Devant Brody était installé Sawyer. Pour ce que j'en savais, il n'avait pas de raison particulière de me vouloir du mal, mais s'il m'entendait poser une question maladroite à Brody, il s'évertuerait à le répéter de la façon la plus comique possible, faisant de ma vie un enfer. Ainsi était fait Sawyer. Peut-être était-il endormi, cependant. Sa tignasse blond platine reposait sur ses bras, et il n'avait pas bougé d'un millimètre depuis que nous étions entrés dans la salle. Sawyer était la mascotte de l'équipe de foot. Le lundi précédent, tandis qu'il s'efforçait de motiver le public rassemblé pour assister à l'entraînement, il s'était évanoui à cause de la chaleur qui régnait dans son déguisement de pélican d'un mètre quatre-vingts. Sans doute se reposait-il en vue de sa prestation de ce soir.

En conséquence de quoi, il n'entendrait pas ce que j'avais à dire à Brody. Pour ce qui était de Noah et Quinn…

Peut-être Quinn avait-il raison. Il était temps que je cesse de me soucier des apparences. Une fois de plus, j'ai répété dans ma tête ce que je comptais dire : *Il faut qu'on prenne une photo pour illustrer la page du « couple parfait qui ne s'est jamais formé », et il faut trouver une manière originale de poser, alors pourquoi ne pas se voir en dehors des cours ? Genre comme un vrai couple ? Amusant, non ? Ce ne serait pas un vrai rendez-vous, évidemment. Il ne faudrait pas que Grace et Kennedy se mettent en colère !* J'ai pris une profonde inspiration et je me suis tournée vers Brody ; c'était le moment de faire le grand saut.

Il dormait. Les trente secondes que j'avais prises pour rassembler mon courage avaient été de trop. Son dos se soulevait à intervalles réguliers au rythme de sa respiration. J'étais impressionnée par sa capacité à se détendre dans cette ambiance – mais lui n'était pas une jeune geek émue et tremblante d'avoir un quarterback vedette à portée de main...

Avec un soupir, je me suis rassise à ma table.

— Mes devoirs sont si nuls que ça ? m'a demandé Noah. Je pensais avoir compris, pour une fois...

— Non, excuse-moi mais j'ai à peine commencé.

Je me suis penchée sur son travail, comparant ses résultats aux miens.

Très vite, mon regard a glissé vers Brody. De là où je me trouvais, je ne pouvais pas voir son beau visage – ses pommettes hautes, sa bouche expressive –, mais seulement le sommet de sa tête, le rideau de ses cheveux châtain clair sur son front, les muscles de son avant-bras tendant le tissu de son tee-shirt de sport. Comme à son habitude, il portait un bermuda et des tongs. Quand il faisait froid – enfin, froid pour la région –, il lui arrivait d'enfiler un sweat-shirt à capuche. Nous étions dans les mêmes cours depuis le collège, et son style n'avait pas changé : il avait l'air de sortir de la salle de muscu. Brody avait toujours été comme ça : souriant, un peu à l'ouest, à des années-lumière de moi.

Vingt minutes plus tard, j'avais terminé de vérifier les devoirs de Noah. J'espérais avoir le temps de répondre à mes questions d'anglais afin de ne pas avoir à emporter mon livre chez moi. Mme Patel a interrompu mes pensées.

— Votre attention, s'il vous plaît. Quinn et Noah aimeraient faire une annonce avant le déjeuner.

Sawyer s'est réveillé et a levé sa tête blonde. Brody ne s'est pas donné cette peine. Il a néanmoins ouvert les yeux et tourné légèrement la tête pour regarder. Il devait savoir ce qui se préparait. Noah m'a souri nerveusement avant de rejoindre Quinn devant le bureau de Mme Patel.

— Nous…, a commencé Noah en croisant ses bras musculeux sur sa poitrine.

Il était afro-américain et sa peau était si sombre que les néons mettaient en valeur le moindre relief de sa musculature, lui donnant des airs de superhéros. Il avait également travaillé son froncement de sourcils afin d'impressionner les joueurs adverses, même s'il ne l'arborait pas pour l'occasion. Le voir à ce point nerveux était étrange. Il a lancé un regard furtif à Quinn.

— Tic-toc, est intervenu Mme Patel. La sonnerie va bientôt retentir. Vous feriez mieux de vous dépêcher.

Quinn a enfilé ses mitaines en cuir, accessoire superflu vu la météo locale, même pour l'un de mes amis. Puis il s'est passé la main dans les cheveux et a fini par lâcher :

— Noah et moi, on sort ensemble.

Un silence assourdissant s'est installé. À tel point qu'on entendait la voix de M. Frank de l'autre côté de la paroi.

J'aurais voulu me lever et cogner dans le mur pour qu'il se taise, mais j'avais le vertige. Je me suis rendu compte que je retenais mon souffle.

Brody s'est mis à applaudir.

Bientôt imité par toute la salle.

Poussant un soupir de soulagement, je me suis jointe aux autres. Je me sentais toute légère comme si le poids de l'année passée tombait de mes épaules. Je m'étais fait tellement de souci pour Quinn, puis pour Noah lorsqu'ils s'étaient ouverts à moi. La réaction enthousiaste à leur *coming out* était de bon augure pour l'avenir.

La porte s'est ouverte. Kennedy a embrassé du regard la salle en effervescence, incrédule. Mme Patel lui a indiqué une place libre près de la porte – pas moyen qu'il traverse pas toute la salle pour s'asseoir derrière moi. Tandis qu'il posait son sac et s'affaissait sur sa chaise, Noah a articulé en silence :

— On est gays.

Kennedy s'est aussitôt empourpré.

J'attendais une autre réaction de sa part, lui qui se vantait d'être ouvert. Je m'étais imaginé qu'il leur montrerait son soutien ou qu'il ne réagirait pas du tout.

Les applaudissements se sont calmés, et Noah s'est éclairci la voix.

— Vous vous demanderez peut-être : pourquoi maintenant ? Il y a deux semaines, quand on a désigné les Superlatifs de la classe de terminale, j'ai voté pour Quinn et moi dans la catégorie Couple parfait qui ne s'est jamais formé. Je me suis dit que le conseil des élèves prendrait ça pour une blague. En fait, je prenais mes désirs pour des réalités, je ne savais même pas que Quinn était gay.

— J'ai fait la même chose, a dit Quinn. La principale Chen nous a convoqués dans son bureau pour nous dire qu'elle nous autorisait à faire une annonce à toute la classe, du moment que nous ne dérangions pas les cours.

Mon amie Chelsea a levé le doigt pour parler.

— Je croyais qu'on votait à bulletin secret… Comment Mme Chen a-t-elle pu savoir qu'il s'agissait de vous ?

— Mme Chen est flippante, a commenté Quinn.

— Modérez vos propos, est intervenue Mme Patel.

— Elle est vraiment très vieille, a enchéri Noah en lançant un regard en coin à Mme Patel. D'ailleurs, elle n'arrête pas de dire, lors de nos réunions, qu'on n'a pas intérêt à lui cacher des trucs, qu'elle finit par tout découvrir.

Mme Patel s'est mordu la lèvre, contenant un sourire.

— Bref, a poursuivi Quinn, on a décidé d'annoncer ça en étude dirigée, devant les gens qui nous ont le plus encouragés. Et pour moi, cette personne c'est Harper.

— Oooooh…, a fait un chœur de voix féminines auquel je me serais volontiers jointe.

C'est vrai que je me suis toujours efforcée de soutenir Quinn, mais je ne m'attendais pas à ce qu'il me remercie devant tout le monde.

— Et pour moi, est intervenu Noah, c'est Harper et Brody.

— Brody ! a alors beuglé Sawyer d'une voix rauque. Ouh !

Ce qui lui a valu une tape derrière la tête. Pivotant sur sa chaise, il a tenté de se venger, mais Brody est parvenu à esquiver son coup.

— Nous voulions aussi faire notre *coming out* devant Sawyer, a expliqué Noah. Histoire de le prendre par surprise pour qu'il n'ait pas le temps de préparer des blagues douteuses.

Tous les regards étaient rivés sur Sawyer, qui n'avait pas l'habitude qu'on se moque de lui.

— Par ailleurs, est alors intervenu Quinn, Sawyer est le délégué de notre classe d'étude dirigée, aussi pourra-t-il nous représenter auprès de la direction si quelque chose tourne mal.

Sawyer a hoché la tête, car il prenait son rôle très au sérieux. Comme tout le monde, j'avais été surprise de le voir se présenter aux élections des délégués en début d'année. Il avait été élu parce qu'il n'y avait pas d'autre candidat. Quinn et Noah devaient être contents de pouvoir compter sur lui en cas de pépin.

— Pour l'instant, rien ne me vient. Une bonne blague, ça se travaille.

— Exactement, ont acquiescé Noah et Quinn de concert.

Comme leur discours semblait terminé, j'ai déclaré :

— C'est l'heure des cupcakes !

— Ouais, des cupcakes ! ont embrayé plusieurs de mes camarades.

— Tu as préparé des cupcakes de *coming out* ? m'a demandé Brody en me souriant.

— Ouais !

— Tu as besoin d'aide ?

— Non, merci.

Il n'y avait qu'une boîte, et je l'avais cachée dans le fond de la classe sous un grand tableau périodique des éléments. Soudain, je me suis rendu compte que je venais de passer à côté d'une occasion d'interagir avec Brody. Quand il s'agissait des garçons, j'étais un peu longue à la détente…

Brody s'était levé. J'ai vite attrapé la boîte avant de le rejoindre.

— Finalement, oui, j'ai besoin d'aide. Tu pourrais l'ouvrir et la poser sur le bureau de Mme Patel ?

— Bien sûr. Qu'est-ce que tu vas... Oh !

J'ai sorti de ma poche de derrière mon petit appareil, celui que j'emmène partout quand je ne peux pas prendre le gros et que je ne veux rien rater.

— *Cheese* !

— Cupcakes ! a-t-il répliqué en montrant bien la boîte.

Encore une superbe photo de lui, ai-je constaté avec stupeur. Brody était un peu trop photogénique. Je voulais que mes meilleures photos figurent dans l'album, mais je ne pouvais tout de même pas mettre un portrait de lui à chaque page.

J'ai pris quelques clichés de la classe, puis j'ai demandé à Quinn et Noah de poser devant le tableau pour la photo commémorative dont j'avais vraiment envie. Ils ont rapproché leurs têtes l'une de l'autre et brandi leur cupcake. Chaque gâteau était enveloppé dans du papier multicolore et surplombé d'un petit arc-en-ciel en plastique, ainsi que du visage découpé d'un élève de la classe. Les cupcakes de Noah et Quinn étaient ornés de leurs portraits respectifs.

Puis j'ai rangé mon appareil et je suis allée chercher mon gâteau.

Brody tenait le sien comme s'il attendait que je commence à manger le mien.

— C'est pour ça que hier tu as pris tout le monde en photo dans la classe.

— Oui, ai-je confirmé, sans toutefois préciser que cela m'avait fait une raison supplémentaire de *le* prendre en photo. Je me suis dit que ce serait une manière d'impliquer tout le monde et de dédramatiser la situation, histoire que personne n'ait l'idée de faire des sales commentaires à la cantine.

— Malin. On est censés manger notre propre cupcake ?

— C'était l'idée, oui.

— Parce que quelqu'un va sans doute te demander s'il ne peut pas te bouffer.

Manquant de peu m'étouffer avec le glaçage, j'ai pris le temps d'avaler avant de répondre.

— Sawyer, peut-être ? En tout cas, ça ne m'étonnerait pas de lui. Mais j'ai fait des exercices de respiration et je suis prête à tout.

— Sawyer n'est pas le seul à avoir l'esprit mal tourné, a rétorqué Brody en léchant son glaçage.

Impossible de détacher mon regard de sa bouche…

C'est à ce moment-là que Sawyer est arrivé. J'étais passée à la boulangerie pour lui acheter un muffin végétalien, sachant que les cupcakes végétaliens n'étaient pas mon fort. Il était en train de l'engloutir.

— Quinn, a-t-il lancé à voix haute. Tu n'es pas sorti avec Harper l'an dernier ?

— J'aurais dû m'y attendre…, a geint Quinn en levant les yeux (joliment mis en valeur par son épais eye-liner noir) au ciel.

— Et, Noah, tu n'es pas sorti aussi avec Harper au printemps dernier ? a poursuivi Sawyer.

— Va te faire foutre, De Luca, a rétorqué Noah à voix basse de sorte que Mme Patel, proche de la fenêtre, ne puisse pas l'entendre.

— Faut-il en tirer des conclusions sur le type qui sort avec elle en ce moment ? Comment s'appelle-t-il, déjà ? Il a un super piercing au sourcil…, a dit Sawyer en claquant des doigts sous le nez de Kennedy, qui n'avait pas bougé de sa place. Merde, je ne me rappelle même pas son nom.

— Tu n'as pas trouvé mieux comme blague ? a dit Brody.

— J'ai pas eu le temps ! Et toi ? À ta place, je ferais attention, Larson, vu que vous êtes le couple parfait et tout ça. Harper a manifestement un truc avec les garçons.

— Tu vas morfler en sport, mec. Tu préfères savoir à l'avance ce que tu vas subir ou je te fais la surprise ?

La sonnerie a retenti.

La majeure partie de la classe a pris la direction de la porte, l'esprit entièrement focalisé sur le déjeuner et non plus sur le *coming out* de Quinn et Noah. Quelques filles ont souri par-dessus leur épaule aux deux garçons, occupés à discuter avec Mme Patel. Noah a passé la main dans le dos de Quinn. À cause du bruit, je n'ai pas pu entendre ce qu'ils se disaient, mais j'ai cru lire « ça va ? » sur les lèvres de Noah. Quinn a hoché la tête.

Heureuse que l'annonce se soit bien déroulée, j'ai suivi Brody jusqu'à ma table afin de récupérer mon sac. Soudain, la voix de Kennedy s'est fait entendre par-dessus le brouhaha.

— Harper, faut que je te parle.

Ah… Avait-il mal pris la remarque de Sawyer ? Le cœur battant la chamade, je me suis assise à côté de lui. Pendant que nous attendions que Mme Patel et les autres élèves sortent, j'ai fait mes exercices de respiration pour reprendre mes esprits. J'y étais d'ailleurs presque parvenue quand Brody est passé à côté de moi, sortant en dernier. Mon pouls s'est accéléré. Il m'a regardé, la mine inquiète. Puis il s'est tourné vers Kennedy et de nouveau vers moi.

J'ai secoué la tête d'une manière quasi imperceptible pour que Kennedy ne remarque rien. Mon message à Brody était le suivant, même si je n'y croyais pas moi-même : *Tout va bien !*

Lorsque nous nous sommes retrouvés seuls, Kennedy est allé fermer la porte et s'y est adossé, les bras croisés sur la poitrine, l'air sévère. Malgré tous mes efforts pour apaiser la situation après notre dispute au sujet de sa mise en page, le week-end s'annonçait pesant…

J'ai préféré abréger mes souffrances.

— Je comprends que tu sois bouleversé, ai-je commencé.

— Ça m'étonnerait. Tu es sortie avec Quinn, puis avec Noah, et voilà que maintenant ils sont gays ! Qu'est-ce que ça dit de moi, hein ?

J'ai été tentée de lui faire remarquer que Sawyer avait aussi vanné Brody et que celui-ci ne s'était pas mis en colère pour autant. Peut-être était-il davantage sûr de lui.

Et Brody n'était pas mon petit ami.

— Je comprends que tu sois surpris, mais…

— Tu m'étonnes, que je suis surpris ! s'est-il emporté. Pourquoi tu ne m'as rien dit ?

— Je sais garder un secret. Voilà pourquoi Quinn et Noah se sont confiés à moi.

— Je vois que tu mets tes deux copains gays devant ton petit ami ; ça en dit long sur tes priorités.

— Kennedy, ça n'a rien à voir. Ils ne comptent pas plus que toi.

— Ah ouais ? Tu n'as pas le temps de terminer ton boulot pour moi et pour l'album, mais tu as eu le temps de préparer ces cupcakes avec des photos ?

— Euh…

Je n'avais rien à répondre à cela. Ces cupcakes étaient très importants pour moi. Je les avais préparés avec amour pour deux de mes très bons amis. Dans la bouche de Kennedy, cela devenait une initiative débile.

— Tu apportes des cupcakes arc-en-ciel pour tes deux ex sous le nez ton copain actuel. J'ai l'air de quoi ?

— Oui, je comprends, ai-je répondu doucement, alors que je ne comprenais rien du tout. Désolée.

Il a secoué la tête, écœuré. Brusquement, il a attrapé son sac à dos par une bretelle et a ouvert la porte.

Tia se tenait dans le couloir. La connaissant, elle devait être en train de nous espionner.

— Kennedy, on a besoin de parler à Harper, a-t-elle lancé en se faufilant dans la salle.

— On ne la retiendra qu'une minute, a ajouté Kaye en se joignant à elle.

— Prenez votre temps, je vous la laisse, a-t-il grommelé.

Il a claqué la porte dans son dos en filant à grands pas.

Chapitre 3

Tia et Kaye me regardaient avec des yeux ronds.

— Brody nous a parlé à la cantine, a commencé Kaye. Il paraît que Quinn est gay ! Et Noah aussi ! Et que Kennedy est fou de rage ! Brody nous a demandé de venir voir comment tu allais.

Brody avait demandé à mes copines de venir voir comment j'allais ! Si j'avais été seule, je me serais rejoué cette scène en boucle – comme la fin de la plus belle des comédies romantiques. Mais je n'étais pas seule, et je ne voulais surtout pas que Tia et Kaye sachent à quel point je m'étais entichée de cette cible inatteignable.

— Disons qu'on n'a pas eu le temps de s'ennuyer, ai-je répondu.

— Des cupcakes ! s'est exclamée Tia en sautant sur le bureau de Mme Patel.

Elle a plongé la main dans ma boîte.

— Tu peux te servir, lui ai-je dit comme si elle attendait mon autorisation.

— Harper, tu as préparé des cupcakes de *coming out* ? s'est-elle étonnée en brandissant les deux gâteaux restants.

— Comme c'est adorable ! a commenté Kaye.

— N'exagérons rien, me suis-je défendue.

— Tu préfères Kennedy ou Shelley Stearns ? a demandé Kaye à Tia.

J'avais oublié que Shelley était partie chez sa grand-mère à Miami pour ce week-end prolongé.

— Shelley, a répondu Kaye.

Tia a examiné les cupcakes de près.

— Non, je préfère la garder. Pas question que je bouffe Kennedy.

— C'est juste une déco sur un cupcake, a protesté Kaye.

— Tu n'as qu'à le manger, toi.

Exaspérée, Kaye a tendu la main et étudié son cupcake de près.

— Mignon, a-t-elle dit en léchant le cure-dent auquel était collée la photo avant de le jeter à la corbeille.

Puis elle a glissé sur le banc en forçant Tia à lui faire de la place.

— Tu es au courant depuis combien de temps pour Quinn et Noah ? Tu n'as jamais rien dit ! Même pas à nous ! Petite cachottière !

J'ai poussé mon cupcake à moitié mangé dans un coin de ma table. Je n'avais plus faim, tout à coup.

— J'ai craqué sur Quinn, l'an dernier, vous vous rappelez ? Il ne sortait avec personne de notre connaissance, et on ne comprenait pas ce qu'il attendait pour me le demander.

Penaudes, elles ont lentement hoché la tête, regrettant manifestement de m'avoir poussée à séduire Quinn.

— Comme vous le savez, j'ai fait le premier pas. C'est là qu'il m'a avoué qu'il était gay. Mais il n'était pas prêt à en parler à tout le monde. Il avait peur de la réaction de ses parents ; ils étaient déjà devenus fous quand il s'était teint les cheveux en noir. Il savait que des rumeurs couraient sur lui au lycée, qu'on se demandait s'il n'était pas gay.

— Oui, je suis au courant, a dit Kaye.

—Sawyer m'en a parlé, a confirmé Tia.

—Comment Sawyer pouvait-il être au courant ? s'est étonné Kaye. J'imagine que Quinn ne lui avait rien dit.

—Sawyer sait tout, a souligné Tia.

—Alors Quinn m'a demandé si je voulais bien passer du temps avec lui – pour faire croire que nous étions ensemble. Histoire que les gens cessent de l'ennuyer.

—Et tu as accepté ? s'est exclamée Kaye, livide. Harper, on a déjà parlé ensemble du fait que les gens profitaient parfois de toi…

—Ça ne me dérangeait pas, je vous assure !

—Et tu as rendu le même service à Noah ? a dit Tia.

—Non, Noah m'a vraiment demandé de sortir avec lui. Vous vous rappelez comme j'étais contente ? Un joueur de foot me demandant de sortir avec lui, c'était surréaliste ! Et puis Noah m'a fait son *coming out*.

—Oooooh…, se sont-elles exclamées en chœur.

Elles avaient raison d'être désolées pour moi. Quand Noah m'avait dit la vérité, cela m'avait dévastée. J'étais tellement accro à lui, à ses bras protecteurs autour de moi. À cause de lui, j'avais pris goût aux footballeurs.

Mais ce n'était pas ce dont j'avais envie. Plus les gens étaient désolés pour moi, plus je me sentais petite.

—Alors tu les as aidés à se mettre ensemble ! a conclu Kaye. Comme c'est mignon !

—Non, ils m'avaient tous les deux fait promettre de garder le secret. Mme Chen leur a révélé la vérité par erreur. (Je leur ai raconté l'histoire des bulletins de vote pour la désignation du couple parfait.) Je suis contente que ça se soit bien terminé.

— Pourquoi Kennedy est-il en colère contre toi ? a demandé Tia. Tu me diras, il est tout le temps en colère contre toi ces derniers temps…

J'ai grimacé. C'était la vérité, mais une vérité énoncée par Tia faisait toujours plus mal.

— Sawyer a plaisanté sur le fait que je sortais uniquement avec des gays. Il a sous-entendu que Kennedy était gay aussi. Et Brody aussi, puisque nos camarades nous voient apparemment bien ensemble.

— Oh, mon Dieu ! s'est exclamée Tia, la bouche pleine. Pourquoi Sawyer a-t-il dit un truc pareil ? Je vais le tuer.

— Personne ne se soucie de ce que pense Sawyer, a fait remarquer Kaye entre deux micro-bouchées de gâteau. Sawyer est un drogué.

— Non, c'est terminé, ça, l'a corrigée Tia. Il n'y touche plus. Il est devenu super sérieux depuis qu'il a perdu connaissance, lundi.

Kaye a jeté le papier de son cupcake dans la corbeille et mis les poings sur ses hanches, façon pom-pom girl.

— Pourquoi faut-il toujours que tu le défendes ?

— Pourquoi faut-il toujours que tu t'en prennes à lui ? (Tia s'est tournée vers moi.) Et c'est tout ce que te reproche Kennedy ? Sawyer n'aurait pas dû dire ça, mais Kennedy devrait être habitué à ses commentaires débiles, comme nous tous. Il n'avait aucune raison de se mettre en colère, à moins que le sujet le touche en particulier. Brody, lui, ne s'est pas mis en colère.

— Effectivement, ai-je confirmé. Noah est son meilleur ami. En plus, Brody est tellement cool. Brody…

Tia et Kaye me regardaient avec des yeux ronds. Toute histoire impliquant Brody était plus délicieuse que n'importe quel cupcake. Soudain, je me suis surprise à leur raconter ce qu'il avait dit à mon sujet à ses coéquipiers.

— Tu l'intéresses, a dit Kaye en se frottant les mains. Intéressant !

— Un « accouplement parfait » ? a répété Kaye. Pourquoi pas un emboîtement ? Comme si tu étais un bout de tuyau en PVC et lui un raccord.

— Ouais, je n'ai pas trouvé ça sexy non plus, ai-je menti. Je lui ai demandé de s'expliquer, et il a répondu que c'était sorti tout seul, que c'était tout ce qu'il avait trouvé à dire quand ses potes l'ont taquiné au sujet de notre élection. Et vous, pour qui avez-vous voté, au fait ?

Depuis le temps que je voulais leur poser la question…

— Pour toi ! a répondu Kaye, triomphante.

— Et pour Brody ?

— Grand Dieu, non. Pour toi et Evan Fielding. Il est si mignon avec sa casquette à carreaux. On dirait un vieil homme. Vous êtes tellement rétros, tous les deux.

Arborer une casquette de vieillard était la chose la plus intéressante qu'Evan Fielding ait jamais faite. Evan suivait le même cours de journalisme que Kennedy et moi. À la rentrée, tout le monde avait donné des idées pour notre album-trombinoscope. Tout le monde, sauf lui. Nous avions travaillé en binôme à plusieurs reprises, et j'avais toujours fini par faire le boulot moi-même de peur qu'il me claque entre les doigts. Et c'était lui le type qu'une de mes meilleures amies voyait à mes côtés sur la photo du couple de l'année ?

— C'était juste à cause de sa casquette, s'est aussitôt défendue Kaye en lisant mon mécontentement sur mon visage.

—Je te trouve bien curieuse, a lancé Tia. Tu aimerais savoir pourquoi la classe a voté pour vous deux, pas vrai ?

—Non ! Tu rigoles ? J'ai un copain. Et Brody une copine. Cette histoire de couple parfait nous fait bien rire d'ailleurs. Quelle blague !

Blague ou pas, cependant, nous avions deux semaines pour faire une photo ensemble. Durant ce laps de temps, notre relation serait on ne peut plus sérieuse. Du moins de mon côté.

J'aurais bien aimé assister au match de foot avec Tia et Kaye, mais la première était avec Will parmi les percussionnistes de la fanfare, et la seconde sur la ligne de touche avec les autres pom-pom girls, dont la petite amie si glamour de Brody, Grace. J'étais donc contrainte d'arpenter les bords du terrain seule pour faire mes photos.

Même si je ne comprenais pas toutes les règles, j'avais toujours aimé assister à des matchs. J'aimais écouter la fanfare, entendre les cris des spectateurs et des pom-pom girls, j'appréciais cette atmosphère survoltée. Certes, il m'arrivait de craindre pour ma vie en voyant ces mecs énormes courir vers moi avec leurs protections et leur casque, mais cela me permettait souvent de prendre de superbes clichés, ce qui justifiait le danger encouru.

Enfin, je prenais surtout de belles photos de Brody. Durant le troisième quart-temps, notre défense a récupéré un ballon après un cafouillage et a réussi à remonter le terrain pour marquer un *touchdown*. J'ai raté toute l'action parce que j'étais occupée à zoomer sur Brody au lieu de suivre le match. Il venait de retirer son casque, et ses longs cheveux trempés étaient maintenus en arrière par un bandeau. Il ne se doutait pas que mon objectif était braqué sur lui. Il était concentré sur le match et s'époumonait en criant des instructions à nos défenseurs.

Pendant le quatrième quart-temps, Sawyer, déguisé en pélican, s'est approché de moi d'une démarche incertaine. À chaque pas, il levait bien haut ses genoux et ses grosses pattes d'oiseau tout en agitant ses coudes couverts de plumes. Peut-être m'avait-il surprise en train de mater impunément Brody. Je ne savais pas si sa grosse tête d'oiseau lui permettait de voir correctement.

Il m'a entourée de son aile et m'a donné un coup de bec pelucheux dans l'œil.

— Dégage ton aile de là, ai-je protesté en le repoussant.

Il a mis ses ailes sur ses hanches dodues et tapé du pied comme s'il voulait connaître la raison de ma colère.

— Tu as du toupet, pélican. Quinn et Noah ont fait preuve d'un grand courage aujourd'hui, et tu n'as pas pu t'empêcher de t'en prendre à eux, mais aussi à Kennedy, Brody et moi. Comme si on pouvait rendre les gens gays ! Kennedy est furieux contre moi à cause de ce que tu as dit.

Sawyer a haussé les épaules.

— Je sais que tu n'aimes pas Kennedy, mais c'est mon petit ami !

Il a écarté les ailes d'un air suppliant.

— Tu ne l'as pas fait exprès, j'imagine, et c'est bien là le problème. Tu es prêt à tout pour une bonne blague, y compris à faire du mal aux autres.

Il a baissé la tête, et ses épaules se sont affaissées. Il était désolé.

— Je m'en fiche, ai-je dit. Laisse-moi.

Il s'est mis à genoux, les mains jointes.

— Non, tu mérites de mariner dans ton jus pendant quelque temps.

J'ai tout de suite regretté d'avoir dit cela. Quatre jours plus tôt, il avait perdu connaissance d'épuisement, et il devait mourir de chaud dans son costume – il faisait au moins 27 degrés.

Sawyer n'a pas paru s'offusquer, cependant, et m'a agrippé la jambe de ses ailes.

J'ai tenté de reculer, de m'échapper, mais il a tenu bon. Ses ailes étaient à hauteur de mes genoux, soit dangereusement proches de soulever ma robe déjà courte devant cinq mille personnes.

J'ai regardé vers la tribune des élèves. Kennedy me montrait du doigt et riait à gorge déployée en donnant des coups de coude à ses voisins.

Je me suis tournée vers le terrain, craignant que Brody soit en train de nous regarder, lui aussi, ce qui aurait été pire que tout. De fait, il se désintéressait de ses camarades occupés à en découdre sur la ligne de front. N'aurait-il pas dû être focalisé sur le match ? Non, il m'observait.

Je me suis défendue avec la seule arme dont je disposais. Je me suis penchée en arrière, j'ai réglé la profondeur de champ et photographié la tête énorme de Sawyer avec Brody en arrière-plan.

C'était une expérience si mortifiante que je doutais d'être capable un jour d'y repenser avec le sourire – pas même à la fin de l'année ni à la fac, ni quand j'aurais trente ans. Avant de mourir, peut-être.

— Hé !

Kaye est apparue derrière Sawyer et lui a mis une tape sur la tête. Tous les deux se connaissaient bien car Sawyer accompagnait les pom-pom girls pendant les cours de sport.

Et, comme il avait maintes fois eu l'occasion de l'énerver, mon amie savait où cogner pour ne pas lui faire trop mal quand il était habillé en pélican. Ou bien au contraire pour qu'il sente le coup passer.

Quoi qu'il en soit, il m'a lâché la jambe pour essayer d'attraper Kaye, qui a filé en courant le long de la ligne de touche. Tout est arrivé si vite que je n'ai même pas eu le temps de prendre une photo.

Après notre victoire, l'équipe, les entraîneurs, les pom-pom girls et Sawyer se sont regroupés sur la ligne des cinquante yards pour se congratuler, tandis que Brody se dirigeait vers la sortie en compagnie de Noah. Les journaux avaient annoncé que ce serait une grande année pour l'équipe et pour Brody, mais leur conversation semblait beaucoup trop sérieuse pour deux coéquipiers venant de gagner le premier match de la saison.

Je réfléchissais si fort à ce mystère que j'ai mis plusieurs secondes à me rendre compte que Brody me faisait signe. Le temps que je me réveille, il avait renoncé à toute discrétion et faisait de grands gestes avec les bras, comme un naufragé tentant d'attirer l'attention d'un hélicoptère des garde-côtes. Après quoi il a repris son conciliabule solennel avec Noah.

Je les ai suivis du regard comme ils gravissaient les marches des gradins et disparaissaient par la porte de sortie. Ç'avait été le clou de la soirée, pour moi.

Après cela, j'ai retrouvé mes camarades de la classe de journalisme au *Crab Lab*, où Kennedy a persisté à me faire la tête et à m'ignorer. Il ne m'a même pas regardée, passant la soirée seul sur une banquette deux places à parler de l'album de fin d'année avec le responsable de la rubrique sportive. À plusieurs reprises, il a élevé la voix en expliquant qu'incliner les photos était un excellent moyen d'apporter un peu de variété.

Le lendemain matin, il partait chez des cousins à Orlando, où il devait rester jusqu'au dimanche soir. J'avais envie de me réconcilier avec lui pour que notre dispute ne ternisse pas ce week-end prolongé. Mais vu qu'il s'évertuait à faire comme si je n'étais pas là, je me doutais qu'il n'était pas prêt à m'embrasser ou à se calmer. Comme je n'avais pas faim, je suis partie quelques minutes plus tard. J'avais beaucoup à faire à la maison.

J'ai passé la majeure partie de mon samedi et de mon dimanche à travailler. De toute façon, mes amies avaient des obligations. Kaye avait une réunion de famille. Le père de Tia était sur le point d'acheter un manoir nécessitant des travaux, et elle l'aidait à ranger leur maison avant de la mettre en vente.

Je ne me sentais pas spécialement seule. À vrai dire, j'étais contente d'avoir ces deux jours à moi. J'avais prévu de retoucher les photos que je n'avais pas encore transmises à Kennedy et de préparer mon site pour accueillir celles que je prendrais lundi à l'occasion de la course. Si je parvenais à rattraper mon retard, je serais peut-être moins stressée par la suite de ma mission : boucler à temps les séances photo prévues pendant les deux semaines à venir, y compris celle avec Brody.

Samedi et dimanche, j'ai aidé à servir le petit déjeuner, après quoi ma mère s'est occupée de tout le reste – nettoyer les chambres, les salles de bains et les parties communes, remplacer ou repeindre les planches du bardage qui pourrissaient sous le soleil et la pluie de Floride. En dehors du moment du petit déjeuner, nous nous parlions à peine.

J'ai aussi lâché mon ordinateur pour rendre visite à mon grand-père, qui vivait seul à quelques rues de là. J'allais le voir en moyenne un jour sur deux depuis que maman et lui s'étaient disputés quelques mois plus tôt. Papy se mettait toujours en colère quand maman parlait de se remettre avec papa.

Après m'être assurée qu'il allait bien, je suis rentrée en longeant la plage jusqu'au ruban de sable que mon grand-père avait hérité de sa famille. Quand mon père était encore là, il lui arrivait souvent de se plaindre du fait que son beau-père refusait de vendre ce petit bout de plage qui aurait pu nous rendre riches. Mais papy était têtu ; il n'avait même jamais eu l'idée de faire bâtir une maison sur ce terrain où il aimait installer son chevalet pour peindre l'océan.

Je comprenais ce qu'il ressentait. J'étais tombée amoureuse de la photo à cet endroit précis – les palmiers, le sable, les bateaux sur l'eau. Tout le monde voyait la même chose, mais un photographe pointait son objectif sur un détail précis afin de raconter une histoire.

À vrai dire, je craignais de ressembler un peu trop à mon grand-père. Un jour, j'hériterais de sa maison d'un côté de la ville et de sa petite plage de l'autre. Tout comme lui, je me plongerais dans mon art et me terrerais chez moi en pestant d'avoir à interagir avec les autres lors de ma sortie hebdomadaire à l'épicerie.

J'adorais être seule sur la plage même si, parfois, j'aurais voulu partager ces moments avec mes amis. Ce week-end-là, les plages publiques étaient surpeuplées et j'entendais les familles rires derrière les feuilles des palmiers. Comme je nageais dans les vagues chaudes, je voyais des jeunes s'amuser un peu plus loin. Une fille serrait son copain dans ses bras, les jambes enroulées autour de sa taille. Il lui embrassait l'oreille. Ils riaient et chuchotaient.

Brody était sans doute là-bas avec Grace.

Pas grave. J'avais du travail.

Le lundi suivant était férié, mais je me suis levée tôt car j'avais du pain sur la planche. J'ai enfilé un chemisier cintré, une jupe cigarette de ma conception, et j'ai chaussé mes lunettes au look le plus professionnel. Mes cheveux étaient coiffés en un chignon élégant sur ma nuque. Puis je suis sortie de la maisonnette que je partageais avec ma mère – la dépendance de la maison victorienne aménagée en gîte. Maman s'activait déjà, préparant le petit déjeuner de ses pensionnaires. Mon travail consistait à aider au service.

Et je détestais ce job. Depuis que mes parents s'étaient séparés deux ans plus tôt, je m'efforçais de donner un coup de main à ma mère. Quand elle s'était retrouvée seule, elle avait emprunté de l'argent à son père pour acheter cette maison d'hôtes. Maman adore les gens. Il n'y a rien de plus amusant pour elle que de vivre en permanence en compagnie d'un groupe d'étrangers. C'est un peu une maladie. Elle rêvait depuis toujours d'avoir une maison d'hôtes dans cette ville balnéaire qui l'avait vue grandir. Manifestement, le gène de la misanthropie de papy avait sauté une génération car, pour moi, c'était un cauchemar.

Je me suis arrêtée devant le bardage rose, derrière la maison. Les palmiers nains me protégeaient de l'impitoyable soleil matinal. Mes talons aiguilles écrasaient les coquillages de l'allée. J'ai pris une profonde inspiration et je suis entrée dans la cuisine.

— Bonjour ! a aussitôt entonné maman en sortant des gâteaux à l'orange du four.

Elle portait une robe de plage longue et légère et des boucles d'oreille en forme de plumes, et ses longs cheveux noirs étaient délibérément ébouriffés. Elle était pieds nus. Elle aimait s'habiller de façon très décontractée pour que ses clients se sentent chez eux, mais j'étais à peu près certaine que le fait de servir le petit déjeuner pieds nus pouvait lui valoir des ennuis avec les services d'hygiène.

Elle s'est retournée pour attraper une corbeille à pain sur une étagère, si bien que je n'ai pas compris ce qu'elle m'a dit ensuite.

— Tu as l'air...

J'ai préféré ne pas lui demander de répéter. Ma mère m'avait déjà dit à de nombreuses reprises ce qu'elle pensait de mes goûts en matière de mode.

Et j'étais venue pour travailler. Sans perdre de temps, elle m'a tendu des pincettes et la corbeille remplie de gâteaux destinés aux invités attablés dans la salle à manger. Puis elle m'a examinée de la tête aux pieds.

— Je croyais que tu allais prendre des photos de la course, ce matin.

— Eh bien, oui.

— Ta tenue n'a pas l'air très confortable.

Ce que je ne trouvais pas très confortable, c'était de vivre le rêve hôtelier d'une autre personne. Mais j'ai gardé cela pour moi, évidemment.

— Souris, a-t-elle ajouté en m'effleurant les lèvres, ruinant sans doute mon rouge parfaitement appliqué.

J'allais devoir vérifier mon maquillage avant de quitter la maison. Soudain, elle m'a tapoté le front du bout du doigt – voulait-elle me mettre un peu de rouge entre les yeux ?

— Personne n'aime être servi par quelqu'un qui fait la tête, m'a-t-elle rappelé.

Puis elle a poussé la porte de la salle à manger, où huit adultes bizarres m'attendaient avec impatience. Ils ne manqueraient pas de me poser des questions personnelles et embarrassantes qu'ils n'auraient jamais posées s'ils n'étaient pas en vacances, comme : « Tu as un petit ami ? »

Réponse : je n'en étais pas sûre. Depuis vendredi, Kennedy n'avait même pas pris la peine de m'envoyer un SMS.

Une fois les plats disposés sur la table, maman a pris place parmi ses invités, jouant à la perfection son rôle « d'autochtone haute en couleur ». Elle était leur source d'infos principale sur les meilleurs restaurants, les plus belles plages, les endroits à voir à Saint Petersburg et Tampa.

Elle me réservait toujours une place à table, mais je préférais m'assurer du confort de nos clients en restant en cuisine… Je me portais donc volontaire pour vider le lave-vaisselle ou surveiller la cuisson de la seconde fournée de gâteaux. Ma mère me laissait faire, car sa règle numéro un était de ne jamais se disputer avec moi en présence de ses clients. Dans l'enceinte de la maison d'hôtes, nous n'étions plus une famille mais du personnel hôtelier.

Je ne voulais ni énerver ma mère ni saboter son business, mais je ne supportais pas d'être attablée avec un groupe de clients différents chaque semaine et de devoir me comporter comme s'ils étaient de la famille. Je n'avais pas envie de répondre à un million de questions sur le lycée, mes amis ou mes petits amis. C'était un peu comme quand ma mère ramenait à la maison son nouveau petit copain et que nous devions faire connaissance. Chaque fois, évidemment, elle me répétait que « c'était le bon ».

Je n'avais rien contre ses rêves ; je préférais juste ne pas être incluse dedans.

Ce matin-là, je suis restée planquée dans la cuisine, tapant par moments un couteau contre l'évier pour donner l'impression que j'étais occupée, pendant que je feuilletais les pages sport du journal local trihebdomadaire. Je m'attendais à trouver un article dithyrambique sur la victoire de vendredi. La fan-girl qui sommeillait en moi avait besoin de lire quelque chose sur son héros – quelque chose qui lui rappellerait à quel point il était hors de portée.

À ma grande surprise, le titre était d'une cruauté imparable : LARSON DÉÇOIT LORS DE LA PREMIÈRE VICTOIRE DES PÉLICANS.

L'article expliquait que le style de Brody se caractérisait par sa propension à attendre la dernière nanoseconde avant de faire sa passe, ce qui augmentait ses risques de se faire plaquer – tacler, tabasser, frapper avec une grande brutalité par l'équipe adverse, qui priait pour qu'il sorte sur une civière et cède la place à un remplaçant. Mais Brody s'en fichait. Il ne craignait pas la douleur et prenait son temps pour choisir les coéquipiers les mieux placés pour recevoir des passes précises.

Du moins était-ce ainsi que ça se passait à l'entraînement – d'où l'enthousiasme des commentateurs à l'entame de la saison. Mais, lisait-on dans l'article, Brody avait perdu son *mojo*. On aurait dit qu'il se débarrassait de la balle comme un quarterback débutant et peureux.

Pas étonnant que Noah et lui m'aient parus déprimés à la fin du match.

Je me demandais ce qui avait bien pu se passer.

C'était étrange, mais cet article concernant un type que je connaissais à peine, finalement, menaçait de ruiner mon week-end prolongé. Il y avait aussi la froideur de Kennedy et la remarque de ma mère sur ma tenue. Une fois la seconde fournée de gâteaux distribuée, la sacoche de mon appareil photo mise en bandoulière et la porte de la maison refermée derrière moi, mon humeur s'est améliorée. Au bout de la rue, des barrières bloquaient la circulation. Les trottoirs grouillaient de personnes joyeuses de tous âges. Leurs regards étaient rivés sur la route, à l'affût des premiers coureurs.

Je suis passée sous une corde – pas au-dessus, ce qui aurait été acrobatique dans ma jupe moulante – pour me positionner au milieu de la chaussée, à quelques mètres de la ligne d'arrivée. À cause de la remarque de ma mère, je commençais à me demander si j'avais bien choisi mes vêtements. Je craignais qu'elle ait raison… Je transpirais déjà sous ma ceinture et mon soutien-gorge. Habillée de la sorte, je me sentais aussi jolie que Lois Lane et aussi talentueuse que Jimmy Olsen, mais avec la force de Superman. Je ne portais aucun badge prouvant mon appartenance à l'organisation, mais personne ne m'a rien demandé. J'avais l'air d'être à ma place.

Les acclamations de la foule ont enflé progressivement, la vague déferlant dans ma direction, comme les premiers coureurs apparaissaient. J'ai visé et je me suis préparée à faire le point. Mon but était d'obtenir au moins un bon cliché de chaque coureur. Les numéros épinglés à leur maillot me serviraient à les référencer sur mon site de vente en ligne. Mais c'était mission impossible – des photos presque parfaites de centaines de personnes en l'espace de quelques minutes. J'ai pris une profonde inspiration pour me calmer.

Les cris de la foule ont atteint leur paroxysme tandis que les leaders de la course débouchaient sur la place centrale. Les trente premiers étaient des athlètes expérimentés, menés par le propriétaire d'un magasin de chaussures de running – celui-là même qui sponsorisait la course et m'avait demandé de la photographier. J'avais à tout prix besoin d'une photo parfaite de lui. J'ai réglé la profondeur de champ aussi bien que j'ai pu et je me suis préparée à mitrailler les coureurs. Une fois la première vague passée, il y en a eu une deuxième. J'ai fait de mon mieux, le cœur battant à tout rompre.

Lorsque soudain, oh… Là, au centre de mon viseur : Brody.

Chapitre 4

Des picotements d'excitation se sont propagés dans mon cou et ma poitrine avant même que j'assimile réellement qu'il s'agissait de Brody. Et je n'avais même pas reconnu son visage. Il était encore trop loin, même avec mon zoom. Ce que j'ai reconnu, c'est sa foulée. Je l'avais *beaucoup* trop souvent regardé s'entraîner au sprint sur le parking par la fenêtre de la classe d'anglais ces deux dernières semaines…

Me rappelant subitement la raison de ma présence au milieu de la route, j'ai pris une photo de lui bousculant le type qui courait à sa hauteur. Celui-ci a ri et l'a poussé en retour. J'ai reconnu Will, le petit ami de Tia. J'ai pris des photos de tous les coureurs que je voyais clairement, puis je me suis concentrée sur Brody.

Ses cheveux châtains décolorés par le soleil étaient assez longs pour lui tomber dans les yeux, aussi les avait-il maintenus par le même genre de bandeau qu'il utilisait pour jouer au foot. J'ai observé les muscles joliment dessinés de ses cuisses tandis qu'il sprintait dans ma direction. Il portait en tout et pour tout un short rouge, affichant ses abdominaux. Même s'il était fort, j'étais surprise par sa fine silhouette, si différente de celle que j'avais observée sur le terrain lorsqu'il portait son casque et ses protections. Après ce que j'avais lu dans les journaux, je m'attendais à ce qu'il soit plus musclé. Peut-être que tous les lycéens qui faisaient du sport lui ressemblaient et prenaient du muscle à l'université.

Il portait le numéro 300 écrit au marqueur sur la poitrine, ce qui signifiait qu'il était le dernier coureur à s'être inscrit – puisque, m'avait-on dit, c'était le nombre total de participants. Cependant, le 3 avait bavé et ressemblait presque à un 8. Brody et Will galopaient vers la ligne d'arrivée, accélérant, se moquant l'un de l'autre en prenant alternativement la tête.

Soudain, un autre coureur a émergé derrière eux – Noah. Il était torse nu aussi, et son corps luisait dans le soleil tandis qu'il passait la vitesse supérieure et les dépassait tous les deux. Même s'ils étaient encore loin, même si je les observais à travers mon téléobjectif, j'ai cru entendre les grognements incrédules de Brody et Will.

Comme je les regardais, quelque chose s'est passé en moi.

Je n'avais jamais pensé aux garçons de la même manière que les autres filles. Kaye était accro à Aidan, mais il nous arrivait de la surprendre en train de suivre un autre garçon du regard. Elle disait par exemple qu'il avait un joli cul, tout en précisant qu'elle n'avait pas du tout envie de tromper son copain, mais il était clair qu'elle appréciait le physique masculin. Et Tia nous gratifiait d'un flot constant de commentaires similaires. Le sexe l'intéressait et elle n'en avait pas du tout honte. Je l'admirais pour cela, même si je n'osais pas le lui dire. De toute façon elle n'avait pas besoin de mes encouragements. En comparaison, ma vie était un peu sage. Je n'étais pas gay, je n'étais pas bi, c'est juste que le sexe n'était pas mon truc.

Pas étonnant que je sois la fille avec qui les mecs gays voulaient sortir lorsqu'ils n'osaient pas faire leur *coming out* et qu'ils avaient besoin de faire taire ceux qui se mêlaient de ce qui ne les regardait pas. Ils supposaient sans doute que cela ne me dérangerait pas outre mesure, vu que le sexe opposé ne m'intéressait pas.

Jusqu'à ce jour-là, en tout cas. Peut-être était-ce parce que je pensais constamment à Brody et à ce que je pourrais lui dire pour lui rappeler que nous étions censés nous photographier pour l'album. Mais non. La vue de son corps magnifique luisant d'écran total et de transpiration tandis qu'il courait vers moi m'a fait comprendre que, finalement, le sexe était mon truc à moi aussi.

J'avais confiance dans le fait que mon attirail, dont mon appareil professionnel, me protégeait de la vague humaine. Cependant, Noah m'a dépassée en me frôlant d'un peu trop près. Après quoi Brody et Will se sont précipités vers moi en martelant l'asphalte de leurs chaussures.

Brody s'est détourné de Will, fixant son regard sur mon objectif, sur mon œil. Il avançait tout droit. Il était sur le point de me heurter.

Poussant un couinement, j'ai pivoté sur moi-même pour protéger mon appareil.

Il est passé si près que j'ai senti un courant d'air dans mon dos. Alors je l'ai vu lever les bras en l'air en signe de victoire comme il franchissait la ligne d'arrivée avant Will.

Brody m'avait oubliée – ou bien ne m'avait jamais vraiment remarquée.

Bougonnant dans ma barbe, je me suis tournée vers la meute de coureurs et j'en ai photographié un maximum, soulagée d'avoir pris quelques clichés intéressants avant de perdre la tête et de me focaliser sur Brody. Se doutait-il qu'il avait failli me faire lâcher mon appareil ? Cela l'intéressait-il seulement ? Brody était ainsi fait – un casse-cou habitué à prendre des risques inconsidérés. Rien de grave ne lui était jamais arrivé, cependant ; il retombait toujours sur ses pattes.

Sauf la fois où, lors de la sortie de fin d'année de CM2, il était tombé du haut du toboggan de la piscine et avait terminé à l'hôpital.

Ou encore lorsque, à l'occasion d'une sortie au musée de Tampa en classe de CE1, les professeurs l'avaient retrouvé à l'intérieur d'un squelette de dinosaure d'une valeur inestimable.

Maintenant que j'y pensais, il avait également pulvérisé la voiture de sa mère lorsqu'il avait quatorze ans. J'ai donc serré un peu plus fort mon appareil photo alors que le reste des coureurs finissaient de me dépasser.

Une trentaine de participants plus tard, j'ai vu arriver Kaye et deux de ses copines pom-pom girls, le numéro soigneusement épinglé au tee-shirt assorti au short. Kaye m'a vue la première et a crié quelque chose aux autres filles, qui n'ont pas manqué de faire de grands signes à mon objectif en me dépassant. Au moins une d'entre elles avait la bouche ouverte ou les yeux fermés sur chacune de mes photos. La seule façon d'obtenir un cliché décent des trois filles et de devenir par là même la meilleure photographe de tous les temps – dans leur esprit – était de les photographier en rafale. Sur quelques dizaines de prises, il y en aurait au moins une de correcte. Mieux valait se fier à la logique et au pouvoir du nombre plutôt qu'à l'art pour espérer gagner de l'argent en photographiant une foule.

Quelques petits groupes de coureurs m'ont dépassée, précédant Sawyer. Il avait peut-être survécu au match de vendredi, mais il n'aurait jamais dû courir cinq kilomètres par une chaude matinée de septembre, à peine une semaine après avoir été hospitalisé.

Son tee-shirt était trempé et collé contre sa peau et ses cheveux normalement clairs étaient sombres de transpiration. Sa fatigue n'avait pas entamé sa bonne humeur, cependant. Tandis que je m'efforçais de le centrer pour réussir ma photo, il a couru droit vers moi en tendant le bras devant lui comme une célébrité se protégeant des paparazzis. J'ai obtenu trois magnifiques photos de sa paume.

— Merde, Sawyer ! me suis-je exclamée comme il me dépassait, me rendant compte au moment où j'articulais ces mots que c'était une des phrases que j'entendais le plus souvent au lycée.

Peut-être même était-ce son véritable nom : Sawyer Merde.

Les groupes de coureurs se faisant plus denses, j'avais de plus en plus de mal à cadrer tout le monde. Pourquoi donc s'évertuaient-ils tous à courir en meutes ? Durant une accalmie, j'ai regardé rapidement par-dessus mon épaule – non pas pour localiser Brody, mais pour chercher Kaye.

J'ai aussitôt remarqué Sawyer, parfaitement immobile, le regard perdu dans le vague, si pâle qu'il en semblait presque vert.

J'ai attrapé ma sacoche à mes pieds, je l'ai rejoint en courant.

— Tu peux sortir mon téléphone de la poche de devant, s'il te plaît ? lui ai-je demandé.

J'ai continué à photographier les coureurs puis, quelques secondes plus tard, il est apparu devant moi, mon téléphone à la main. Au moins était-il toujours capable de suivre des instructions. Après avoir passé mon pouce sur l'écran, j'ai entré mon code.

—Appelle Tia, lui ai-je ordonné en lui mettant le téléphone dans la main.

Entre deux arrivées de coureurs, le téléphone est réapparu devant moi. J'en ai profité pour examiner rapidement Sawyer. Il clignait des yeux à un rythme inquiétant. J'ai coincé le téléphone entre ma joue et mon épaule tout en visant maladroitement dans mon appareil.

—Salut, Annie Leibovitz! a couiné Tia.

—Je crois que Sawyer va nous claquer dans les pattes.

—J'arrive tout de suite!

J'ai glissé le téléphone dans ma poche. Je ne voulais pas avoir à expliquer au sponsor de la course, mon patron, la première personne à m'avoir payée pour prendre des photos, que j'avais manqué la fin de la course parce qu'un de mes amis était tombé dans les pommes. Néanmoins, j'aurais abandonné mon poste sur-le-champ si Sawyer était sur le point de s'écrouler.

Heureusement, Tia est arrivée avant que cela se produise, et j'ai pu me tourner vers les coureurs. Malgré les cris de la foule et le groupe de rock qui commençait à jouer quelque part derrière la ligne d'arrivée, j'entendais Tia et Sawyer dans mon dos.

Tia: «Merde, Sawyer! Tu te sens bien?»

Sawyer: «Ça va aller. Dans un an ou deux.»

Tia: «Tu es malade d'avoir couru! Tu sors à peine de l'hôpital! Tu veux te suicider ou quoi?»

Sawyer: «Nan… Enfin, pas très activement.»

Tia: «Putain. Bon, assieds-toi. Là, sur le trottoir. Will!»

Alarmée par son ton inquiet, j'ai regardé par-dessus mon épaule. Will se frayait un chemin dans la foule en tenant deux bouteilles d'eau au-dessus de sa tête. Et Brody le suivait de près.

Tia : « Tu savais qu'il s'était inscrit ? »

Will : « J'ai essayé de le dissuader de prendre le départ. Merde, Sawyer, mets ta tête entre tes genoux. »

Tia : « Tu m'aides à l'accompagner à l'infirmerie ? »

Will : « Il n'y en a pas. C'est une course de cinq kilomètres… »

La voix étouffée de Sawyer : « Qu'ils aillent tous se faire… »

Will : « Ferme-la et profite de la vue. »

Alors que je m'apprêtais à tirer le portrait d'une foule de coureurs lourdauds, la voix de Brody a attiré mon attention. La main posée sur la nuque de Sawyer, il lui poussait la tête vers le sol, tandis que Will lui versait de l'eau sur les cheveux. Kaye et ses copines pom-pom girls sont arrivées et les ont encerclés. Sawyer était entre de bonnes mains. Je me suis efforcée de me concentrer sur les cinquante dernières personnes à passer la ligne d'arrivée. Certaines grimaçaient d'épuisement, d'autres me souriaient en faisant des signes de victoire.

La course était enfin terminée. J'ai levé une dernière fois les yeux vers la route, qui se remplissait de piétons, la police ayant signalé la fin du défilé de coureurs. Avec un soupir, j'ai commencé à visionner mes photos. J'étais curieuse de vérifier si mon obsession pour le corps de Brody était justifiée ou non.

Elle l'était. L'image était minuscule, mais on voyait bien ses muscles luisants et son numéro à moitié étalé. J'avais hâte d'en voir une version agrandie sur mon ordinateur.

— Qu'est-ce que c'est ? a demandé Tia en regardant par-dessus mon épaule. Tu as de quoi gagner le Pulitzer ? Tu as l'air encore plus absorbée que d'habitude.

— Comment va Sawyer ?

— Sawyer va bien. Il est juste débile. Will le raccompagne chez lui. Ne change pas de sujet, je te prie. Fais voir ce que tu as de si intéressant.

Je lui ai mis l'appareil dans les mains et je l'ai observée pendant qu'elle examinait la photo.

— J'ai l'impression d'être une voyeuse, ai-je dit.

— Je confirme. C'est vraiment dégoûtant. Tu n'oublieras pas de m'en envoyer une copie. Vous avez discuté de votre photo de couple pour l'album ?

— Pas encore trouvé le temps. Le fait de l'avoir vu comme ça ne va pas me faciliter la tâche. Tu parles d'un couple parfait… Je me demande bien dans quel univers parallèle on pourrait être en couple, tous les deux ! Je ne suis pas vraiment faite comme une gymnaste.

J'ai fait défiler d'autres photos jusqu'à trouver la plus belle. Il était tellement mignon, et il paraissait si heureux de pousser Will hors du cadre que j'en ai eu un pincement au cœur.

— Tu as voté pour Brody et moi ? Tu n'as pas répondu l'autre jour.

— Non. Je t'ai désignée élève la plus artiste, et Brody le plus athlétique. En couple parfait, j'ai mis deux geeks qui n'arrêtent pas de glousser dans le fond de ma classe de maths.

— Évidemment, tu as mis ensemble des gens qui se ressemblent. C'est ce que j'ai fait aussi. Quand je fais l'inventaire des mecs du lycée, je me dis que celui qui me convient le mieux est Kennedy, mais on sort déjà ensemble.

— Ouais, vous êtes tellement parfaits que vous ne vous parlez même plus.

— Comment tu le sais ?

Je lui avais envoyé un SMS pour me plaindre quand nous étions au *Crab Lab*, l'autre soir, mais on ne s'était pas revues depuis, alors comment pouvait-elle savoir que Kennedy et moi ne nous parlions toujours pas ?

— Il te fait le coup toutes les semaines, m'a-t-elle expliqué. Chaque fois que vous êtes censés sortir.

J'ai repensé aux dernières semaines. Tia avait raison, mais Kennedy ne se disputait tout de même pas avec moi uniquement pour éviter qu'on passe du temps ensemble ! Ce serait complètement débile.

Repenser à lui me mettait mal à l'aise, alors autant changer de sujet.

— Tu crois que les gens ont voté pour Brody et moi parce que nous avons quelque chose en commun, quelque chose que les autres verraient et moi non ?

— Non, a répondu Tia tandis que Brody approchait.

Il s'était visiblement vidé une bouteille d'eau sur la tête car il était encore plus trempé que lorsqu'il avait passé la ligne d'arrivée. Ses cheveux foncés et luisants étaient toujours enserrés dans son bandeau. Il se tenait si près de moi, me regardait si fixement, que je n'ai pas pu que détourner les yeux. Je me suis surprise à fixer l'endroit où son deltoïde rejoignait son biceps. C'était bien la première fois que mes cours d'anatomie de première me servaient à quelque chose.

J'ai suivi des yeux son grand pectoral, remontant vers son visage. Lui semblait absorbé par mon décolleté, que dévoilait mon chemisier légèrement déboutonné. Voyant que je l'avais surpris, il a eu un sourire coupable.

— À plus ! ai-je entendu Tia dire, mais j'étais tellement concentrée sur Brody que j'ai mis quelques secondes à comprendre qu'elle s'adressait à moi.

— À plus, ai-je répondu alors qu'elle était déjà partie.

Je transpirais aussi abondamment que Brody. Des gouttes de sueur ruisselaient sur ma poitrine. Soutenir son regard était tellement difficile que j'ai préféré me concentrer sur mon vieil allié, mon acolyte mécanique : mon appareil.

— Je voulais te montrer une photo, ai-je commencé en lui tendant l'appareil.

Il s'agissait du meilleur cliché de la matinée. Au premier plan, on voyait Noah, légèrement flou, regardant par-dessus son épaule tandis que Brody et Will se détachaient en arrière-plan, parfaitement nets, à un tiers du sommet et du côté du cadre. La composition était idéale. Ils venaient juste de comprendre que Noah les avait battus, et leur indignation était hilarante. Leurs torses nus n'étaient pas mal non plus. La perfection de cette photo était si manifeste que même un profane comme Brody ne manquerait pas de la remarquer. Il ne s'étonnerait pas de mon admiration. Non, à moins de faire défiler les photos et de découvrir toutes celles que j'avais prises de lui.

Avisant le cliché, il a éclaté de rire. J'ai regardé sa bouche. Sa lèvre inférieure n'était plus enflée, et la meurtrissure de sa mâchoire s'était estompée. Quand il riait de bon cœur comme cela, même ses cernes ne se voyaient plus. Il n'avait rien d'un athlète plus âgé et intimidant. Il avait dix-sept ans, comme moi.

Inspirant profondément – profondément, mais discrètement –, j'ai pris mon courage à deux mains et je lui ai demandé :

— Ça te dérange si j'essaie de vendre cette photo à un journal ?

— Tu vas me payer ? a-t-il rétorqué avec un regard malicieux.

— Non.

— Même pas la moitié ?

— Non.

— Le quart, alors ? a-t-il insisté en penchant la tête sur le côté, perplexe.

— Non.

Il insistait tellement que je commençais à me demander s'il n'allait pas refuser. Pourquoi pas ? C'était son image, après tout. Je ne lui avais pas demandé son avis avant de le prendre pour modèle. J'avais cru que, désinvolte comme il l'était, cela ne le dérangerait pas.

— Harper ! a-t-il soudain tonné. Je rigole !

— Ah, je me disais aussi…

J'ai repris mon appareil, ne sachant plus quoi penser. J'avais également besoin de la permission de Will et Noah. Will était parti, et je n'avais pas vu Noah depuis la fin de la course. Je n'espérais d'ailleurs pas le retrouver dans la foule. Je leur enverrais un SMS à tous les deux un peu plus tard, puis je proposerais la photo au journal local par e-mail.

Ces démarches ne me poseraient aucun problème et m'inquiétaient beaucoup moins que mon incapacité à déchiffrer le comportement du grand type si décontracté juste à côté de moi.

Brody ne semblait pas aussi perturbé que moi. Tout sourire, il a lancé :

— Je suppose que tu vas vouloir nous photographier pour l'album de fin d'année, maintenant. Comme tu as photographié Will et Tia.

— Oui, comme j'ai photographié Will et Tia, ai-je confirmé d'une voix faible.

Lorsque je les avais fait poser pour la rubrique « charmeurs de l'année », ils avaient partagé un baiser imprévu qui avait causé à Will des ennuis avec Angelica, sa copine. Enfin, plus ou moins. Tout avait fini par s'arranger puisque Will et Tia sortaient ensemble, à présent.

— Euh, je veux dire…, ai-je bafouillé.

J'avais perdu ma langue car mes yeux se trouvaient à hauteur de ses pectoraux, ce qui était déstabilisant. J'ai relevé la tête.

— Oui, il faut qu'on prenne cette photo. Le plus vite possible, d'ailleurs, car Kennedy doit envoyer cette partie à l'imprimeur dans une semaine et demie. Vendredi, on s'est un peu engueulés à cause de ça.

L'idée que Kennedy puisse se fâcher contre moi a semblé l'étonner. Dire que je venais de lui parler de mon petit ami alors qu'il essayait de me draguer… Et j'ai continué à m'enfoncer.

— C'est vrai, quoi, vu qu'on est tous les deux en couple, c'est un peu délicat. Jusqu'à présent, j'ai pris toutes mes photos dans la cour du lycée parce que c'est pratique et que la lumière est bonne ; en revanche, tout le monde peut nous voir par les fenêtres. Je me suis rendu compte que c'était problématique quand j'ai fait poser Will et Tia. Ça a fini en dispute et en rupture. En ce qui nous concerne, je ne suis pas très inspirée. Tu aurais une idée de pose ?

— Je comptais t'obéir au doigt et à l'œil.

— Vraiment ? me suis-je exclamée en surjouant mon enthousiasme.

Je commençais à me sentir plus à l'aise, réceptive à son charme. Soudain, il m'a adressé un sourire malicieux, et mon cœur s'est emballé.

— Je me disais, bon, je sais que tu es très occupé avec les entraînements et tout ça, mais si on trouvait le temps de…

Je déblatérais comme si je voulais que notre rendez-vous soit terminé avant d'avoir eu lieu.

Et il me regardait comme s'il pensait exactement la même chose.

Je me suis forcée à poursuivre :

— On pourrait se voir en dehors des cours. Ce serait ironique, tu comprends, genre le couple parfait qui ne s'est jamais formé, sauf que, justement, on serait un vrai couple… pour la photo ! Ce serait super drôle. Enfin pour cinq ou six de nos amis qui en auraient quelque chose à foutre.

Il a éclaté de rire, tandis que deux gosses en train de se poursuivre passaient entre nous comme des flèches.

— Je ne pensais pas que c'était si drôle. Bon, d'accord, ils seraient peut-être sept ou huit à se marrer.

— Ce qui m'a fait rire, c'est de t'entendre prononcer le mot *foutre*.

— Oh.

Tia m'avait déjà dit cela, une fois. Apparemment, j'étais tellement guindée et polie que tout juron sortant de ma bouche devenait aussi charmant que ceux proférés par un bébé dans une vidéo virale. Je me suis sentie devenir écarlate, comme chaque fois qu'on me disait quelque chose de ce genre, comme si je n'étais pas une personne mais une caricature.

Ne se rendant pas compte qu'il venait de toucher un point sensible – ou s'en moquant –, Brody a lancé :

— Ouais, ton idée me plaît. Ce serait un vrai rendez-vous ou un faux rendez-vous, pour la photo ?

Ce serait un faux rendez-vous, évidemment, et il le savait pertinemment. Ni lui ni moi n'étions libres. Toutefois, l'idée d'avoir la possibilité de sortir avec lui pour de vrai m'a semblé si délicieusement inconvenante que je me suis entendue répondre :

— Peu importe.

— Je vais à la plage avec des potes, cet après-midi, a-t-il annoncé en désignant de la tête l'endroit où Sawyer se trouvait quelques minutes plus tôt.

Comme si ses amis étaient là. Sauf qu'il n'y avait plus personne.

Beaucoup de mes amies, dont Tia et Kaye, seraient aussi à la plage, et j'étais censée les y rejoindre. Mais j'avais prévu de rester à la maison pour charger les photos de la course sur mon site. Je n'étais pas si pressée – les coureurs ne s'attendaient pas à trouver les clichés en ligne immédiatement –, mais j'avais besoin d'en finir avec ce job au plus vite pour pouvoir me concentrer sur l'album.

Subitement, la perspective de passer cette journée festive cloîtrée dans ma chambre m'a paru bien triste comparée à une éventuelle sortie à la plage avec Brody. Enfin… sur la même plage que Brody. Et cette photo d'un faux rendez-vous avec lui promettait d'être plus amusante que toutes les sorties que j'avais faites avec Kennedy.

— J'y serai aussi, ai-je répliqué.

— On se voit là-bas, alors ?

— Ça marche.

— À plus.

Et il s'est éloigné.

Pendant quelques secondes, j'ai plané sur un petit nuage. Dont je suis descendue brusquement lorsque j'ai reconnu la personne qu'il avait rejointe. Je l'ai entendue avant de la voir. Grace avait un rire saccadé et perçant – imaginez un chant d'oiseau pittoresque pendant une promenade en forêt, mais insupportable derrière la fenêtre de votre chambre à l'aube. Les garçons s'en moquaient tout le temps, mais Grace était si jolie et charmeuse que leurs blagues servaient surtout d'entrée en matière pour l'aborder.

Elle s'est arrêtée de rire pour dire :

— Désolée d'avoir manqué ta course, Brody. Tu me connais, je sors à peine du lit !

La foule s'est éparpillée. Je la voyais mieux, à présent. Tu parles qu'elle sortait à peine du lit… Elle se tenait là, décontractée, vêtue d'un minuscule haut de bikini et d'un short – qui heureusement recouvrait son minuscule bas de maillot ; sinon, nos vieux vacanciers en auraient fait une crise cardiaque. Ses cheveux et son maquillage, en revanche, juraient avec son look plage. Ses longues boucles blondes lui tombaient, souples, sur les épaules – le genre de coiffure que j'arrivais à obtenir après une demi-heure de fer à friser et une bombe de laque entière. Sa chevelure était maintenue en place par ses lunettes de soleil relevées sur la tête, dégageant son joli visage. Elle s'était fait un *smoky-eye* de top model avec la totale mascara, eye-liner et fard à paupières. Elle était prête pour sortir en boîte sur une île déserte.

— Tu as gagné ? a-t-elle demandé.

— Non, a-t-il gloussé.

Puis elle l'a pris par la main et l'a entraîné au loin.

J'ai regardé Brody s'éloigner. J'avais besoin de le voir partir avec sa petite amie afin de me rentrer dans le crâne l'idée qu'il n'était pas libre. Lui et moi avions partagé quelques blagues amicales et nous étions mis d'accord pour remplir une obligation scolaire – à l'occasion d'une sortie où nous nous rendrions tous les deux séparément. Et puis il avait vu sa petite copine et m'avait oubliée. Je n'ai même pas eu droit à un « au revoir » – je n'en attendais pas tant, d'ailleurs. Le « qui ne s'est jamais formé » de notre titre était beaucoup plus important que la partie « couple parfait ».

Soudain, il m'a regardée par-dessus son épaule. Droit dans les yeux.

Mon cœur s'est arrêté de battre.

Tout en marchant derrière Grace, il m'a fait un signe de la main.

Je lui ai répondu.

Il a buté sur une dalle du trottoir, mais a recouvré son équilibre sans tomber. Avant de disparaître dans la foule.

— Si c'est pas mignon…, a murmuré Tia dans mon dos.

— Ta gueule, ai-je rétorqué en me baissant pour ramasser ma sacoche.

— Alors, ce sera un vrai rendez-vous ou un faux rendez-vous ? J'ai eu beau tendre l'oreille, je n'ai pas tout compris.

Je lui ai mis la sacoche dans les bras afin de démonter mon objectif et de le ranger à l'intérieur.

— Je ne sais pas.

— Vous allez vous voir à la plage, ou bien avez-vous prévu de vous revoir à un autre moment ?

Exaspérée, je l'ai regardée d'un air menaçant.

— Désolée. Je sais, je ne devrais pas critiquer ta vie sentimentale. Avant de sortir avec Will, ma vie amoureuse se limitait plus ou moins à masturber Sawyer derrière le *Crab Lab*.

Quelques personnes âgées qui passaient par là ont écarquillé les yeux, et Tia les a gratifiées d'un clin d'œil.

— Je suis beaucoup trop bien élevée pour remettre ça sur le tapis, ai-je dit.

— Tu veux que je demande à Will de lui poser la question ? Comme ça, tu seras fixée.

— Non, merci. C'est déjà suffisamment embarrassant. Et puis, on n'est plus en CM2.

Elle grimaça tandis qu'elle me rendait ma sacoche. Tia voulait m'aider, mais ne savait pas quoi dire. En fait, il n'y avait rien à dire car ma situation était désespérée.

— Ça ira, l'ai-je rassurée. J'ai un copain. Il s'agit juste de prendre une photo pour l'album. À tout à l'heure à la plage.

— À plus tard.

La mine incertaine, elle s'est éloignée vers le magasin d'antiquités où elle travaillait avec sa sœur.

Tia était grande, et j'ai pu suivre sa chevelure auburn brillante pendant plusieurs minutes avant qu'elle disparaisse pour de bon dans la foule. J'aurais dû retourner à la maison pour demander par e-mail leur permission à Noah et Will de proposer ma photo au journal et commencer à charger mon travail sur mon site.

À présent que Tia avait filé et que Brody était parti avec Grace, j'étais consciente pour la première fois de la journée de la joie qui m'entourait. Le groupe de rock jouait une nouvelle chanson. Il n'était que 9 heures, et des familles faisaient la queue devant les marchands de glace, car les horaires des repas et les calories n'existaient plus en ce jour particulier. Les enfants riaient en montant dans un château gonflable. J'ai ressorti mon appareil et son objectif de ma sacoche pour prendre quelques photos des tongs et des sandales des gamins alignées sur la chaussée.

J'ai regardé mes propres chaussures, à la pointe noire et vernie.

Au milieu de cette ambiance de fête et d'insouciance, j'étais une mutante. Une mutante habillée pour un entretien d'embauche.

J'ai pensé au fait que j'allais revoir Brody à la plage. Il serait torse nu, encore, irrésistible, encore. Je porterais un *maillot*[1] une pièce très couvrant, très « années cinquante ». Un vêtement portant un nom français avait peu de chance de faire impression sur un athlète de Floride. Pas le genre d'impression que j'aurais souhaitée, en tout cas.

Au printemps dernier, j'avais été tellement heureuse de trouver ce maillot de bain au style rétro. Kaye et Tia m'avaient assuré qu'il était adorable. À côté de Grace, cependant, j'aurais l'air d'un scaphandrier.

Dix minutes plus tard, j'étais dans la cabine d'essayage d'une boutique de surf, à me regarder dans le miroir et à me demander ce que Brody penserait en me voyant dans un bikini rouge.

---

1. En français dans le texte. (*NdT*)

CHAPITRE 5

— Je suis complètement malade, ai-je marmonné.

— Tu disais quelque chose, ma puce ? a demandé la vieille dame qui tenait le magasin. Tu as besoin d'une autre taille ?

J'ai tiré le rideau pour lui montrer le bikini.

— Non, tu n'as pas besoin d'une autre taille, a-t-elle déclaré. Peut-être d'une autre bouteille d'écran total pour protéger toute cette chair dénudée, mais pas d'une autre taille.

J'ai payé mon bikini, que la vieille vendeuse a mis dans un joli sac avec du papier de soie assorti. Sur le chemin de la maison, cependant, j'avais presque le sentiment de l'avoir volé. Comme si tous ces gens qui s'amusaient dans les rues assistaient à ma fuite. J'étais tellement mal à l'aise d'avoir acheté ce maillot que je l'ai caché dans le fond de mon placard dès que je suis arrivée chez moi. Histoire que ma mère ne le voie pas. Si elle m'en parlait, je ne le mettrais jamais, je me dégonflerais.

Je suis allée voir où était maman, justement. Je l'ai trouvée à l'étage, dans une des salles de bains, à quatre pattes, en train de frotter les joints du carrelage sous le lavabo. J'ai fait demi-tour sur la pointe des pieds et je suis redescendue avant de remonter bruyamment, histoire qu'elle ne se cogne pas la tête sur le lavabo en me découvrant sur le pas de la porte. Avec maman, j'avais appris à prendre des précautions.

De retour à l'étage, j'ai découvert ma mère assise par terre en tailleur, m'attendant.

— Tu as survécu à la chaleur malgré ta tenue ?

J'ai préféré ne pas répondre à sa question pour poser la mienne :

— Où sont tes clients ?

En fait, il s'agissait d'un code destiné à nous assurer que nous étions bien seules, que nous pouvions parler de choses privées. Maman m'avait expliqué que c'était surtout par courtoisie pour ses hôtes.

— Ils sont tous sortis pour profiter de la journée.

— Tu as toujours ma prescription pour des lentilles ?

Chaque fois que j'allais chez l'ophtalmo, je demandais des nouvelles lunettes, mais maman exigeait systématiquement une ordonnance pour des lentilles de contact, au cas où je changerais d'avis.

— Tu as changé d'avis ! s'est-elle exclamée.

— Je veux juste essayer.

— Ça fait cinq ans que je te supplie, a-t-elle remarqué en haussant un sourcil. Qu'est-ce qui t'a décidée ?

Plutôt abandonner l'idée de porter des lentilles que de lui parler de Brody, Grace, Kennedy, Sawyer, Noah, Quinn... Je n'arrivais même pas à me remémorer comment les événements de ces quelques derniers jours m'avaient conduite à ne plus jamais vouloir porter mes adorables lunettes, mes talons aiguilles ou mes jupes cigarettes. Et, même si j'avais été capable de le faire, je n'avais aucune intention d'en faire part à ma mère, qui n'aurait pas manqué de parler de mes angoisses adolescentes à table avec ses clients – comme si de rien n'était, en faisant tourner la corbeille de gâteaux à l'orange.

— Ne t'interromps pas pour moi. Dis-moi juste où je peux trouver l'ordonnance.

Elle a froncé les sourcils et ouvert la bouche, prête à en découdre. À ce moment-là, cependant, son téléphone portable a sonné dans le couloir, sur la desserte chargée de produits ménagers.

— Tu peux aller voir qui c'est, s'il te plaît ? Si c'est ton père, dis-lui que je ne suis pas disponible.

Pitié, pas ça. Je n'avais pas envie d'être embarquée là-dedans – mais je n'avais pas non plus envie de me disputer avec elle.

— Où est mon ordonnance ? ai-je répété.

Comme elle ne voulait pas prendre le risque de manquer l'appel d'un potentiel client, elle s'est empressée de me dire dans quel dossier du bureau je pourrais trouver l'ordonnance. Après cette victoire, je me suis précipitée dans le couloir, faisant claquer mes talons sur le plancher massif, et j'ai attrapé son téléphone. Avec un peu de chance, il s'agirait effectivement de mon père. Je n'avais pas envie de me retrouver au milieu d'une dispute entre mes parents, mais cela faisait un bon mois que je ne lui avais pas parlé et trois que je ne l'avais pas vu. J'ai jeté un coup d'œil à l'écran. Maman avait le don de divination. J'ai activé le téléphone et répondu :

— Salut, papa !

— Hé, Harper ! Ta mère est dans les parages ?

Mon ventre s'est noué. Je ne pensais pas souvent à lui parce qu'il n'était plus à la maison et qu'il n'avait plus vraiment de place dans ma vie. Pourtant, j'aurais aimé qu'il ait envie de me parler.

— Désolée, mais elle n'est pas disponible, lui ai-je répondu sèchement.

— Comment ça, pas disponible ? a-t-il demandé d'un ton soupçonneux.

Je ne pouvais pas mentir à mon père, mais je ne pouvais pas non plus lui dire que maman était en train de nettoyer le carrelage et qu'elle refusait de lui parler. J'ai dégluti difficilement.

— Harper, a-t-il insisté fermement. Passe-moi ta mère, s'il te plaît.

Sa voix avait la capacité de faire monter ma tension en flèche, même au téléphone. C'était fou.

— Une seconde, ai-je murmuré. (Le bruit du sang battant dans mes tempes, je suis entrée dans la salle de bains et j'ai tendu son téléphone à ma mère.) C'est papa.

Elle s'est redressée brusquement et s'est cogné la tête dans le lavabo.

— Aïe, ai-je fait, compatissante.

Elle a lâché sa brosse à récurer en prenant sa tête dans ses mains gantées, puis, très lentement, elle m'a pris le téléphone des mains.

— Oui…

J'en ai profité pour m'éclipser. Mais la voix de ma mère m'a poursuivie jusqu'en bas, résonnant dans la salle de bains caverneuse, dans la large cage d'escalier en bois, jusqu'au rez-de-chaussée.

— J'ai demandé à Harper de te dire ça parce que nous sommes censés nous revoir au tribunal la semaine prochaine. En attendant, tu dois me laisser tranquille. Tu as compris ? *Laisse-moi !*

La maison était fraîche, sombre, sentait un peu le vieux et résonnait des cris de ma mère. J'ai fermé la lourde porte derrière moi pour me retrouver dans la lumière et la chaleur, cela embaumait les fleurs. Trois grenouilles chantaient dans la végétation. J'ai filé vers la dépendance où nous logions, où j'ai fouillé dans les dossiers de ma mère à la recherche de mon ordonnance. Le tout en me demandant comment j'avais pu, encore récemment, avoir envie de passer mon été enfermée chez moi.

La pharmacie située dans le centre tout proche et délicieusement désuet ne pouvait pas m'aider ce jour-là. En ce jour férié, seule la boutique discount située à l'extérieur de la ville pourrait me vendre ce dont j'avais besoin. Ce qui signifiait que j'avais besoin de la voiture de mon grand-père.

J'ai frappé à la porte de son bungalow, comme je l'avais fait la veille et l'avant-veille. En retenant mon souffle. Mon grand-père faisait ses courses environ une fois par semaine, s'arrêtant de temps à autre dans une boutique de fournitures d'art pour acheter de la peinture à l'huile. Pour ce que j'en savais, c'étaient les seuls moments où il quittait la maison dans laquelle il avait toujours vécu et qui avait vu grandir ma mère.

Maman et papy se disputaient souvent. Elle lui disait qu'elle voulait s'assurer qu'il était en bonne santé et n'avait besoin de rien ; lui l'accusait d'être une sale petite curieuse. Il lui répétait qu'elle avait besoin de se débarrasser une fois pour toutes de son connard de mari ; elle rétorquait qu'il se mêlait de ce qui ne le regardait pas. Ils avaient raison tous les deux. Entre deux disputes, j'étais la seule à lui rendre visite. Sawyer habitait juste à côté de chez lui et mon grand-père le payait parfois pour qu'il tonde son gazon, mais on ne pouvait pas compter sur mon camarade de classe pour frapper à la porte de papy lorsqu'il lui arrivait de ne pas sortir pendant plusieurs jours d'affilée. Seule une petite-fille parano comme moi aurait eu cette idée.

Un jour, je frapperais à sa porte et, en l'absence de réponse, je forcerais sa fenêtre et j'entrerais chez lui pour le trouver mort. Pourquoi cela m'inquiétait-il tant, d'ailleurs ? S'il était mort une heure plus tôt, je ne pourrais rien pour le sauver.

J'ai frappé plus fort.

— Papy ! C'est Harper !

Forcément, puisque j'étais sa seule petite-fille.

J'ai poussé un soupir de soulagement en entendant enfin des bruits de pas de l'autre côté de la porte. Même ses pas avaient quelque chose de misanthrope ; papy traînait les pieds comme s'il aurait préféré se battre contre un serpent plutôt que de laisser sa petite-fille entrer chez lui.

Il a tourné la clé et entrouvert la porte – à peine, sans même tendre la chaînette. Je ne comprenais pas ce qu'il avait à cacher ; pour ce que j'en voyais, il avait son apparence habituelle. Ses cheveux gris étaient noués en une queue-de-cheval, et une traînée de peinture jaune séchait dans sa barbe.

— Je vais bien, a-t-il dit.

— Tu veux bien m'ouvrir ? Samedi, tu ne m'as pas laissée entrer, mais au moins tu as ouvert la porte. Dimanche, tu l'as entrouverte. Aujourd'hui, c'est à peine si tu m'ouvres. Tu es de moins en moins content de me voir ou tu veux me cacher ta maigreur de plus en plus prononcée ?

Il était à deux doigts de me claquer la porte au nez. Apparemment, il ne goûtait pas particulièrement mon humour.

— Tu peux me prêter ta voiture ? me suis-je empressée de lui demander.

— Non, a-t-il répondu en refermant la porte.

— Papy ! (Je savais qu'il écoutait toujours car je ne l'avais pas entendu s'éloigner.) Pourquoi ?

Pourquoi insistais-je ? Ne pouvais-je aller chercher mes lentilles un autre jour ?

Parce que je m'étais confié la mission de retrouver Brody sur la plage en bikini et sans lunettes. Mon grand-père ne pouvait pas avoir décidé de ne pas me prêter sa voiture ce jour-là en particulier. Si ?

— Je n'ai pas à me justifier, a-t-il repris derrière la porte.

— À mes seize ans, tu m'as dit que ta voiture était à ma disposition. C'était même mon cadeau d'anniversaire. Tu l'as écrit sur un morceau de papier que tu as mis dans une boîte.

S'il avait oublié cet épisode, nous aurions besoin de vérifier ce qu'il se rappelait afin d'évaluer sa capacité à vivre seul et à posséder un four à micro-ondes.

— Oui, c'était d'ailleurs une excellente idée de cadeau puisque, à l'époque, tu ne voulais pas emprunter ma voiture.

— Et toi, pourquoi as-tu besoin de ta voiture, aujourd'hui ?

— Ça ne te regarde pas. Je te ferai remarquer que j'ai soixante-huit ans.

Mais tu te comportes comme un gamin de deux ans, ai-je failli rétorquer, piquant cette répartie à ma mère. On aurait dit moi, ma parole… Je m'efforçais de ne jamais être aussi méchante que lui, mais il est vrai que j'avais souvent envie d'être seule, ce que les gens pouvaient mal interpréter. Dans le temps, il était arrivé à Tia de me demander si elle pouvait passer à la maison, et je lui avais souvent répondu non. Tia était tellement extravertie que, après quelques heures passées en sa compagnie, j'avais besoin de me retrouver seule avec mon art. J'avais même tué dans l'œuf plusieurs relations potentielles quand j'étais au collège parce que je m'étais fâchée avec des garçons qui m'appelaient ou m'envoyaient des SMS trop souvent. Je n'étais pas avare en insultes à l'époque.

Mon grand-père avait le même genre de comportement asocial avec moi, et j'avais du mal à le supporter.

— Bon, je repasse te voir demain..., ai-je lancé à travers la porte.

Au train où allaient les choses, demain, il ne m'ouvrirait même pas la porte. Je serais contrainte de lui faire signe par la fenêtre. J'ai tourné les talons pour descendre les marches de son porche. Soudain, un bruit de serrure. La porte s'est entrouverte. Sa main est apparue, les clés de sa voiture pendillant à son index tendu.

— Merci, ai-je dit en m'empressant de prendre la clé avant qu'il change d'avis. J'ai besoin de faire quelques courses en dehors de la ville avant de retrouver mes amis à la plage. Si jamais tu as besoin de la voiture, appelle-moi sur mon portable.

Au lieu de répondre, il a refermé et verrouillé la porte.

Quelques heures plus tard, je garais la voiture de mon grand-père dans un parking quasi plein à l'écart de la plage et j'en sortais mon sac et ma glacière. J'avais l'habitude d'emporter des thermos d'eau fraîche pour éviter que mes amis abandonnent leurs bouteilles en plastique partout, ce qui était mauvais pour l'environnement. La glacière appuyée contre mon ventre nu me faisait un drôle d'effet. Vêtue de mon minuscule bikini, j'ai trimballé mon chargement sur le sable, zigzaguant entre des familles, des bandes de motards et de vieux ivrognes insupportables. Enfin, j'ai repéré le patchwork de serviettes et de parasols où s'étaient rassemblés mes amis.

L'océan scintillait, m'obligeant à plisser les yeux. Avec mes nouvelles lentilles, la lumière du soleil qui se reflétait dans l'eau était presque insupportable. Néanmoins, j'ai aperçu Aidan et Kaye dans les vagues. Les longues boucles brunes de cette dernière étaient faciles à repérer. Puis j'ai vu le tambour principal de la fanfare, DeMarcus, accompagné de sa petite amie Chelsea, ainsi que les pom-pom girls qui avaient couru avec Kaye ce matin. Noah, Quinn et Kennedy étaient assis sur le sable ; les vagues leur léchaient les pieds.

Apparemment, Kennedy ne craignait pas d'être associé à Quinn et Noah, contrairement à ce qu'il avait laissé entendre dans la classe de Mme Patel. Peut-être Tia avait-elle raison : il s'arrangeait pour se disputer avec moi lorsque nous étions censés nous voir tous les deux en dehors du lycée.

Un peu plus loin dans l'eau, Brody et Grace s'accrochaient l'un à l'autre. Ils n'avaient pas pied, et le quarterback maintenait sa copine à la surface. Grace avait ses lunettes de soleil sur la tête, ses boucles blondes étaient sèches. Peut-être même Brody la maintenait-il hors de l'eau pour qu'elle ne se mouille pas les cheveux – j'avais rarement vu comportement plus bête sur cette plage, et pourtant j'avais vécu ici presque toute ma vie.

— Salut, ai-je lancé en lâchant ma glacière et mon sac à côté de Tia, Will et de l'énorme chienne que ce dernier avait empruntée au magasin où Tia travaillait.

Tous les trois étaient allongés sur des serviettes à l'ombre d'un parasol. Will avait toujours du mal à s'exposer trop longtemps au soleil de la Floride.

Tia et lui m'ont regardée fixement pendant un long moment. Et puis Will s'est exclamé :

— Oh, Harper ! Je ne t'avais pas reconnue sans tes lunettes.

— Je ne t'avais pas reconnue dans ce bikini, a dit Tia. Regardez-moi ce corps ! Tu pourrais casser des noix de pécan avec tes abdos. Comment se fait-ce ?

J'ai étalé ma serviette à côté d'eux.

— Je ne sais pas si vous avez entendu Sawyer, ce matin..., ai-je répondu. Quand il était assis sur le trottoir et qu'il a failli tomber dans les pommes, il a dit : « Qu'ils aillent tous se faire... » Eh bien, je suis un peu dans le même état d'esprit.

Plus j'y pensais, mieux je comprenais. Sawyer était furieux parce qu'il ne pouvait pas courir comme tout le monde. De mon côté, j'en avais marre d'essayer de prouver quelque chose avec mon look élaboré. Prouver quoi, d'abord ?

Comme à son habitude, Tia ne m'a pas assaillie de questions :

— En tout cas, tu es super mignonne dans ton « allez tous vous faire... » rouge.

— Je ne me plains pas non plus, a glissé Will.

Tia a sorti un glaçon de son gobelet et le lui a mis sur le nombril. Will a sursauté en s'agrippant le ventre comme s'il venait de recevoir une balle. Après quoi il a mis le glaçon sur son nombril à elle. Tia a couiné. Au tour de la chienne de sursauter. Le glaçon a glissé du ventre de Tia sur la serviette, où la bête l'a croqué.

— Kennedy maintient toujours le silence radio ? a-t-elle demandé.

— Affirmatif.

— Attends un peu qu'il te voie.

— Tu es super sexy, Harper, a commenté Will.

— Et toi tu es vraiment sympa d'être gentil avec ma copine, mais tu peux arrêter, maintenant, l'a menacé Tia. Tu viens, Harper, on va voir les filles. Tu passeras lentement devant Kennedy. Ce sera ton défilé de la fête du Travail. Brody ne manquera pas de remarquer ton cul.

Elle s'est levée et m'a tendu la main. La chienne s'est empressée de lui prendre sa place.

On a traîné les pieds dans le sable. Le soleil jouait vraiment des tours à mes lentilles. Plissant les yeux, j'ai suivi la silhouette floue de Tia. Quand on s'est retrouvées près de l'eau, j'ai compris qu'elle m'avait fait faire un détour afin de m'obliger à passer devant Kennedy.

Je ne me suis pas tournée vers les garçons, mais j'ai reconnu le sifflement carnassier de Noah.

Quinn a chuchoté quelque chose qui se finissait par « Harper ».

— Quoi ? a demandé Kennedy. Oh…

À présent que Quinn avait attiré son attention, Kennedy devait être en train de me regarder. Mais je les ai oubliés sur-le-champ lorsque Brody est sorti de l'océan pour se diriger à grands pas vers moi – sans Grace.

Il a tendu la main, et Tia lui a tapé dedans en le dépassant. Puis il a attendu que je tape dedans aussi, ce que j'ai fait. Sauf que, au lieu de me laisser m'éloigner, il a gardé ma main dans la sienne, et nous nous sommes retrouvés face à face, dans l'eau jusqu'aux mollets.

— Je commençais à me dire que tu ne viendrais pas, a-t-il lâché.

Je ne voyais pas ses yeux derrière ses lunettes, ce qui, bizarrement, le rendait encore plus sexy. Il était si proche et – comme ce matin – presque nu. Je voyais la quasi intégralité de son corps musclé et bronzé. J'avais l'impression de sentir son parfum derrière l'odeur de sel et de crème solaire. Soudain, mon corps tout entier s'est mis à rougeoyer.

Et mon cerveau s'est mis en branle. Qu'entendait-il par « Je commençais à me dire que tu ne viendrais pas » ? S'était-il amusé dans l'eau avec Grace parce qu'il croyait que je ne viendrais pas ? Cela n'avait pas d'importance. Nous étions simplement censés faire une photo, non ?

— Eh bien, tu t'es trompé, tu vois ?

— C'est clair. Bon, on se voit tout à l'heure, a-t-il ajouté en s'éloignant.

J'ai hasardé un regard par-dessus mon épaule, et je l'ai surpris en train de mater mon cul.

Un peu plus loin, Kennedy était assis dans l'eau, les bras enroulés autour de ses genoux repliés contre la poitrine. Il ne nous lâchait pas des yeux. Kennedy était grand mais, dans cette position, il ressemblait à un petit garçon peu sûr de lui.

Dans d'autres circonstances, j'aurais compati ; après tout, il était mon âme sœur, mon geek à moi. Lui et moi étions faits pour être ensemble. Il n'était pas balèze, tout en muscles, pressé d'en découdre avec un Brody au regard insistant, et alors ? La belle affaire. En tant que femme indépendante, je n'avais pas besoin de protecteur, mais d'un mec sensible, avec le sens de l'humour et une vision du monde intéressante.

Ce jour-là, toutefois, Kennedy ne me faisait ni chaud ni froid. Pour la première fois, je le trouvais presque désagréable à regarder, et ma peau me chatouillait tant j'avais envie que Brody me touche de nouveau.

J'ai suivi Tia dans l'eau jusqu'à l'endroit où étaient réunies les filles. Nous avions de l'eau jusqu'aux épaules. Grace était là aussi. Elles gloussaient toutes à cause de ce que l'une d'entre elles venait de dire. Le rire saccadé de Grace était facile à identifier au milieu des autres. Et puis elle m'a vue et elle a lancé :

— Eh, mais c'est madame Je-forme-un-couple-parfait-avec-*mon*-petit-ami.

— De toute façon, cette histoire d'album de fin d'année, c'est n'importe quoi, est intervenue Kaye. Pourquoi la classe a voté ça ? Mystère.

Kaye ne disait pas la même chose quand elle avait été élue « élève qui réussira dans la vie » ; à l'époque, c'était l'événement le plus important de son existence. J'étais surprise par sa manière de dénigrer notre élection, à Brody et moi. En privé, elle ne m'avait pas dit ça. Consciente d'avoir retourné sa veste, elle m'a gratifié d'un sourire compatissant comme je les rejoignais à la nage.

— Bonne fête du Travail ! ai-je entonné.

Grace m'a lancé un regard noir. Les autres pom-pom girls ont ri, mal à l'aise. L'une d'entre elles, Ellen, s'est exclamée :

— Harper ! Je ne t'avais pas reconnue sans tes lunettes.

— Oui, j'ai mis des lentilles.

J'ai alors eu droit à un chœur de murmures enthousiastes. Apparemment, elles n'avaient jamais remarqué à quel point j'étais jolie, combien mes yeux étaient beaux. Enfin, pas Grace, qui m'a toisée l'air de dire : *Alors comme ça, on a mis des lentilles de contact dans l'espoir de séduire mon petit ami, hein ?* Du moins était-ce mon interprétation.

Soudain, elles se sont mises à parler du fait que, la veille, Chelsea avait failli se battre avec un inconnu à Disney World parce qu'il ne restait qu'un seul sandwich fromage-poivron au snack – le genre de chose qui arrivait souvent à Chelsea –, et j'en ai profité pour me laisser couler afin de me mouiller les cheveux. Et de convaincre Grace que je n'avais aucune intention malveillante. De toute façon, j'avais les cheveux bruns longs et raides, alors que Grace arborait toujours ses grosses boucles blondes. Sa coiffure commençait à souffrir un peu, cependant, car Brody n'était plus là pour la maintenir hors de l'eau. Elle était mouillée sur les bords, tel un château de sable rogné par les vagues.

À peine étais-je remontée à la surface que j'ai regretté d'avoir plongé. Mes yeux me piquaient. Je ne les avais pas ouverts sous l'eau mais, en m'essuyant le visage, j'avais réussi à me mettre du sable et de la crème solaire dedans. Je me suis essuyée de nouveau, et les picotements se sont aggravés.

— Je retourne sur la plage, ai-je entendu Grace dire. J'ai reconnu des potes rentrés de fac pour le week-end. Je vais siffler quelques bières. Tia, tu viens ?

— Non, merci.

— Pourquoi ? Tu picoles tout le temps normalement.

— Je ne picole pas tout le temps, a répondu Tia d'un ton digne. Je choisis les occasions de me soûler. La fête du Travail, ça ne le fait pas pour moi. En plus, la plage grouille de flics.

— Ellen, tu m'accompagnes ? a tenté Grace. Cathy ?

L'autre pom-pom girl, Cathy, a lâché un rire nerveux, et toutes les trois s'en sont allées vers la terre promise, le pays de la bière et des étudiants.

— Si vous vous faites attraper, a crié Kaye, ne dites pas que vous êtes pom-pom girls dans notre lycée ! On a une réputation à tenir, nous. (Puis elle a ajouté à voix basse :) Attendons cinq minutes avant de les suivre. On les observera depuis l'océan et on pourra intervenir en cas de pépin.

— À moins qu'on profite du spectacle de loin, a proposé Tia.

À ce stade, je voyais à peine tant je plissais les yeux.

— Je vous rejoins, ai-je promis. Je vais chercher une serviette. Problème de lentilles.

— Oh non !

— Pauvre chérie.

— On peut t'aider ?

— Ça ira, merci. À condition que je trouve de quoi m'essuyer et que je me lave les mains à l'eau claire.

J'ai pataugé vers la plage. Le temps d'atteindre le sable, cependant, je n'allais pas bien du tout. Mon œil gauche me piquait, et le droit était pire. Quand je l'ouvrais, tout était flou. La plage m'apparaissait aussi lumineuse qu'une planète dépourvue d'atmosphère pour filtrer les rayons du soleil. Je distinguais à peine l'îlot de serviettes et de parasols où nous étions installés. Arrivant enfin à destination, j'ai trébuché sur plusieurs garçons avant de m'étaler de tout mon long sur la chienne, qui n'a pas réagi.

— Bouge-toi de là, toi !

La chienne a obtempéré, se levant et me collant son derrière plein de sable au visage pendant que j'ouvrais ma glacière à la recherche d'une thermos d'eau.

Kennedy parlait aux garçons du film indépendant que nous avions vu ensemble au Tampa Theater le week-end passé. Ils riaient tous comme des baleines. Kennedy avait un pouvoir comique certain. Un jour, intelligent comme il était, il ferait un parfait chroniqueur – drôle et pince-sans-rire – dans une émission politique. Même ses silences étaient drôles. Son talent reposait autant sur ce qu'il taisait que sur ce qu'il disait. Par exemple, il avait omis de leur dire que nous nous étions disputés dans la voiture sur le chemin du cinéma et qu'il ne m'avait pas adressé la parole de la soirée.

— Pas vrai, Harper ? l'ai-je entendu demander.

Il attendait que je confirme un détail comique du film – un détail que nous n'avions pas évoqué ensemble puisque nous nous étions à peine parlé depuis.

C'était sa manière à lui de tenter une approche. Après nos disputes, il m'ignorait jusqu'à ce qu'il décide de ne plus m'ignorer… Il me posait une question à laquelle je répondais, et on faisait comme si de rien n'était.

Cette fois, toutefois, je n'ai pas répondu, me contentant de verser de l'eau dans ma main pour me nettoyer le visage. J'avais l'impression d'avoir des grains de sable derrière les globes oculaires. J'ai fait de mon mieux pour chasser les particules vers les coins de mes yeux, où mes larmes se chargeraient du reste, mais je n'aurais pas dû ; les picotements se sont intensifiés.

J'ai essayé d'ouvrir mon œil droit, mais je ne pouvais pas. On aurait dit que ma lentille s'était déplacée et empêchait ma paupière de se soulever. Était-ce possible ? La lentille risquait-elle de dériver plus loin encore et de rester collée contre mon nerf optique ? *Merde, il ne me reste donc rien de mes leçons d'anatomie de première !*

— Euh, les gars…

Kennedy continuait de commenter, blasé, le film que nous avions vu ensemble pendant que je devenais aveugle d'un œil. Les joues ruisselant de larmes, je me suis permis d'insister :

— Les gars, l'un d'entre vous met-il des lentilles ? J'aurais besoin d'aide. J'ai l'impression que ma lentille est passée derrière mon globe oculaire.

— Harper, il n'y a que toi pour dire des conneries pareilles, a lancé Kennedy.

J'ai pris une profonde inspiration, mais j'étais à deux doigts de paniquer. Apparemment, ces types n'étaient pas décidés à me venir en aide. Kennedy se ficherait de moi alors qu'un morceau de plastique flexible pénétrait mon cerveau et me lobotomiserait. Les filles m'auraient aidée, elles, mais elles étaient trop loin pour entendre mes cris. J'étais incapable d'ouvrir un œil, tandis que l'autre ne voyait rien tant il était plein de larmes. J'avais envie de crier.

Soudain, on m'a fermement maintenu le visage et tiré du doigt vers le bas la paupière inférieure. J'étais surprise ; Kennedy avait enfin décidé de se taire pour me secourir. Et puis mon héros a dit :

— Je porte des lentilles aussi et je vois très bien ce qui t'arrive, malheureusement. Laisse-moi t'aider.

Mais ce n'était pas la voix de Kennedy. C'était celle de Brody.

Chapitre 6

— Ouvre l'œil.

— J'y arrive pas ! ai-je presque sangloté.

— Noah, agenouille-toi là pour la protéger du soleil. Will, verse-moi de l'eau dans la main.

— Elle n'est pas stérile, a remarqué Kennedy de loin.

— On est à la plage, a rétorqué Brody, agacé. Rien n'est stérile, ici. Rince-moi bien la main, s'il te plaît.

J'entendais les sifflements de l'eau absorbée par le sable. Je m'efforçais d'être patiente. Mes yeux pleuraient tant que ma lentille aurait dû être emportée par les larmes, mais je la sentais toujours, coincée dans un endroit où, me semblait-il, elle n'aurait jamais dû se trouver.

Les mains de Brody étaient de nouveau sur mon visage. Il a tiré sur mes paupières. Jamais il n'avait été si proche de moi. Nos épidermes respectifs n'étaient qu'à deux centimètres l'un de l'autre, mais je ne pouvais même pas en profiter, avec tous ces regards braqués sur nous et mon œil qui menaçait de sortir de son orbite.

— Détends-toi, Harper, a-t-il dit.

Me détendre ? Impossible. J'avais un petit ami, mais je craquais sur un autre. J'avais revu mon look pour tenter d'impressionner ce dernier, qui, quelle ironie, était en train d'essayer de me sortir du pétrin où je m'étais mise moi-même. J'étais comme une espionne de pacotille qui s'inquiéterait pour sa couverture après avoir été criblée de balles.

J'ai pris une profonde inspiration, compté jusqu'à cinq dans ma tête et expiré doucement. Enfin, je me suis détendue.

Brody a ouvert mon œil. Il en a approché un doigt énorme et flou, mais j'ai réussi à ne pas bouger alors qu'il manipulait ma lentille. Et soudain – *aaaah!* J'avais toujours mal à l'œil, mais la lentille avait regagné sa place.

— Merci beaucoup, ai-je dit en mettant ma main en coupe sur mon œil. (J'étais incapable de voir Brody juste devant moi, mais je sentais sa chaleur.) Elle était en train de faire son chemin dans mes sinus pour ressortir par mon nez. C'est normal ?

— Non. Tu as dû te frotter les yeux très fort. Tu devrais peut-être retirer tes lentilles.

— Et je les mettrais où ?

— Tu es censée avoir sur toi un flacon de liquide physiologique et une boîte pour les ranger. Et une paire de lunettes, au cas où.

— Tu as toujours tout ça sur toi ?

— Non, je suis un garçon. Tu les as payées cher ? Tu devrais peut-être jeter celles-là.

— Oui, elles sont chères. Je ne vois rien sans elles, et je suis obligée de les mettre pour conduire.

— Je peux te raccompagner si tu veux, a-t-il proposé.

— Tu les as eues ? a demandé Kennedy derrière Brody, à plusieurs serviettes de là.

Il ne s'était même pas donné la peine de venir m'aider.

Peut-être même ne parlait-il pas de mes lentilles. La conversation au sujet du film s'était poursuivie en dépit de mon urgence oculaire. Peut-être demandait-il à Quinn s'il avait réussi à avoir des places pour la projection du week-end prochain. Dans tous les cas, Brody ne lui a pas répondu.

— Tu as apporté des lunettes de soleil ? m'a-t-il demandé à voix basse.

— Je n'en ai pas, ai-je répondu d'un ton pleurnichard. Avant, je ne pouvais pas en porter à cause de mes lunettes de vue.

— Les reflets sont plus intenses avec des lentilles. Il est important d'avoir des lunettes de soleil à portée de la main. Je te prête les miennes.

Il a pris ma main libre et y a déposé ce que je supposais être ses lunettes de soleil.

— Non, tu en as besoin.

— J'en ai une autre paire dans la voiture. Allonge-toi, m'a-t-il ordonné d'un ton assez sévère – qui ne m'a pas déplu...

Je me suis allongée sur la serviette pendant qu'il fouillait dans la glacière. Bientôt, il m'a mis dans la main un petit paquet humide et froid.

— Mets ça sur ton œil sans appuyer. Et repose-toi un peu. Tu te sentiras mieux dans une minute. Ton œil va se relubrifier ou un truc comme ça.

— Merci.

Je me suis allongée sur le ventre à l'ombre, respirant lentement et régulièrement. Les garçons parlaient d'émissions de télé, à présent ; ils avaient manifestement oublié ma présence car ils se racontaient des blagues qu'ils évitaient habituellement de raconter quand il y avait des filles dans les parages. Je n'entendais pas la voix de Brody, mais je supposais qu'il avait rejoint le groupe.

Soudain, une main chaude et réconfortante s'est posée sur mon dos. De qui pouvait-il s'agir ? Mon esprit tournait à plein régime. Ce n'était pas Kennedy, assurément. Peut-être Quinn ou Noah. Ils auraient pu se le permettre car Kennedy n'aurait eu aucune raison d'être jaloux. Ou alors Brody, auquel cas Kennedy serait jaloux. Ou aurait dû l'être. La main d'un autre sur mon corps…

Je me suis efforcée de goûter le plus longtemps possible ce contact, mais le suspense était insoutenable. J'ai relevé la tête, me suis tordu le cou et ai regardé dans mon dos en plissant mon bon œil.

C'était la chienne. Elle s'était allongée à côté de moi et avait posé la tête sur mon dos. À présent que je savais que ce n'était pas la main d'un garçon, je reconnaissais le contact de ses poils et de sa bave sur ma peau.

Quelques minutes plus tard, les voix des garçons se sont éloignées une à une. Je les entendais crier dans l'eau, désormais. Ne restaient plus que Kennedy et Quinn, qui se moquaient de M. Oakley, ce qui ne me plaisait pas trop car je l'aimais bien. Quand je lui avais demandé un pass pour photographier les matchs de football, il s'était donné la peine de m'expliquer les règles et ne s'était pas contenté de lever les yeux au ciel comme Kennedy. Je me sentais si éloignée de la bonne humeur ambiante, perdue dans mon ressentiment et ma douleur, que j'ai failli sursauter quand Kennedy a parlé juste au-dessus de moi.

— Harper, ça va ?

— Mieux, ai-je répondu sans me retourner.

Je suis étonnée que tu en aies quelque chose à foutre, me suis-je dit.

— On va au snack. Je te prends quelque chose ?

— Non, merci.

Seule sous le parasol, j'ai passé quelques minutes supplémentaires à essayer de me détendre. Le tissu froid me rafraîchissait l'œil. Puis j'ai pris le risque de le retirer, et j'ai cligné de la paupière. Apparemment, mon œil fonctionnait et ma lentille était toujours en place. Grâce à Brody. J'ai déroulé le tissu et je me suis rendu compte qu'il s'agissait d'un tee-shirt floqué aux armes des Pélicans. Le nom de famille de Brody était écrit au marqueur sur le col.

J'ai chaussé ses lunettes de soleil et je me suis assise lentement, bousculant la chienne au passage. J'étais prête à retourner – à contrecœur – dans mon petit monde si sûr et si décevant.

À une serviette de là, Brody était redressé sur les coudes, qui m'observait.

— Tu te sens mieux ?

— Oui, merci.

Je l'ai regardé en plissant les yeux et me suis empourprée. Qu'est-ce qui l'avait retenu ici ? Pas moi, en tout cas.

— Je suis allé chercher mes lunettes de rechange dans la voiture, m'a-t-il expliqué. À mon retour, il n'y avait plus personne. Kennedy t'a abandonnée ?

— Juste pour faire un saut au snack.

Brody a tourné un regard sévère dans la direction du snack, situé loin sur la plage, comme s'il désapprouvait. J'aurais pu me dire que son inquiétude était exagérée et déplacée, sauf que mon œil me faisait souffrir chaque fois que je clignais des paupières.

— Tu sais où sont passées les filles ? a-t-il demandé.

— Mmh…

Ce qui signifiait : *Oui, mais te le dire reviendrait à révéler ma véritable nature – celle d'une chasseresse prête à tout pour arriver à ses fins.*

Il m'a lancé un regard entendu par-dessus ses lunettes de soleil.

— Grace est partie taper de la bière à cette bande d'étudiants ?

Comme je ne répondais pas, ses épaules se sont affaissées.

— Pourquoi ne l'en empêches-tu pas ? lui ai-je demandé. Ou… ne l'aides-tu pas ?

J'aurais moi-même tenté de l'en empêcher si j'avais été son amie. Quant à l'aider, c'était davantage le rôle de Brody. Il n'était pas du genre à écumer les soirées. C'était plutôt le style de Sawyer – jusqu'à la semaine passée, en tout cas, date où, à en croire Tia, il avait décidé de changer ses habitudes. Néanmoins, les petites fêtes que Brody organisait quand sa mère était absente étaient bien arrosées.

Il m'a souri.

— La règle de base, quand on ne veut pas respecter les règles, consiste à s'arranger pour ne pas se faire attraper, pas vrai ?

Je ne savais pas quoi répondre. Apparemment, il avait la même opinion que Tia sur le sujet.

— C'est la fête du Travail, a-t-il repris. Il fait jour, nous sommes sur une plage publique, et il y a des flics partout. Grace est en train de déconner. En plus, je crois qu'elle attend autre chose que de la bière de la part d'un de ces mecs.

— Oh, ai-je fait en me demandant ce qu'il entendait par là.

Il ne semblait pas particulièrement furieux à l'idée qu'elle le trompe mais, à l'intérieur, il devait brûler de jalousie. Voilà pourquoi il s'était occupé de moi. Grace n'était pas là pour y assister, mais il espérait que cela lui serait rapporté.

Cependant, cela n'expliquait pas pourquoi il était toujours là, seul avec moi.

— Voyons voir cet œil.

Une fois de plus, son ton quelque peu autoritaire m'a fait de l'effet. Durant la demi-heure qui venait de s'écouler, j'en étais venue à considérer que la mission de me conduire à l'hôpital en cas d'énucléation subite lui aurait naturellement incombé. Je me suis mise à genoux. Comme un peu plus tôt, nos corps se touchaient presque. Il a retiré ses lunettes, puis les miennes, avant de poser délicatement le bout de son index sur ma paupière inférieure.

— C'est encore un peu rouge, mais c'est beaucoup mieux que tout à l'heure. Pourquoi on n'irait pas prendre notre photo sous le pavillon ? a-t-il proposé. Ça te permettrait de rester à l'ombre.

— D'accord. Je vais chercher mon appareil dans la voiture.

— Je t'accompagne.

— Lunettes, s'il te plaît, ai-je demandé en tendant la main. Merci. Je crois qu'elles sont indispensables.

Nous nous sommes dirigés vers le parking, laissant la chienne seule – elle n'avait apparemment aucune intention de nous suivre. Je ne craignais pas de la laisser. Les propriétaires de chiens n'étaient pas dans l'obligation de les promener en laisse car les hippies qui administraient la ville pensaient que les bêtes devaient être aussi libres que le vent. Quelqu'un aurait dû expliquer cela à la chienne qui, roulant sur le dos, scrutait la plage à l'envers en attendant le retour de Will.

Comme Brody et moi marchions sur l'asphalte fondu du parking, je me suis excusée :

— Désolée, ma voiture est garée tout au bout.

— On aurait dû prendre la mienne pour rejoindre la tienne.

— Après quoi on aurait tourné en rond tout le reste de la journée car quelqu'un t'aurait volé ta place, me suis-je moquée.

— Ouais, ç'aurait pu être drôle !

Cela signifiait-il qu'il aurait aimé passer la journée à rouler en ma compagnie ? Il n'arrêtait pas de dire des choses de ce genre, ou bien j'interprétais tout dans ce sens. La seule preuve de l'intérêt qu'il me portait peut-être était un tee-shirt de foot transformé en compresse. Depuis quelque temps, mon cerveau fonctionnait comme un quiz du magazine *17 ans* – « Est-ce qu'il te kiffe !? »

Il m'a tiré de mes réflexions en s'exclamant :

— Une Dodge Charger de 1990 ! C'est la tienne ?

— Ouais, ai-je admis comme nous nous arrêtions derrière le coffre. Mon grand-père l'a achetée quand il avait dans les quarante-cinq ans. Grand-mère venait tout juste de le quitter pour aller vivre chez sa mère avec la mienne. Il s'est offert la voiture pour se consoler, j'imagine.

Brody a posé la main sur la peinture rouge métallisée et l'a retirée aussitôt car la carrosserie était brûlante.

— Tu conduis le cadeau de ton grand-père pour sa crise de la quarantaine ?

— Il m'a *prêté* son cadeau de crise de la quarantaine.

J'ai ouvert le hayon doté de persiennes et récupéré mon appareil photo.

— Il paraît que ces bagnoles sont plutôt rapides, a remarqué Brody en refermant le hayon. Tu montes jusqu'à combien ?

— Cinquante.

Il m'a regardé avec des yeux ronds, horrifié.

— Tu n'as jamais pris l'autoroute avec pour voir ce qu'elle a dans le ventre ?

— Nan.

— Tu veux qu'on essaie ? a-t-il proposé en souriant.

— Il paraît que, avec tes excès de vitesse, il ne te reste qu'un point sur ton permis. C'est vrai ?

— En effet. C'est pour ça que j'ai besoin de toi, Harper !

J'ai passé la sangle de ma sacoche sur mon épaule nue. Comme nous prenions la direction du pavillon, j'ai lancé d'un ton désinvolte :

— On parle de toi dans le journal.

— Ouais, a-t-il acquiescé avec un sourire désabusé. On s'habitue à ce genre de truc. Mais il faut relativiser. Dans une ville aussi petite, le championnat lycéen est une vraie attraction. Il ne s'y passe rien d'autre. À part aller au stade, on peut… aller à la plage ou au cinéma. Qui diffuse seulement deux films. À moins bien sûr d'aller à Tampa avec Kennedy pour voir le dernier film indépendant.

Un petit sarcasme ? Son ton n'était pas sarcastique, mais son intention devait l'être un peu. Peut-être m'aimait-il bien, après tout. Pas question cependant que je le laisse changer de sujet ; je voulais qu'il m'explique quelque chose.

— Bizarre, quand même, cet article. Le journaliste est super sévère avec toi, alors que vous avez gagné !

Son sourire s'est effacé, son corps tout entier s'est tendu comme s'il se préparait à encaisser un tacle.

— Je me demandais juste si c'était pour vendre du papier ou si le match s'est vraiment moyennement passé pour toi.

Il m'a regardée en silence. Pas un muscle ne bougeait sur son visage.

— Est-ce que tu as eu des soucis avec quelqu'un parce que Noah a fait son *coming out*? ai-je insisté.

— Non, a-t-il répondu fermement. Et toi ?

— Kennedy était furieux de ce que Sawyer a dit à la fin de l'heure.

— Je m'en suis voulu de te laisser seule dans la classe de Mme Patel après ça. Je ne savais pas si tu étais contrariée. On dirait que rien ne te dérange jamais.

— Ah bon ? me suis-je étonnée.

Il a acquiescé de la tête en me fixant à travers ses verres teintés. J'ai commencé à avoir chaud, à me sentir mal. Une brûlure intense m'est remontée dans la gorge, s'est propagée dans mes mâchoires.

— Là, en revanche, tu as vraiment l'air contrariée. En tout cas, Kennedy n'a pas le droit d'être en colère contre toi à cause de ce que dit un autre. S'il en avait dans le pantalon, il s'en prendrait à Sawyer.

Cela m'a mise mal à l'aise. Kennedy était beaucoup plus grand que Sawyer, mais celui-ci était malin, sournois.

À l'extrémité du parking, nous sommes arrivés devant l'escalier en bois conduisant au pavillon.

— S'il ne s'agit pas de Noah, qu'est-ce qui t'a embêté pendant le match ? ai-je poursuivi. Enfin, peut-être que tu n'étais pas contrarié. Vu que vous avez gagné, la critique du journal semble un peu dure.

Il a eu un rire sec.

— C'est sûr qu'on s'en tirerait mieux si c'était toi qui écrivais dedans !

Un point pour lui. J'étais tellement inculte en la matière que j'avais du mal à suivre le ballon sur le terrain.

— Alors ? ai-je insisté. Tu avais un problème ?

Le pavillon était un grand octogone surplombé d'une voûte en bois, doté d'épais murs en stuc capables de résister à des tempêtes tropicales. Les fenêtres ouvertes sur toutes les faces offraient une belle vue sur la plage. Le bruit de l'océan résonnait à l'intérieur. Les gens se servaient surtout du pavillon comme aire de pique-nique ou d'abri lorsque le soleil tapait trop fort. En cette fin d'après-midi, cependant, il était désert.

Il y faisait si sombre comparé à l'extérieur que j'ai dû retirer mes lunettes de soleil, dont j'ai accroché une branche au côté de mon bas de bikini – geste que j'aurais voulu provoquant mais à la portée sexuelle probablement comparable à celle d'une paire de tenailles dans une ceinture de charpentier.

Brody a retiré ses lunettes aussi. Les ombres qui nous surplombaient lui recouvraient le visage, et ses cernes semblaient encore plus foncés qu'à l'accoutumée. Il a cligné des yeux et pris une profonde inspiration. Il y avait clairement un problème.

Appuyant une épaule contre le mur, il s'est confié :

— Ne répète à personne ce que je vais te dire. Seul le coach est au courant.

— Motus, ai-je promis.

Il m'a fixé du regard pendant un long moment, puis a écarté quelques mèches rebelles de ses yeux.

— J'ai été blessé. Enfin, ça, ce n'est pas un secret.

— Quand ? Ce n'est peut-être pas un secret, mais je n'étais pas au courant. (Dans le cas contraire, j'aurais été incapable de penser à autre chose.) Et ça va ?

— À ton avis ? Regarde-moi. Pas mal, hein ?

— Brody !

Il me taquinait, mais le sujet était trop grave.

— Oui, oui, ça va, m'a-t-il rassurée d'un geste de la main. C'est arrivé avant la rentrée, à l'entraînement. J'ai vu des étoiles.

— Des étoiles ? C'est-à-dire ?

— J'ai perdu connaissance.

— Oh ! Brody !

— Ce n'était pas si méchant, a-t-il poursuivi. C'était un accident. Normalement, les quarterbacks ne se blessent pas à l'entraînement. Leur rôle étant primordial pendant les matchs, on ne prend pas de risque. Là, ça ne s'est pas passé comme prévu. On jouait une nouvelle action. Quelqu'un a déséquilibré Noah, qui n'est pas parvenu à se rattraper et m'a assené un coup de coude. Un gros coup de coude. Je ne sais pas si tu as remarqué les coudes de Noah. Ils sont osseux ! Je suis tombé comme une pierre et j'ai atterri sur le casque. Enfin, c'est ce qu'on m'a dit.

— Tu ne te rappelles pas ?

— Non.

— Tu as eu une commotion ?

Je savais que le foot était un sport violent, mais c'était la première fois que j'entendais parler de cette histoire. Pourquoi ne m'avait-on rien dit ?

Parce qu'il n'y avait aucune raison pour qu'on me mette au courant. Jusqu'à notre élection le jour de la rentrée, Brody et moi n'avions eu aucun contact. Et il avait fallu un sacré concours de circonstances pour que nous nous retrouvions ensemble dans ce pavillon. Seuls.

— Ouais, une commotion. Mais je me suis vite remis. Le docteur était impressionné, a-t-il précisé comme pour me convaincre. En revanche, il a été très clair avec ma mère : une autre commotion pourrait avoir des conséquences. Si ça devait arriver, ma mère m'empêcherait de retoucher à un ballon. Garde ça pour toi car personne ne le sait en dehors de Noah. Si ma mère mettait un terme à ma carrière dans le championnat lycéen, je pourrais sans doute m'y remettre à la fac, mais ce serait très difficile.

— Parce que tu aurais encore envie de jouer au foot après une deuxième commotion ?

Il a écarté les bras, l'air de dire qu'après une autre commotion, il n'aurait que des mauvais choix devant lui.

— Le journaliste n'a donc pas tout inventé, ai-je commenté. Tu fais un peu plus attention.

— Bien obligé. Quand le mec écrit que je prenais des risques fous et que j'étais amusant à regarder, c'est vrai, mais pas parce que j'ai plus de talent que les autres, non. Je ne connaissais pas la peur, c'est tout. Ça a changé. Je n'ai pas peur d'être blessé ; je crains surtout que ma carrière s'arrête. Il faudra bien qu'elle s'arrête un jour, mais c'est trop tôt.

Son regard s'est perdu derrière moi, dans l'océan visible par une des fenêtres.

— Tu parles comme si tu étais certain d'avoir une autre commotion. Depuis combien de temps joues-tu au foot ? Depuis que ton père a commencé à t'entraîner en CE2, pas vrai ?

Il m'a regardé en clignant des yeux, étonné.

— C'est Noah qui me l'a dit…

— Ouais, c'est ça, depuis le CE2.

— Tu joues au foot depuis le CE2, et tu viens de subir ta première blessure à la tête. Et encore, c'était un accident bête. Il n'y a pas de raison que tu en subisses une autre.

— Ouais.

— Attention, je n'ai pas envie que tu aies une autre commotion. Ça nous empêcherait de faire notre photo pour l'album de fin d'année, et j'ai des délais à respecter !

Il a souri, et j'ai souri aussi.

— Si la crainte d'une blessure t'empêche de t'éclater sur le terrain, ta carrière s'arrêtera de toute façon, ai-je repris. Autant jouer à fond.

— Je ne suis pas sûr de pouvoir y arriver, a-t-il fini par dire, les yeux rivés sur moi. Il y a quelques minutes, quand j'examinais ton œil et que je t'ai demandé de te détendre, tu y es parvenue quasi instantanément. Tu as pris une profonde inspiration et c'est tout.

— J'ai de l'entraînement. C'est un mécanisme de survie. Je suis super nerveuse.

— Toi ? s'est-il exclamé, incrédule. Tu as l'air si calme.

— Moi ? Non ! Je me suis détendue parce que j'ai confiance en toi.

— Tu ne devrais pas, a-t-il dit en me regardant solennellement.

Peut-être voulait-il dire : « Tu ne devrais pas avoir confiance dans mon jugement sur ton œil. » Ou bien : « Tu ne devrais surtout pas me laisser conduire la voiture de ton grand-père. » Mais il était si proche que je ne pouvais m'empêcher d'entendre : « Tu ne devrais pas avoir confiance en moi quand nous sommes seuls tous les deux. »

Je lui ai adressé un sourire sexy. Je n'avais pas beaucoup d'expérience en la matière, mais j'ai fait de mon mieux.

— Entre toi qui adores le foot et M. Oakley qui a tenté de m'en expliquer les règles pour m'aider à faire mes photos, je commence à avoir envie de jouer, moi aussi.

— Ça peut se faire. Alors, que penses-tu de prendre notre photo ici ? a-t-il demandé en jetant un regard circulaire sur le pavillon.

Je n'avais pas envie d'aborder ce sujet car je ne voulais pas que notre conversation se termine. Contrairement à lui, peut-être.

— En fait, ce n'est pas une très bonne idée, ai-je répondu en regardant autour de moi. Il n'y a pas assez de lumière. Mais on ne peut pas prendre une photo sur la plage pour l'instant à cause du sable. En se réverbérant dessus, la lumière du soleil a tendance à embrouiller les capteurs de mon appareil.

Brody a écarquillé les yeux en feignant d'être exaspéré. Du moins espérais-je que c'était feint.

— Ton appareil peut quand même prendre des photos de nuit, non ?

— Oui, mais ça implique de capter plus de lumière en augmentant le temps d'obturation, ce qui signifie qu'on ne peut pas se passer d'un trépied. Comme l'obturateur reste ouvert longtemps, il ne faut pas bouger d'un millimètre, autrement la photo est floue. Je propose qu'on essaie à la plage au coucher du soleil. La lumière sera parfaite à ce moment-là.

— Ça veut dire que tu veux qu'on retourne avec les autres ?

— Tu as autre chose à proposer ?

Il a haussé les épaules et m'a répondu en me regardant dans les yeux :

— On pourrait apprendre à se connaître. On a été élus « couple parfait », après tout. La classe a beau penser que tu es l'amour de ma vie, je te connais à peine.

Chapitre 7

Mon cœur s'est emballé, mais j'ai éclaté de rire comme si de rien n'était.

— Tu me connais depuis la maternelle.

— Pas vraiment, a-t-il rétorqué en secouant la tête. Tu as beaucoup changé depuis.

— Tu veux dire que je suis comme tout le monde, l'ai-je provoqué.

— Certainement pas, a-t-il affirmé d'un ton péremptoire.

Bouche bée, je l'ai regardé fixement. Pendant une fraction de seconde, j'ai vu ses yeux se river sur mon bikini avant de remonter vers mon visage. Ma poitrine et mes bras me brûlaient, une sensation délicieuse à laquelle je ne comptais pas renoncer sous prétexte que je n'avais pas pensé à prendre mon trépied.

À présent que Kennedy avait fait un pas pour se réconcilier avec moi, je ne tarderais pas à lui manquer. Et il passerait la plage au peigne fin pour me trouver. Il serait fâché lorsque je finirais par rejoindre notre base de serviettes, mais tant que Brody me regarderait de cette manière je m'en moquais.

J'étais seule avec lui. Nous n'avions aucune raison particulière de nous séparer pour le moment, sauf que je ne trouvais rien à lui dire – ce qui soulignait si besoin était que nous étions loin de former un couple idéal. Je me demandais s'il pensait la même chose que moi de notre élection.

— Une question me tracasse, ai-je repris. Pourquoi crois-tu que la classe a voté pour nous ?

— Note qu'ils ont également choisi Sawyer pour les représenter au conseil des élèves. La seule explication plausible est qu'une bonne partie de la classe est accro au crack. Mais un crack de qualité.

— Un crack aux excellentes valeurs nutritives.

— Exactement.

— Sawyer était l'unique candidat, lui ai-je rappelé. À moins de voter pour l'homme invisible, nous n'avions pas le choix. Maintenant que j'y pense, ç'aurait peut-être été préférable.

— Bon, si tu veux savoir, je vais te dire ce que je pense vraiment de l'album de fin d'année, a-t-il dit d'un ton presque impatient.

— Bien sûr que je veux savoir.

Il se comportait comme si les gens avaient l'habitude de ne pas se soucier de ce qu'il pensait, ce que j'ai trouvé triste.

Il a scruté mes yeux pendant quelques secondes. Pas mon cul ni mon décolleté. Il m'a regardée longuement comme pour me jauger, pour déterminer si j'étais digne de confiance.

Alors il a poursuivi lentement :

— Je trouve étrange qu'on nous interdise de nous embrasser et de nous prendre dans les bras dans les couloirs, mais qu'on nous demande en même temps de voter pour désigner deux personnes qui ne sortent pas ensemble mais le devraient. Les autres questions sont déjà suffisamment débiles. Le lauréat d'un titre positif, genre le « gars le plus athlétique », va devoir se montrer à la hauteur de son titre, donc je suis bien content de ne pas avoir été élu dans l'une de ces catégories.

Me disait-il toute la vérité ? Il aurait sûrement apprécié d'être élu « gars le plus athlétique ». D'autant que cela lui aurait causé bien moins d'ennuis. Mais je voyais où il voulait en venir. Être le quarterback de l'équipe de foot était déjà une source de stress ; être élu le super athlète du lycée aurait augmenté les attentes des observateurs, mais aussi son stress.

— Et pense aux titres les plus négatifs, comme celui « qui a les meilleures chances de finir en prison », a-t-il continué. Ce n'était vraiment pas sympa pour Sawyer.

— C'est gentil de t'en faire pour lui. Et toi, pour qui avais-tu voté ?

— Pour Sawyer, évidemment, mais c'est dégueulasse quand même. Je parie que ces élections ne vont pas faire long feu. Quelqu'un va finir par poursuivre le lycée en justice.

— Je ne pense pas.

La plupart des titres n'étaient pas insultants, et la majorité des parents des jeunes élus n'étaient pas au courant et ne découvraient les titres que dans l'album de fin d'année, lorsque leur rejeton quittait le lycée.

— Oh que si, a-t-il insisté. Et l'élection du couple parfait sera la première à poser problème car elle propose implicitement aux élèves de désigner un garçon et une fille, non pas deux garçons ou deux filles.

J'étais sidérée. C'était le genre de discussion philosophique que j'avais normalement avec Quinn ou un autre libre-penseur de la classe de journalisme ou d'art. Je n'aurais jamais imaginé entendre un jour une réflexion de ce type dans la bouche du quarterback de notre équipe de foot.

D'un coup d'épaule, j'ai fait glisser mon sac par terre, puis je me suis adossée au mur du pavillon.

— Depuis combien de temps es-tu au courant pour Noah ? ai-je demandé.

— Depuis toujours. En fait, il m'en a parlé quand nous étions au collège. On est copains depuis le CE2, depuis qu'on joue au foot ensemble. J'avoue que ça ne m'a pas surpris.

— Lui est-il arrivé de… (Je ne savais pas si je pouvais poser cette question, si j'étais en droit de le faire, mais j'avais tellement envie de savoir.) T'a-t-il jamais montré de l'affection ?

— Pourquoi tu me demandes ça ?

Traduction : je n'aurais pas dû poser la question.

Persuadée d'avoir offensé Brody, le cœur battant à tout rompre, j'ai repris :

— Tu as pris ça de façon vraiment cool…

Il a ri pendant suffisamment longtemps pour que la tension retombe.

— Tu sais, a-t-il lancé, le collège est une période difficile.

— Je confirme.

— Je me souviens effectivement que, à l'époque, Noah et moi avons eu une conversion un peu maladroite. Mais je me rappelle très bien que j'étais accro à Tia, à l'époque.

— Tia !

— Ouais. Tous les collégiens – je parle des hétéros – fantasment forcément à un moment de leur vie sur la fille qui sort avec tout le monde. Mais j'ai compris qu'un jour deux de ses petits amis finiraient par se battre en duel sur un parking et que je ne voulais pas être l'un d'entre eux.

Oui, je voyais ce qu'il voulait dire – cela collait avec la Tia que j'avais toujours connue. Mais elle semblait avoir tourné la page depuis deux semaines, depuis qu'elle sortait avec Will.

— J'espère que ce n'est pas ce qui attend Will.

— Non, les opposés s'attirent, a-t-il dit. Au début, ils se repoussent, mais sur le long terme, ils sont beaucoup mieux ensemble. (Il a haussé les épaules.) Bref, je ne pense pas que l'école devrait s'occuper de former des couples. D'ailleurs, ce n'est pas une tendance naturelle chez l'humain d'appartenir à un couple permanent. On se marie, on jure de ne faire qu'un, de fonctionner comme une seule et même machine. Sauf que, la moitié du temps, cela ne dure que quelques années, après quoi on recommence avec une autre personne. Dans ma famille, tout le monde a divorcé. Mes parents, mes grands-parents, tout le monde. À Noël, j'ai l'impression que c'est Halloween parce qu'on va de maison en maison pour ramasser des friandises. À mesure qu'on avance dans la vie, qu'on a des relations, on reste des individus. Être en couple est un état temporaire. Pense aux wagons d'un train. Ils sont détachables, déplaçables. Je ne dis pas que c'est juste ; je constate simplement que le monde est ainsi fait.

Si Brody m'avait dit cela quand nous étions arrivés dans le pavillon, cela m'aurait dévastée car j'en aurais conclu qu'il ne s'intéressait pas à moi. Ce n'étaient pas les mots d'un garçon essayant de séduire une fille. Cependant, nous parlions depuis longtemps, nous avions abordé des sujets très variés, et je ne pensais plus que la moindre de ses paroles était destinée à produire un effet sur moi. Brody me disait simplement ce qu'il pensait.

— Ma famille est comme ça aussi…

J'aurais dû embrasser le moment et profiter à fond de mon amitié nouvelle avec Brody, mais non, il fallait que je remette sur le tapis ce sujet superficiel qui m'empêchait de dormir depuis les résultats de ces élections de pacotille.

— Tu en as parlé avec Grace ?

— Oui, a-t-il acquiescé. J'ai dit tout un tas de choses à Grace. Mais m'écoute-t-elle ? Je n'en sais rien. Elle a ce rire, tu sais… Hé ! Hé ! Hé !

Oh oui, je savais. Je haïssais ce rire.

— Au début, a-t-il poursuivi, tu penses que c'est un rire nerveux, mais mignon. Sauf que c'est sa réponse à à peu près tout. Elle ne peut quand même pas avoir le même avis sur tout, si ?

J'avais naturellement tendance à vouloir arranger toutes les disputes. Kaye me l'avait suffisamment reproché… J'ai donc réagi par instinct, alors même que j'aurais pu profiter du fait que le garçon dont je m'étais entichée était en train de critiquer sa petite amie.

— Peut-être que c'est toi et pas ce que tu dis, ai-je alors lâché. Peut-être que tu rends Grace nerveuse.

— Comment ça ? a-t-il grommelé.

Dis-le. Dis-le. Dis-le. Dis la vérité. J'ai eu l'impression de sauter du haut d'une falaise quand j'ai répondu :

— Parce que tu es super mignon. Peut-être que lorsque tu es aussi proche d'elle que tu l'es de moi en ce moment, elle n'arrive plus à réfléchir.

Après avoir craché le morceau, j'ai senti que je devenais rouge comme une pivoine. Je me suis perdue dans la contemplation de la voûte du plafond comme si je la trouvais subitement fascinante.

Quelque chose m'a effleuré le cou. Instinctivement, j'ai failli faire le geste de chasser une bête de la main. Sauf qu'il s'agissait des doigts de Brody, qui glissaient sur ma clavicule.

Il me touchait, mais je ne savais pas quoi penser – j'étais incapable de réfléchir. Je m'efforçais d'écouter mon cerveau plutôt que mon corps. D'ordinaire, je n'étais qu'esprit ; le reste était le véhicule dont je me servais pour aller au lycée et rentrer chez moi. Un peu comme mon vélo, la voiture de papy ou le bus. Il est vrai que je me lookais soigneusement le matin et que, durant la journée, je vérifiais plusieurs fois ma coiffure et la netteté de mes vêtements. En dehors de cela, je ne pensais pas trop à mon corps.

Mais Brody me rappelait que j'étais faite de chair et de sang. Il reconnectait mon cerveau et mon corps d'une manière nouvelle pour moi. Je me suis appuyée à la surface rugueuse de la paroi en stuc. Les caresses de Brody me faisaient un bien fou – même s'il s'agissait encore d'un contact tout à fait innocent.

— Ça va, Harper ? Je te sens toute tendue.

Tout en me parlant, il me massait l'épaule avec force, d'une manière quasi douloureuse. C'était bon et intense – au point que j'aurais souhaité qu'il fasse la même chose sur mon corps tout entier.

Après quelques caresses sur mon épaule, ses doigts ont longé la bretelle de mon bikini et sa main s'est refermée sur mon sein. Techniquement, il ne me touchait plus, puisque le tissu du maillot de bain séparait nos deux épidermes. Mais je sentais la pression de sa main, sa chaleur. Un contact tout à fait innocent, avais-je dit ? Un arc électrique s'était formé entre lui et moi.

S'il ressentait la même chose que moi comme son pouce glissait avec insistance sur mon mamelon, il n'en laissait rien paraître. Dans la pénombre du pavillon, je ne distinguais pas ses yeux verts. Ses cernes semblaient encore plus noirs que d'habitude. Il paraissait plus vieux que moi. Et sérieux.

J'ai gloussé.

— Qu'est-ce qu'il y a de si drôle ?

— Euh, par où commencer ? En me caressant l'épaule, tu as remarqué que j'étais tendue mais, contrairement à ce qu'auraient fait la plupart des mecs, tu n'as pas retiré ta main. Au lieu de ça, tu l'as posée sur mon sein…

Ce dernier mot est sorti dans un soupir. J'étais assez fière d'avoir trouvé une plaisanterie dans ces circonstances. Et en même temps, j'ai pesté intérieurement contre moi-même car je donnais l'impression de ne pas avoir envie qu'il me touche, alors que…

Cela ne l'a pas déstabilisé, au contraire.

— La plupart des mecs ? a-t-il répété en haussant les sourcils. Tu fais ça assez souvent pour pouvoir faire des statistiques ?

— Que ne ferais-je pour la science…, ai-je répondu dans un murmure.

— Quand une femme dit non, je comprends non, bien sûr. Tu veux que j'arrête ?

J'ai secoué la tête.

— Moi non plus.

Il s'est approché de moi. Il allait m'embrasser.

Et plus il approchait, moins mon cerveau fonctionnait. Ses lèvres étaient si proches de mon oreille que je sentais son souffle sur ma joue.

Soudain, il a reculé. Non ! Je voulais qu'il m'embrasse ! J'avais été assez claire, non ?

De la tête, il a désigné une arche s'ouvrant sur la plage. Comprenant à moitié son message, j'ai attrapé la sangle de mon sac. Au moment où Kennedy arrivait.

— Harper ! (Il m'a regardée, a avisé mon appareil photo, m'a regardée de nouveau avant de reprendre d'un ton accusateur.) Je te cherchais partout !

— Désolée. J'étais là, ai-je répondu dans un sourire.

Son regard noir s'est posé sur Brody. Une rafale venue de l'extérieur a soulevé sa queue-de-cheval mouillée, la faisant retomber sur son épaule.

Brody s'est contenté de jauger furtivement Kennedy du regard, l'air de dire – mais ce n'était qu'une interprétation – *viens mec, je te prends quand tu veux.*

Mon interprétation était juste, semblait-il, car Kennedy a paru comprendre le message. Se désintéressant de Brody, il s'est tourné vers moi.

— Qu'est-ce que vous faites ?

— La lumière était mauvaise, ai-je expliqué en brandissant mon sac, mais on essayait de faire notre photo pour l'album.

— Parce que la date butoir approche, a précisé Brody d'un ton chantant.

Mais dépourvu de sarcasme. Brody n'était pas un adepte du sarcasme, mais je voyais très bien où il voulait en venir. Kennedy m'avait cassé les pieds avec ces histoires de délais. Si Brody et moi nous étions retrouvés dans ce pavillon, c'était à cause de lui et de ses exigences...

Mais la colère de Kennedy s'était dissipée. Comme je l'avais fait en cours de journalisme, nous avions réussi à le calmer.

Sauf que cette fois, il avait des raisons d'être jaloux ; Brody et moi flirtions pour de bon.

— Tu viens ? m'a dit Kennedy doucement.

— J'arrive.

Il s'est arrêté un instant, se demandant peut-être s'il devait insister pour que je le suive immédiatement. Puis il est sorti sans me presser.

Mes sentiments étaient mitigés. Brody et moi nous connaissions à peine, et nous avions flirté un peu. Je savais comment cela allait se terminer. Nous blaguerions un peu sur le compte de Kennedy, et chacun repartirait de son côté.

— Qu'est-ce que je t'ai dit tout à l'heure ? Quand tu as décidé de ne pas respecter les règles, arrange-toi pour que ça n'ait pas de conséquences.

Il a fait un pas vers moi, puis il s'est tourné vers l'arche pour s'assurer que personne ne nous regardait. Satisfait, il a appuyé son avant-bras sur le mur au-dessus de ma tête – exactement comme j'avais vu Will le faire avec Tia dans le couloir du lycée. Il a saisi la sangle de mon sac et l'a reposé sur les dalles du sol. Il s'est penché vers moi.

Contrairement à mon cerveau, mon corps avait compris ce qu'il faisait. J'étais un peu longue à la détente. Je me sentais coupable d'avoir flirté avec lui et de l'avoir laissé me toucher de cette façon, mais là c'était pire. Embrasser quelqu'un quand on était en couple, c'était tromper. Pour de vrai. Je pensais à tout cela quand j'ai fermé les yeux et levé le menton. Mes lèvres ont rencontré les siennes.

Sa bouche était chaude et douce. Il m'a embrassée avec délicatesse, ses lèvres frôlant puis pressant les miennes. Dans mes fantasmes – parce que je m'étais déjà imaginé ce moment –, Brody m'embrassait avec vigueur après s'être jeté sur moi comme sur un ballon de foot. J'étais étonnée qu'un colosse comme lui puisse se montrer si tendre.

Il est vrai que, surtout pour une élève de terminale, je n'étais pas très expérimentée. J'avais embrassé Kennedy, bien sûr, ainsi que Noah et Quinn lorsqu'ils voulaient être vus avec une fille, et quelques autres garçons qui m'avaient raccompagnée chez moi après un rendez-vous. En revanche, je n'avais jamais connu de longue séance d'expérimentation avec la bouche d'un garçon – le genre de séance que j'avais vue dans des films ou dont j'avais lu les descriptions dans des romans. Des séances que Tia et Kaye vivaient tous les week-ends.

Craignant de faire une bêtise et de trahir mon inexpérience, j'ai laissé Brody prendre les devants. Il a entrouvert mes lèvres du bout de la langue. Puis l'a glissée dans ma bouche. Pendant de longues minutes, il m'a tenue par le menton et embrassée avec ardeur, profondément. Et je lui ai rendu son baiser. Et puis sa bouche s'est décollée de la mienne, est descendue dans mon cou, me faisant frissonner.

De nouveau, son pouce a effleuré mon téton.

C'est à ce moment-là que tout a changé pour moi. Un courant électrique s'est formé dans mes seins pour rejoindre mon entrejambe, où il s'est mis à pulser. Brody m'avait tendu des perches, que j'avais saisies. Avant de lui en tendre d'autres. À présent, il savait que j'avais envie de lui, et vice versa. Ce simple contact m'a rappelé tous les garçons sur lesquels j'avais craqué et qui ne s'étaient jamais intéressés à moi, toutes ces filles qui avaient des petits copains amoureux, au contraire des miens. Il y avait plus de chaleur dans le pouce de Brody que dans toute ma vie amoureuse passée.

J'ai posé les mains sur ses hanches fermes comme de la pierre sous son maillot de bain et je l'ai attiré contre moi.

— Mmh…, a-t-il fait dans mon cou, faisant naître des chatouillis dans mon bras tout entier.

Il a relevé le menton. Son souffle était si bon dans mon oreille que je n'en pouvais plus – et il n'avait même pas encore touché mon lobe du bout de sa langue. J'en avais le souffle coupé.

D'une main, il m'a caressé la poitrine avant de me serrer le mamelon. Puis de glisser un doigt sous le tissu. J'ai frissonné.

— Bon, a-t-il dit dans un gloussement gêné en s'écartant de nouveau. On ne peut pas aller tellement plus loin ici.

Je suis restée là sans bouger, à essayer de comprendre ce qu'il venait de dire comme si lui et moi ne parlions pas la même langue. Il faisait machine arrière car Kennedy était venu me surveiller. Vu qu'il n'y avait pas de porte, nous ne pouvions pas nous enfermer. Et, si Kennedy ne nous surprenait pas, quelqu'un d'autre le ferait. C'était une plage publique après tout.

Je n'avais pas réfléchi à l'avance à la manière dont ce rendez-vous avec Brody se conclurait. Nous avions fini par faire connaissance parce que nos camarades nous avaient poussés à nous intéresser l'un à l'autre, mais le moment était venu de retourner à nos pénates – lui à Grace, moi à Kennedy.

Sauf que je n'avais pas envie de retourner avec Kennedy. Ce que je voulais, c'était rester là avec Brody. Les rayons du soleil le frappaient directement, désormais, mettant superbement en valeur son corps d'athlète. Les ténèbres du pavillon s'étaient dissipées. Mes yeux s'y étaient habitués, ou bien le soleil qui descendait vers l'horizon pénétrait-il plus facilement dans la structure. Ou alors étaient-ce mes pupilles, dilatées par le désir – encore un souvenir de mes cours d'anatomie de première.

— Tu vas ranger ton appareil photo dans la voiture ? m'a demandé Brody.

— Oui, ai-je confirmé en me baissant pour ramasser mon cher – dans les deux sens du terme – appareil, que j'avais pourtant complètement oublié.

— Je vais attendre quelques minutes ici avant de retourner sur la plage, histoire de n'éveiller aucun soupçon, a-t-il lancé comme un espion dans un film, sauf qu'il lui manquait le sarcasme naturel d'un Kennedy.

En réalité, je ne savais jamais si Brody plaisantait ou non.

— Ouais, sensas, ai-je répondu dans un accès de ringardise. À la revoyure…

Ce qui était encore pire.

Je me suis précipitée vers le parking, me hâtant de chausser les lunettes de soleil de Brody.

— Hé ! l'ai-je entendu m'appeler.

Mais j'en avais assez. J'étais obsédée par lui, èt cela devait cesser. Ce qui impliquait de le voir moins souvent, sans doute. Car plus j'en apprenais sur lui, plus je me rendais compte qu'il n'était pas du tout comme le garçon de mes rêves.

Il était encore mieux.

Et il n'était pas à moi.

Chapitre 8

J'ai traversé le parking où la température était devenue supportable à présent que le soleil était bas dans le ciel. Tandis que je marchais, je me sentais plus grande, j'avais l'impression d'avoir une plus grosse poitrine. J'ai rangé mon appareil dans le coffre de la voiture de mon grand-père, d'où j'ai sorti ma seconde glacière pleine de bouteilles d'eau, et je suis retournée sur la plage.

En chemin, je suis tombée sur Will. Les genoux repliés, il était allongé sur un banc en béton trop court pour lui. Son corps était parsemé de taches d'ombres projetées par les palmiers et autres plantes grimpantes touffues qui poussaient dans le sable. Là où le soleil frappait sa peau, celle-ci était toute rouge. La chienne était étendue près de lui. Sans doute serait-elle allée chercher de l'aide s'il était mort… Will était parfaitement immobile.

— Ça va ? me suis-je inquiétée.

Il a ouvert un œil pour me regarder au-dessus de ses lunettes de soleil.

— Ouais. J'ai chaud, c'est tout.

Il s'est redressé pour s'asseoir, les muscles de son ventre formant des nœuds puissants. Tout comme Brody, ce garçon était un as des abdos.

« Tu m'étonnes », ai-je failli lancer.

— Ton œil va mieux ?

—Je l'avais oublié, tiens, ai-je répondu, ce qui était vrai. C'est qu'il va mieux, j'imagine.

Quoique, maintenant que j'y pensais, il me picotait encore quand je clignais des paupières.

—Et pour le reste ? Kennedy a dit qu'il vous avait vus, Brody et toi, en train de prendre votre photo pour l'album sous le pavillon.

—Il t'a paru furieux ?

—Non, pas particulièrement. Je m'interrogeais parce que vous vous êtes éclipsés pendant un long moment. Et je sais qu'être élu couple de l'année peut faire tourner la tête.

J'ai poussé un soupir et je me suis affalée sur le banc à côté de lui en lui tendant une de mes bouteilles d'eau fraîches. Que pouvais-je répondre à cela ? J'étais complètement paumée. Mes lèvres me picotaient encore d'avoir embrassé Brody, et un frisson me parcourait quand je repensais à ce que nous avions fait. Brody et Will étaient devenus d'assez bons copains ; peut-être ce dernier pourrait-il me fournir certaines informations – à condition que je parvienne à l'interroger sans éveiller trop de soupçons.

—Tu savais que Brody s'était fait mettre K.O. à l'entraînement ?

Brody m'avait dit que sa mère l'obligerait à arrêter le sport si un autre incident de ce genre devait se reproduire – c'était ça le secret. Il était de notoriété publique qu'il avait fini une fois à l'hôpital. Donc tout le monde savait sauf moi, ce que je trouvais assez vexant.

Will était en train d'avaler la moitié de la thermos d'une traite. Sans cesser de boire, il a ouvert un œil et hoché la tête. Puis il s'est passé la bouteille humide sur le front.

—Juste avant la rentrée, c'est ça ?

—Oui.

— Ce n'était pas trop grave.

— Sans doute. Les joueurs de foot sont peut-être habitués à ce genre de chose, mais en tant que non joueuse, je suis choquée que des types puissent se faire mettre K.O. et retourner à l'entraînement le lendemain avec l'assentiment du médecin comme si de rien n'était. Pas toi ?

— Ben, non. Moi, je joue au hockey. Pourquoi, tu t'inquiètes pour lui ?

— Je suis étonnée que nos camarades de classe nous aient désignés couple de l'année et que personne n'ait eu l'idée de me dire que mon « petit ami » avait perdu connaissance pendant un match de foot.

— C'est arrivé au moins une semaine avant les élections, a remarqué Will en fronçant les sourcils derrière ses lunettes.

— Ouais... (Sans doute espérais-je mettre en évidence l'existence d'un lien qui n'existait même pas entre Brody et moi.) Et toi, tu as voté pour qui ?

— Personne. Les élections ont eu lieu le premier jour, et je ne me rappelais le prénom de personne, à part celui de Tia. Et celui de Sawyer, qui s'était déjà fait remarquer.

Évidemment.

— Et maintenant que tu nous connais mieux, tu pourrais voter pour Brody et moi ?

— Si je m'en tiens à votre comportement au lycée, non. Mais je peux te dire une chose : Brody aime les jolies filles et, aujourd'hui, tu rentres carrément dans cette catégorie. Je ne dis pas que tu étais moche avant, mais maintenant, waouh... Je ne voudrais pas avoir d'ennuis avec ma copine, mais tu es vraiment superbe.

— C'est le truc le plus gentil qu'on m'ait jamais dit, Will.

— Tu ne traînes pas avec les bonnes personnes.

— Sûrement ! ai-je acquiescé en riant.

— Je t'assure. Toi et moi, on se ressemble beaucoup. Tu as de bonnes notes. Les profs et tes parents n'arrêtent pas de te féliciter pour tes résultats. Mais il t'arrive d'oublier les autres aspects de ta vie.

J'ai avalé une longue gorgée d'eau.

— Ouais.

— Grâce à cette élection, tu as compris que tu étais plus qu'un cerveau ambulant. Que tu étais autre chose. C'est ce que j'ai ressenti quand j'ai été élu charmeur de l'année. Je veux dire, merde, je me demandais ce que mes parents allaient penser. J'aurais voulu qu'on souligne ma réussite, et pas… je ne sais pas…

— Et pas ta vie sociale.

— Voilà. Je n'étais pas connu pour ça dans mon ancienne école. Alors je comprends que tu sois un peu…

Il s'est interrompu – de crainte de me vexer sans doute.

— Un peu obsédée par ça, tu veux dire ?

Il s'agissait bien du mot qu'il avait eu peur d'utiliser.

— Oui, obsédée. En tout cas, je peux te dire que Brody était content d'être élu avec toi.

— C'est vrai ?

— Ouais. Et aujourd'hui… (Will m'a désignée de la main, et sa main s'est figée dans les airs à hauteur de mon ventre sans que je comprenne tout de suite pourquoi.) Brody était content de te voir aujourd'hui. Et il était encore plus content de découvrir à quoi tu ressemblais.

— Ah.

— Je sais que ça ne me regarde pas, mais il a une petite amie.

J'ai avalé une autre gorgée d'eau avant de répondre lentement :

— Je sais.

— Je pense que Brody ne prend rien de tout ça au sérieux. Ni ces élections, ni le fait de sortir avec une fille. Toi, en revanche, tu prends ça trop au sérieux. Comme moi. C'était mon problème, au début, avec Tia.

— Je comprends.

Il a vidé sa bouteille et me l'a rendue.

— Tiens, lui ai-je dit en prenant une autre bouteille dans la glacière et en désignant le pavillon. Va plutôt t'allonger là-bas. Il y fait frais. Je dirai à Tia où tu es.

— Merci.

Il s'est engagé sur le chemin sablonneux. La chienne s'est levée avec souplesse pour lui emboîter le pas.

— Non, c'est moi qui te remercie.

Comme je le regardais s'éloigner, je ne pouvais m'empêcher de me dire : *Oui, merci de m'avoir appris que le mec sur qui j'ai craqué ne s'intéresse à personne, pas même à moi.*

Sauf que Will nous avait comparés, Brody et moi, à Tia et lui.

Et Tia et lui étaient ensemble désormais.

Avais-je mes chances avec Brody ?

Non, c'était ridicule. Comment interpréter ses paroles de cette manière alors qu'il venait de me rappeler que Brody avait une petite amie et que ce n'était pas moi ?

J'ai rejoint notre grappe de serviettes en soulevant plus de sable que nécessaire et je me suis affalée à côté de Tia.

— Qu'est-ce qu'il y a ? a-t-elle demandé, les yeux fermés, sans même avoir vu qui s'était installé à côté d'elle.

Tia était du genre détendue, et je l'enviais pour cela.

— J'ai envoyé Will sous le pavillon. Il était en train de fondre.

— Il pense qu'il est normal et que les habitants de la Floride sont constitués d'amiante. Et toi ? Ton œil va mieux ? Will m'a dit que tu as eu un souci avec ta lentille et que Brody s'est porté à ton secours pendant que Kennedy est resté avachi à vous regarder.

— Mon œil va mieux, ai-je répondu avant d'ajouter d'un ton neutre : On s'est embrassés un peu, avec Brody, dans le pavillon.

Instantanément, elle s'est tournée sur le côté, les yeux noirs écarquillés.

— On ne s'embrasse pas *un peu*. La définition d'embrasser – où est mon téléphone ? (Elle a fouillé dans ses affaires, en vain.) Bref, je n'ai pas besoin de regarder la définition pour savoir qu'on s'embrasse toujours à fond et que ça donne chaud ! On ne s'embrasse pas à moitié.

— Oui, eh bien, Brody et moi on s'est embrassés, ai-je confirmé d'un ton solennel.

— Ma parole, tu deviens comme moi, a-t-elle fait mine de s'offusquer.

— Non. Toi, tu as embrassé tout le monde et n'importe qui, y compris Sawyer. Et tu n'as jamais eu de petit ami avant Will, aussi peut-on dire que tu n'as jamais trompé personne. Au contraire de moi.

En vérité, la partie « tromper » ne me tracassait pas plus que cela.

Bien qu'allongée sur le côté et appuyée sur le coude, elle a réussi à hausser les épaules.

— Au contraire de Brody, aussi.

— Oui, ai-je confirmé en scrutant la plage à sa recherche.

Il était là, à mi-distance du pavillon, dos à nous, les mains sur les hanches. Grace, Cathy et Ellen se dirigeaient vers lui. À en croire la démarche d'Ellen, elles avaient réussi à se faire offrir de la bière.

— Will m'a dit qu'il voulait te mettre en garde au sujet de Brody, a repris Tia.

— Il l'a fait, mais trop tard. (J'ai jeté un coup d'œil autour de nous pour m'assurer que personne ne s'était installé près de nos serviettes. Puis j'ai admis :) Brody m'a pelotée un peu.

— Seigneur !

— J'imagine qu'on ne peut pas non plus se faire peloter à moitié, hein ? Bref, il m'a pelotée bien comme il faut. Ne dis rien à Kaye. Grace lui demandera forcément ce qu'elle sait. Kaye ne pourra rien avouer si elle ne sait rien.

Tia s'est redressée sur le coude.

— Putain, mais tu fais n'importe quoi, ma pauvre.

— Je rêve ou tu me juges ? ai-je protesté, bouche bée.

— Pas du tout ! s'est-elle défendue. Je me demande juste ce qui te prend. Le jour de l'élection, je t'ai proposé d'essayer de séduire Brody, et tu m'as rappelé que tu sortais avec Kennedy. Et aujourd'hui, tu organises des rendez-vous secrets pour te faire tripoter.

J'ai ri si fort que j'ai avalé un peu de sable, et j'ai passé la minute suivante à le recracher et à me nettoyer la langue. Le tout en gloussant, ce qui ne m'a pas facilité la tâche.

— Cette élection m'a un peu fait perdre les pédales, ai-je finalement repris. J'étais convaincue de ne vouloir que des trucs simples : passer un peu de temps avec Kennedy, faire mes photos et les trafiquer sur mon ordinateur. Mais je me suis rendu compte que je perdais mon temps, que je gâchais les plus belles années de ma vie. Toute l'Amérique vient en Floride pour l'aventure. Moi je vis ici toute l'année et je ne m'amuse pas du tout.

— Note que tu t'es mise à la photo parce que tu trouvais ça amusant.

— C'est vrai.

Tia et moi n'avions réglé aucun de mes problèmes, mais cela me faisait du bien de discuter avec elle. Un rien l'enthousiasmait. Je me sentais déjà de meilleure humeur. Je me suis assise sur ma serviette, m'attendant à moitié à redécouvrir une plage regorgeant d'opportunités.

Cathy marchait et Ellen titubait dans notre direction ; Grace, elle, s'était arrêtée devant Brody. La tête de ce dernier m'empêchait de distinguer le visage de la jeune femme. Je ne pouvais deviner ce qu'ils se disaient ni s'ils se disputaient. En revanche, je voyais bien qu'il la tenait par les hanches. Le pavillon où nous avions passé une demi-heure si intense se trouvait juste devant lui. Intense pour moi en tout cas.

— Qu'ils aillent tous se faire foutre, ai-je murmuré à Tia. Et je ne cite pas Sawyer. On se voit tout à l'heure. Je vais nager un peu.

J'ai couru me jeter à l'eau, nageant loin et plongeant profondément. C'était mon mécanisme de survie à moi ; je l'avais mis en pratique un nombre incalculable de fois lors de rassemblements de jeunes et autres anniversaires sur la plage, lorsqu'interagir avec les autres me posait trop de difficultés. Rien n'avait changé – pas même moi – depuis que Brody et moi nous étions embrassés.

Je faisais la planche sur l'océan chaud. Dans le Golfe, les vagues n'étaient pas aussi hautes que sur la côte atlantique. De temps à autre, l'une d'entre elles me recouvrait, me faisant boire la tasse, mais, dans l'ensemble, la mer me berçait, soulevant alternativement ma tête et mes pieds comme si j'étais un morceau d'algue ou une bouée gonflable.

Un peu plus tard, je me suis mise sur le ventre, pratiquant la nage de l'homme mort – ou plutôt de la jeune femme morte – et essayant de redevenir celle que j'étais encore le matin même, avant la course, lorsque je me plongeais dans mon boulot en ne voulant être dérangée par personne. Cette partie de moi n'en aurait rien eu à cirer de voir les mains de Brody sur les hanches de Grace. Elle aurait même trouvé cela naturel. Elle aurait compris que ce baiser avait été une simple pulsion de Brody. Comme lorsqu'il appuyait trop fort sur son accélérateur – quatre contraventions pour excès de vitesse l'an dernier – ou qu'il décorait le jardin de son coach avec du papier toilette – une amende de plus. J'en avais mal à l'estomac.

Quelque chose m'a frôlée par en dessous. Cette fois, je ne me suis pas fait avoir. Il ne s'agissait pas d'un poisson mais d'un garçon, qui avait trouvé amusant de se faufiler sous moi pour me soulever. Je savais qu'il ne s'agissait pas de Brody, qui ne faisait jamais rien à moitié. Lui, il aurait carrément enroulé ses bras autour de mon ventre. Non, ce contact léger, presque imperceptible, était l'œuvre de Kennedy.

Je me suis redressée en laissant l'eau ruisseler sur mon visage, veillant à ne pas me frotter les yeux. Kennedy me souriait d'un air satisfait comme si, cette fois, il avait vraiment réussi à me surprendre. J'ai choisi de rire avec enthousiasme parce que je ne voulais pas faire d'histoires.

Une semaine plus tôt seulement, il ne m'aurait pas laissée si indifférente. Mon petit interlude avec Brody avait ruiné ma relation avec Kennedy – qui ne se doutait de rien – et je n'étais même pas certaine de le déplorer.

— Tu veux qu'on s'en aille ? m'a-t-il proposé.

Ensemble ? ai-je failli m'exclamer. Pas question, cependant, que je prolonge ma dispute avec Kennedy alors que Brody était en train de tripoter Grace. Je n'avais pas regardé la plage depuis que j'étais entrée dans l'eau, mais j'étais certaine que Brody avait entraîné sa petite amie dans le pavillon. Tiens, c'était un euphémisme que toutes les ex de Brody pourraient sûrement utiliser. *Toi aussi, il t'a emmenée dans le pavillon ?*

— On s'emmerde, s'est plaint Kennedy.

J'étais tellement perdue dans mes propres pensées que j'en avais presque oublié sa présence.

— C'est fou comme un seul sportif de mes deux peut te flinguer une ambiance, a-t-il ajouté.

Avec Noah, cela faisait deux sportifs dans la bande. Trois, si on comptait Will, même s'il n'y avait pas d'équipe de hockey au lycée. Mais Kennedy faisait sans doute référence à Brody.

— Non, je n'ai pas envie de partir. Le soleil n'est même pas couché.

— On a cours demain. Toutes les photos sont prêtes ?

— Pas encore.

— J'en ai besoin, pourtant.

— C'est un jour férié, et nous avons encore une semaine et demie devant nous.

— Qu'est-ce qui te prend ? Je te trouve super grincheuse. Tu vas avoir tes règles ou quoi ?

J'ai pivoté sur moi-même pour lui faire face. Le mouvement de mes épaules a provoqué un tourbillon, comme si j'étais une tornade. La vague a accéléré dans sa direction, l'atteignant à la bouche au moment où je disais :

— Ne dis jamais ça à une fille. C'est déplacé.

— Ça répond à ma question.

Impossible pour une femme de sortir vainqueur d'une telle discussion.

— Dire que tu te prends pour un progressiste. Comment peux-tu dire un truc pareil ?

— Désolé !

— Tu sais quoi ? ai-je repris en haussant le ton pour couvrir le bruit des vagues. Vendredi dernier, tu m'as fait un caca nerveux à cause de mes cupcakes et du *coming out* de mes amis. Apparemment, tu as décidé que la punition avait assez duré et tu n'es plus en colère contre moi. Mais peut-être que je suis en colère contre toi. Peut-être que je mérite de vraies excuses et pas juste un vulgaire « désolé ».

Il m'a regardée avec des yeux ronds. Et j'ai soutenu son regard. Une grosse vague a heurté l'arrière de ma tête, menaçant de me déséquilibrer. J'ai planté mes talons dans le sable et campé sur mes positions.

Kennedy a poussé un soupir.

— Je n'ai rien dit contre les gays, juste que je n'en étais pas un. J'entends tout le temps mon père dans ma tête. Tu ne l'as jamais rencontré, mais il n'aime ni mon piercing, ni ma coiffure. Il n'apprécie pas les films indépendants. Et tu devrais entendre comment il m'appelle.

Je n'avais pas besoin de rencontrer son père pour comprendre de quel genre de personne il s'agissait. Nombre d'hommes aux idées similaires avaient exprimé leur point de vue à la table de ma mère, supposant que tout le monde pensait comme eux. Sans savoir que des couples gays avaient dormi dans leur lit quelques jours plus tôt.

— À notre âge, on ne devrait plus se soucier de ce que racontent nos parents, mais pour moi ce n'est pas si simple.

— Pareil pour moi, ai-je confirmé en pensant à ma mère.

— Je ne ferai sans doute jamais d'école de cinéma. Peut-être même que je n'irai pas à la fac. Mon père voudrait que je reste ici, que je devienne plombier comme lui, puisque ça rapporte bien.

En quelques minutes, Kennedy s'était transformé devant moi. Le fait de savoir à quoi il était confronté chez lui expliquait son comportement, sa colère.

Toutefois, mieux le comprendre ne m'aidait pas à l'apprécier davantage. J'aurais dû l'encourager à faire son école de cinéma sans se soucier de ce que pouvait dire son père. Sauf qu'il ne m'importait plus. Je l'imaginais dans dix ans en plombier chevelu, radotant qu'il aurait pu faire une école de cinéma et critiquant avec amertume les blockbusters que tout le monde aime.

Au lieu de le réconforter et de le plaindre, je me suis surprise à dire :

— Je refuse que tu continues de m'ignorer comme tu le fais.

— Hein ?

— Oui, m'ignorer. Le silence radio. Tu te mets en rogne contre moi et je n'entends plus parler de toi pendant des jours. Je ne le supporte pas et je n'ai aucune envie de m'y faire. Mon père et ma mère s'infligeaient le même traitement quand papa était encore à la maison.

Kennedy me regardait au-dessus de l'eau comme si, cette fois, c'était lui qui avait eu une révélation sur moi. Une vague l'a atteint au menton, puis une autre, mais il me fixait toujours du regard.

— Mais non, c'est toi qui m'ignores ! s'est-il défendu.

— Sûrement pas.

— Tu ne dis jamais rien.

— Je suis en train de parler, il me semble. Je m'entends parler, en tout cas.

— Ton silence est super pesant. Sortir avec toi, c'est accepter de subir ton silence en permanence.

Si c'était si difficile, pourquoi donc sortait-il avec moi ? Peut-être devrions-nous nous séparer, alors. J'étais près de prononcer ces mots, lorsque j'ai jeté un œil vers la plage.

Maudites lentilles qui me donnaient une excellente vue de loin. Contre ma volonté, je me suis concentrée sur notre îlot de serviettes et de parasols. Brody et Grace y étaient assis face à la mer, elle installée entre ses jambes écartées et se faisant masser les épaules.

Au lieu de casser avec Kennedy, j'ai bougonné :

— Pourquoi est-ce qu'on ne s'embrasse jamais ?

Cela ne l'aiderait pas à me croire logique et sensée. Il allait penser à mes règles, une fois de plus. À ce moment-là, j'aurais juste voulu offrir à Brody le genre de spectacle dont lui et Grace me gratifiaient.

— Qu'est-ce que tu racontes ? Bien sûr qu'on s'embrasse !

Quelque chose me disait que la manière dont nous nous embrassions aurait bien fait rigoler Tia.

— Ça t'arrive d'avoir envie de faire des trucs cochons ? ai-je demandé.

J'avais l'impression de parler comme une publicité pour un site porno, mais je ne savais pas comment exprimer autrement ce à quoi je pensais. Un mec comme Brody ne se serait pas arrêté sur la forme de ma question. Il aurait accepté l'invitation sans réfléchir.

— Waouh… Présenté comme ça, ce n'est pas très excitant.

— Je plaisante, ai-je dit. Tu as raison. Les sportifs ont bousillé l'ambiance et ça a déteint sur moi.

— Tu veux qu'on s'en aille ? a-t-il proposé de nouveau.
— Toujours pas.
— Sortons de l'eau, au moins.

L'écouter débiter des plaisanteries assis sur nos serviettes ne serait pas plus ennuyeux que de l'écouter débiter des plaisanteries dans l'eau. Et puis, impossible de refuser sa compagnie après avoir assisté au petit manège de Brody et Grace.

Nous avons donc pataugé vers la plage. Grace était allongée sur sa serviette à présent, à côté d'Ellen et Cathy. Brody et Will se faisaient des passes – ils se lançaient la balle de toutes leurs forces à cinquante mètres de distance. Brody ne touchait plus Grace, mais j'en avais vu assez.

Décidée à offrir une dernière chance à Kennedy, je lui ai tendu une perche facile à attraper, une occasion de me faire un compliment.

— Qu'est-ce que tu penses de mon nouveau bikini ? lui ai-je demandé en criant pour me faire entendre malgré les vagues.

— Tu ressembles à une sauveteuse.

C'était comme la fois où je portais un joli blazer cintré à une soirée et où il m'avait dit que je ressemblais à un homme, ou la fois où je portais une minirobe noire ornée de dentelle et où il m'avait dit que je lui faisais penser à une adepte de wicca.

Une fois sur la plage, il a tapoté la serviette pour m'inviter à m'asseoir à côté de lui – pas trop tôt ! Nous nous sommes installés l'un à côté de l'autre, sans nous toucher. Être assis à deux sur la même serviette était l'idée qu'il se faisait de l'intimité physique. Et si, finalement, il faisait son école de cinéma ? Et si nous étions toujours en couple à ce moment-là ? Partagerions-nous la même couverture étendue sur la pelouse du campus ? Était-ce la manière dont s'éclataient les intellos sarcastiques ?

— Mesdames et messieurs !

C'était Brody, qui s'amusait avec son ballon sans le regarder, comme s'il faisait partie de son corps.

— Il est l'heure de jouer au football ! On ne taclera pas pour que les filles puissent jouer aussi.

— J... j' veux être dans ton équipe, Br... Brody ! a aussitôt bredouillé Grace.

— Les ivrognes n'ont pas le droit de jouer. Sérieusement, tu vas te faire mal. Mais vous pouvez nous encourager.

Les pom-pom girls soûles se sont tapé dans les mains.

— Et on peut faire ça en restant assises ? a demandé Cathy.

Écœurée, j'ai fermé les yeux et je me suis rallongée.

— Brody, si tu te blesses, ai-je entendu Noah le mettre en garde, le coach va te tuer.

— Il ne se fera pas mal, ai-je affirmé sans les regarder. Évite juste de lui tomber dessus, Noah.

— Oooooooh ! se sont-ils tous exclamés.

— Bien envoyé, a commenté Kennedy.

Youpi ! Je venais de me qualifier pour les jeux Olympiques du sarcasme. J'espérais que Noah ne m'en voudrait pas, car je n'avais pas eu l'intention de faire rire à ses dépens.

Noah rampait justement dans ma direction. Soudain, il s'est penché au-dessus de moi. Il était si proche que cela me mettait un peu mal à l'aise. Du coin de l'œil, je voyais que Kennedy avait dû s'écarter pour lui faire de la place.

Noah a frotté le bout de son nez contre le mien, comme lorsque nous sortions ensemble. Bizarrement, même si je savais qu'il n'était pas attiré par moi, des papillons se sont envolés dans mon ventre, comme au temps où je ne savais rien de son orientation sexuelle.

— Tu sais que je vais t'attraper, pas vrai ? a-t-il grondé.

J'ai gloussé. À côté de moi, Kennedy fronçait les sourcils. Noah avait dépassé les bornes, et je l'avais laissé faire. Si je ne mettais pas un terme à ce jeu, Kennedy s'enfermerait de nouveau dans son mutisme et. Je. Ne. Le. Supporterais. Pas. Je me suis tournée vers lui pour lui demander :

— Tu veux jouer ?

— Autant que de m'enfoncer des aiguilles sous les ongles.

— Je crois que ça veut dire non, ai-je dit à Noah. Je ne joue pas non plus.

Avec un peu de chance, Brody m'aurait entendue.

— Ça devrait faire un bon spectacle, a déclaré Kennedy après que Noah a rejoint les autres. Des footeux, le premier tambour de la fanfare, des filles, un chien, le président du conseil des élèves et un gay gothique se battant au corps à corps ? Si seulement les pom-pom girls étaient autorisées à participer en dépit de leur alcoolémie, le show serait vraiment énorme.

Ce serait sans doute un bon spectacle. Auquel il aurait été amusant de participer, mais il était hors de question que je joue ce match organisé par Brody.

Ce dernier est arrivé en courant devant notre serviette et m'a tendu la main.

— Je croyais que tu avais envie de jouer ?

Ses yeux verts brillaient au milieu de son visage bronzé. Il me tentait comme le diable. J'avais tellement envie de le suivre, mais je savais que prendre sa main à ce moment-là serait revenu à gifler Kennedy. Et puis, à quoi bon provoquer mon petit ami, le pousser à m'ignorer comme il savait si bien le faire, alors que je n'avais rien à gagner en contrepartie. Car Brody se jouait de moi. Une fois de plus.

J'ai ouvert la bouche pour répondre non, mais je n'en ai pas eu le temps. Noah s'est jeté sur moi par derrière et m'a attrapée par la taille, mettant plein de sable sur nos serviettes. Puis il m'a soulevée et jetée sur son épaule.

Je lui ai ordonné de me poser par terre, ma voix chevrotant au rythme de ses pas, mais je n'ai pas protesté très vigoureusement. Je voulais faire comprendre à Brody que je lui en voulais d'avoir tripoté Grace comme il l'avait fait, mais je rêvais aussi de jouer. C'était le genre de plaisir dont j'avais assez de me priver. Noah était en train de m'emmener là où j'avais envie d'aller et il me permettait de ne pas me fâcher avec Kennedy. Tandis que celui-ci attendait, seul, sur sa serviette, je me sentais incroyablement chanceuse d'avoir un ex-petit copain gay. Noah m'a déposée doucement sur le sable au milieu de la mêlée.

Penché en avant, une main sur le genou, l'autre serrant le ballon contre sa hanche, Brody était en train de briefer les équipes. Soudain, il s'est arrêté au milieu d'une phrase.

— Merci de t'être jointe à nous, Harper.

Il me regardait fixement, et je lui rendais son regard, plus que consciente de la chaleur qui faisait chatoyer l'atmosphère entre nous.

— Je disais donc, a-t-il repris, qu'on ne tacle pas, mais qu'il faut toucher le porteur de ballon des deux mains. Être touché revient à être plaqué au sol. Vu qu'on joue avec des filles, il faut peut-être revoir d'autres règles… Pas de nudité. Si on baisse le maillot de bain de quelqu'un, il y a faute. Disons qu'on prend un mètre de pénalité.

— Je ne suis pas d'accord, suis-je intervenue. Réussir à baisser le maillot de quelqu'un devrait plutôt valoir un bonus, non ?

— Excellente idée, Harper ! s'est esclaffé Brody. À ce propos, tu es dans mon équipe.

À l'autre bout de la mêlée, Kaye a haussé les sourcils en me regardant.

— Attendez une minute, a protesté Aidan. Je n'ai pas tout compris. Comment compose-t-on les équipes ?

Autour de lui, tout le monde a eu un mouvement de recul. Aidan était le président du conseil des élèves, et il aimait toujours *tout* contrôler.

— En termes d'expérience footballistique, les équipes devraient être de forces équivalentes, a-t-il poursuivi. En termes de taille aussi, non… ?

— Oh, tais-toi ! a protesté Tia.

— Je ne t'ai rien demandé, toi.

— Procédure parlementaire, a lancé Kaye, la vice-présidente du conseil des élèves (elle aurait dû être présidente, car elle avait deux fois plus de bon sens qu'Aidan). Qui est d'avis que nous devrions reformer les équipes en tenant compte de l'expérience footballistique, de la taille et de toutes ces choses qui semblent si importantes à Aidan ? Ce qui devrait prendre environ six heures… Personne ?

— Personne ! a confirmé tout le monde.

— Si, moi, a tenté Aidan sans conviction.

— Prêt ? s'est empressé de crier Brody sans lui laisser le temps de formuler une autre requête.

— Break ! ont répondu tous les garçons en frappant dans leur main et en s'éparpillant.

Kaye s'est approchée d'Aidan et lui a remonté les coins des lèvres pour l'obliger à sourire. Bonne chance à elle, car Aidan n'aimait pas qu'on usurpe son autorité. Je me suis hâtée de rejoindre Brody.

Je pensais que la partie serait ennuyeuse, que Brody marquerait pour son équipe et Noah pour la sienne, et que les autres se contenteraient de les regarder, mais la règle des deux mains et l'interdiction de plaquer rendaient le jeu amusant. Les filles pouvaient vraiment participer. Tia a réussi à esquiver Will et à toucher Brody des deux mains, le mettant hors jeu. Il arrivait cependant que les actions ne soient pas aussi nettes. Par exemple, était-il nécessaire de poser les mains à plat sur le joueur adverse ? Ou bien une main plus un petit doigt suffisaient-ils ? Après quelques points, il y avait de si nombreux litiges que Will a demandé à Kennedy d'arbitrer le match. Il a accepté, évidemment. Cette nomination a fait du bien à son ego démesuré, renforçant sa conviction d'être supérieur.

Sa première intervention est survenue lorsque Brody m'a passé le ballon et que je me suis mise à courir vers la ligne de but. Subitement, Noah a surgi de nulle part, a enroulé un bras autour de mon ventre – ouf ! – et m'a fait faire demi-tour en me jetant au sol. Un match de foot mixte, quelle blague… Je me suis relevée aussitôt et j'ai couru jusqu'à la ligne de but.

— *Touchdown* ! me suis-je exclamée. Noah ne m'a pas touchée des deux mains !

— Ouuuh ! ont protesté les coéquipiers de Noah.

— Ouaiiiis ! se sont enthousiasmés les miens.

Brody a traversé le terrain en courant, m'a soulevée et fait tourner dans les airs. Kennedy nous avait-il vus ? Six personnes s'étaient ruées sur lui pour contester l'action. J'ai su que j'avais marqué quand mon équipe a applaudi et que Noah a crié « Merde ! ».

— Il faut toucher l'adversaire des deux mains ! a affirmé Kennedy.

— Tu parles ! a crié Aidan. Tu laisses gagner l'équipe de ta copine, c'est tout !

Kennedy a haussé les épaules et rétorqué d'un ton satisfait :

— C'est l'avantage d'être arbitre.

Puis il m'a adressé un clin d'œil.

Manifestement, il n'avait pas vu Brody me faire tournoyer dans les airs. Je savais que mon incertitude, mon incapacité à décider ce que je voulais en matière de relation amoureuse n'était pas très saine, mais je m'en fichais. J'étais quasi nue, avec des amis quasi nus eux aussi, et je vivais le moment présent. Ma peau était couverte de sueur et de sable. Je frissonnais à cause de l'effort – et de savoir que deux garçons avaient envie de moi.

Peu importait le lendemain, je vivais la soirée de ma vie.

— Joli coucher de soleil, a lancé Kaye.

Nous nous sommes tous arrêtés pour nous tourner vers le Golfe. Il faisait presque nuit. Le changement avait été si progressif que je ne m'en étais pas rendu compte. Le soleil orangé flirtait avec la surface ondulante de l'océan.

Will est arrivé dans le dos de Tia et a enroulé un bras autour de son ventre. Elle s'est collée contre lui, leurs corps s'imbriquant littéralement. Ensemble, ils ont admiré le coucher de soleil. Puis il l'a embrassée dans le cou.

Je brûlais de jalousie. J'enviais tellement Tia et Will. Pour ma part, j'étais soi-disant la petite amie de Kennedy – qui restait à son poste en bordure du terrain, l'idée ne lui venant pas à l'esprit de me rejoindre pendant ce temps mort – mais je me faisais peloter par Brody, qui semblait attaché à Grace.

Au moins Brody n'admirait-il pas le coucher de soleil avec elle non plus. Malgré leurs promesses, les pom-pom girls n'avaient pas encouragé les équipes une seule fois depuis le début de la rencontre. Allongées sur leurs serviettes, elles semblaient endormies.

Dissimulé derrière des nuages roses, le soleil n'a mis que quelques minutes à disparaître complètement dans l'océan.

— Bon, c'est fini pour moi, a annoncé Brody. Il me reste des devoirs à faire.

— Des devoirs ?

— Traître !

— J'y peux rien, s'est-il défendu. Je suis l'athlète intello du bahut.

— Toi, intello ? Faut pas pousser..., a grommelé Noah. De toute façon, je dois y aller aussi, sinon ma mère va me tuer.

Tout le monde s'est dit au revoir. À contrecœur, nous avons démantelé l'îlot de serviettes. Tandis que j'étais occupée à récupérer la mienne ainsi que mes deux glacières et mon sac, j'ai été surprise par l'apparition de Kennedy dans mon dos.

— On se voit en cours.

— Ouais, ai-je répondu joyeusement, comme si j'avais hâte.

— N'oublie pas de m'envoyer tes photos. Il faut à tout prix en terminer avec l'album.

— Pas de problème.

Ce qui m'obligerait à travailler tard car je devais d'abord m'occuper des photos de la course. Tandis que Kennedy s'éloignait en rigolant avec Quinn, je me suis demandée quel bilan tirer de ce jour férié.

Je venais de dire au revoir à Tia et Kaye et de me rendre compte que j'allais devoir faire deux voyages pour transporter mes affaires jusqu'à la voiture, lorsque j'ai vu Brody arriver d'un pas nonchalant, sa serviette autour du cou. Ça lui allait tellement bien que, très bientôt, on verrait sans doute tous les garçons porter une écharpe en tissu éponge dans les magazines de mode.

Finalement, je ne pouvais que tirer un bilan positif de cette journée à la plage.

CHAPITRE 9

Brody m'a souri.

— Comment va ton œil ?

— Super bien, ai-je menti.

En réalité, j'avais toujours mal quand je clignais des paupières. Sans doute aurait-il été préférable que je porte mes lunettes le lendemain au lycée, ce que je n'avais aucune intention de faire.

J'aurais aimé que Brody et moi reprenions là où nous nous étions interrompus tout à l'heure, mais il n'était pas question que je lui fasse ce plaisir après le spectacle que Grace et lui m'avaient offert. Je n'ai d'ailleurs pas pu résister à la tentation de lui envoyer une petite pique.

— Tu ne raccompagnes pas Grace chez elle alors qu'elle a bu ? Tu tentes de te débarrasser d'elle ?

Si elle se prenait un chêne sur le chemin du retour, ma plaisanterie se révélerait de très mauvais goût, mais Brody n'avait sans doute pas laissé Grace prendre le volant.

— Nos ivrognes sont reparties avec Kaye.

Il parlait de sa petite amie comme d'une ivrogne. Pas très sympa… Ça l'était moins en tout cas que ses mains posées sur ses hanches ou ses massages.

Sans me demander si j'avais besoin d'aide, il a pris une de mes glacières.

— Tu ne les as pas vidées, a-t-il fait remarquer en retirant le bouchon situé dans le fond.

— Non ! Tu gaspilles de l'eau, lui ai-je expliqué comme il me regardait avec étonnement. Si tu veux la vider, fais-le au moins dans les plantes.

— Tout ce qui a besoin d'être arrosé n'est pas endogène, a-t-il répliqué doctement.

J'ai ri avant de me rappeler que j'étais censée être furieuse.

— Dis donc, Brody Larson, tu n'essaierais pas de me faire perdre ma conscience écologique, par hasard ?

— Non, madame. Enfin, peut-être. Allons arroser des trembles, des sapins des montagnes Rocheuses ou que sais-je.

Nous avons vidé les glacières dans des fleurs manifestement non endogènes avant de les ranger dans le coffre de la voiture. Brody a refermé le hayon et a demandé :

— Qu'est-ce qu'on fait, pour notre photo ?

— Il est trop tard, maintenant.

Pour la photo et pour nous.

— C'est vrai ? s'est-il étonné, l'air déçu.

— Ouais. Il fait trop sombre. La photo ne rendrait pas bien. Mais c'est vrai que la date butoir approche à grands pas…

Penser au travail qui m'attendait me donnait mal au ventre.

— Pas grave, a-t-il dit joyeusement. Ce n'est que partie remise.

— Ouais.

Après ce qui s'était passé plus tôt, mieux valait prendre cette photo d'une manière conventionnelle, autrement je risquerais de devenir encore plus accro et d'aller trop loin. Mais je ne me voyais pas refuser s'il me proposait un rendez-vous.

— On n'a qu'à revenir à mon idée de base et prendre la photo dans la cour du lycée, ai-je proposé. Histoire d'en finir. Mais bon, on va avoir du mal à obtenir le résultat escompté avec tout ce public.

— Tu as tout à fait raison, a-t-il acquiescé d'un ton bizarre, comme s'il parlait d'un tout autre sujet, plus personnel, plus intime. (Il s'est raclé la gorge.) J'ai entraînement de foot tous les soirs de la semaine, et après, je dois me dépêcher de rentrer. Pour une raison qui m'échappe, ma mère tient absolument à ce que je fasse mes devoirs.

— Comme c'est étrange.

— Ton idée de faux rendez-vous me plaît. Et il faut bien manger quelque part, non ? Pourquoi ne pas se retrouver demain soir au *Crab Lab* ? On pourrait faire croire à un vrai rendez-vous.

— Ouais, carrément.

J'attendrais cela avec impatience, comme un vrai rendez-vous. Je savais que c'était une mauvaise idée, mais j'avais découvert à quel point les mauvaises idées de Brody pouvaient être amusantes.

Le soir suivant, je suis sortie de la maison perchée sur des sandales à hauts talons et vêtue d'un short et d'un joli top un peu ample. J'avais l'air stylée, je le savais, mais je me sentais mal, ridicule, comme si j'étais accoutrée de la même façon que Tia lorsque, s'étant réveillée tard, elle venait au lycée en pyjama. Avec ou sans soutien-gorge selon les cas. Je me répétais que je me sentais mal à l'aise uniquement parce que j'étais plus habituée à porter des robes trapèze à col haut à la mode des années soixante confectionnées par mes soins. Exposer une quantité normale de chair me donnait l'impression d'être à poil.

La dernière chose dont j'avais besoin était d'un commentaire de ma mère. Impossible de lui échapper, cependant ; elle était occupée à planter des fleurs au pied du panneau « *B&B* », dans la cour.

— Regardez-moi ça ! s'est-elle exclamée. Sans tes lunettes, j'ai failli ne pas te reconnaître. Qu'est-ce que tu es mignonne !

Elle attendait que je lui avoue que j'avais eu tort à propos des lentilles, et donc qu'elle avait eu raison.

— Merci, me suis-je contentée de marmonner.

— Tu as rendez-vous avec Kennedy ? a-t-elle demandé avant d'aviser la sacoche de mon appareil sur mon épaule.

— Non, j'ai des photos à prendre. Oh, au fait, je dîne dehors.

Elle s'est assise sur ses talons en écartant une mèche de cheveux de son visage d'une main gantée et sale.

— Je n'aime pas trop te voir perdre tout ce temps à travailler sur tes photos alors que personne ne t'y oblige.

À l'entendre, je m'étais inventé la mission de photographier la course de la veille, par exemple. Comme il ne servait à rien de discuter avec elle, je me suis contentée de dire :

— Ce n'est pas un travail, c'est juste pour le lycée.

— Tu te donnes tout ce mal avec l'album de fin d'année parce que tu espères faire une fac d'art, n'est-ce pas ?

— En effet, ai-je confirmé avec circonspection – où voulait-elle en venir ?

Dans sa bouche, le mot « art » était péjoratif.

— Je trouve que tu perds trop de temps avec ça. Tu te crèves pour pas grand-chose. Tu n'es pas obligée d'aller à la fac ; tu peux très bien tenir cette maison avec moi. Cesse de t'imposer des trucs inutiles et viens m'aider. J'ai vraiment besoin de toi, ici.

— Non, merci, ai-je répondu doucement, alors qu'il s'agissait plus d'un ordre que d'une question. Je n'ai jamais voulu tenir une maison d'hôtes, alors que je rêve d'être une artiste.

— L'un n'empêche pas l'autre. Tu peux très bien faire des photos pendant ton temps libre, un peu comme maintenant. Tu n'as pas besoin d'aller à la fac pour ça, si ? Ton grand-père n'a jamais fait d'études supérieures, et regarde les beaux tableaux qu'il nous peints.

— Papy était représentant en assurance, lui ai-je rappelé. Il n'a pas eu besoin de diplôme d'art car il n'a jamais essayé de vivre de son art. C'est d'ailleurs pour ça qu'il peint tellement, maintenant. Pendant toutes ces années, il n'a pas pu faire ce dont il avait envie, alors il se rattrape.

Je me suis abstenue d'ajouter : *Et c'est sans doute pour ça qu'il est cinglé.*

— Peindre lui sert surtout de prétexte pour s'enfermer chez lui et ne parler à personne, a-t-elle lancé. Toi et moi, en revanche, on a une vie parfaite, ici. Les affaires marchent bien. Nos finances se porteraient mieux si tu faisais ta part du boulot et m'évitais de payer tout un tas de prestations. En plus, les clients se bousculeraient pour louer une maison tenue par une mère et sa fille.

— J'ai un rendez-vous. On reparlera de ça plus tard.

Malgré mes chaussures à talons qui avaient tendance à s'enfoncer dans la terre meuble, j'ai pressé le pas en croisant les doigts pour que ma mère soit trop occupée pour me harceler. Puis j'ai martelé les dalles des trottoirs jusqu'au centre, où j'ai poussé la porte du *Crab Lab.*

Il faisait sombre à l'intérieur. Dans un premier temps, je n'ai pu distinguer que les ampoules blanches suspendues aux nasses accrochées sur toutes les parois. Au-dessus de la porte de la cuisine était exposée une ancienne combinaison de plongée derrière le masque de laquelle on avait collé un dessin d'alligator, la mascotte de l'université de Floride. Une fois mes yeux habitués à la pénombre, j'ai regardé autour de moi et j'ai aperçu Brody, installé dans un box pour deux dans un coin. Il ne me lâchait pas des yeux.

Il s'est levé. Ses cheveux étaient encore humides car il s'était douché après l'entraînement, et suffisamment longs pour boucler aux extrémités. Au lieu de ses habituels et passe-partout vêtements de sport, il était vêtu d'un pantalon cargo et d'une chemise rayée verte qui mettait en valeur la couleur de ses yeux. Il est venu à ma rencontre, m'a prise délicatement par le coude et a murmuré dans mon oreille :

— Tu es jolie, ce soir.

Il m'a embrassée sur la tempe, ce qui m'a fait penser à des adultes qui se retrouvaient en public et faisaient semblant de ne pas avoir de liaison. Le genre de chose que mon père avait dû faire un million de fois.

— Désolée, je suis en retard…

— Non, c'est moi qui suis en avance, s'est-il empressé de répondre, presque nerveusement.

Il a baissé les yeux comme s'il était embarrassé. Brody Larson, nerveux et embarrassé en compagnie d'une fille – moi ! Je m'imaginais certainement des choses mais, dans mes fantasmes, il était troublé par ma présence. C'était adorable !

C'est alors que j'ai remarqué l'attelle qui lui maintenait le majeur de la main gauche. La pièce métallique le forçait à dresser le doigt dans un geste de défi perpétuel.

—Brody ! Tu t'es cassé le doigt !

—Ah…, a-t-il fait en regardant son doigt comme s'il le découvrait. Peut-être. Sans doute que non. Je dois faire une radio demain.

—Ça fait mal ?

Il a haussé les épaules.

—Excuse-moi de m'inquiéter, ai-je ri. J'ai tendance à surréagir. Hier, j'ai bien cru mourir à cause d'une lentille de contact récalcitrante.

—Tu avais vraiment mal. Difficile de penser normalement quand on ne peut même pas ouvrir les yeux.

—C'est vrai, ai-je admis en me sentant aussitôt beaucoup moins bête.

Brody avait souvent cet effet sur moi – il m'aidait à me sentir moins bête. Après des semaines à fréquenter Kennedy, c'était une sensation étrange.

—De toute façon, je manie le ballon de la main droite, a-t-il expliqué, donc on se fiche de ma blessure.

—Évidemment ! ai-je acquiescé avec enthousiasme. Comment se passe l'entraînement ; en dehors du fait que tu as le droit de te casser des os dont tu ne te sers pas trop ?

Il a de nouveau haussé les épaules, et ses lèvres se sont déformées en une grimace. Je craignais de savoir ce qu'elle signifiait.

—Toujours trop prudent, c'est ça ?

—Ouais. Mais on a un autre souci ; tu en parlais hier, justement. Les gars de l'équipe se comportent mal avec Noah.

—Ah…

Pour ma part, j'aurais été incapable de supporter les remarques, voire pire, de ces types ultramachos ayant besoin de se prouver des trucs.

— Si Noah et moi n'étions pas potes, j'aurais peut-être été le premier à me moquer de lui, et ça me fout les boules.

Il m'a fallu quelques secondes pour déchiffrer ce qu'il voulait dire. Kennedy aurait pu faire le même genre de remarque, quoique d'un ton sarcastique, ce qui n'était pas du tout le registre de Brody. Comme je réfléchissais à ses paroles, je me suis entendue murmurer :

— Tu es sincèrement désolé alors que tu n'as rien fait de mal ?

— Oui, mais si Noah et moi n'étions pas amis…

— Vous êtes amis, justement. L'autoflagellation, c'est ma spécialité, pas la tienne ! D'ailleurs, dans ton cas, c'est complètement stupide. Tu es l'ami de Noah et tu le protèges. Quand je suis sortie avec lui l'an dernier, il m'a dit à quel point tu le soutenais. Voilà le genre de personne que tu es.

Peut-être était-ce l'éclairage tamisé du restaurant, mais les cernes de Brody m'ont paru encore plus noirs qu'à l'accoutumée.

— Tu m'aides à me sentir mieux, a-t-il dit soudain avec sérieux, comme si c'était une mauvaise chose.

— C'est ce que tu fais aux gens aussi, ai-je expliqué. Tu arrives toujours à mettre tout le monde à l'aise.

— Non, non, c'est toi qui as cet effet.

Il avait raison. Enfin, je ne savais pas si j'y arrivais, mais je faisais de mon mieux. Peut-être Brody et moi nous ressemblions-nous plus que nous l'imaginions.

— Tu es comme un avocat pour Noah, ai-je déclaré. Tu n'as pas besoin de sermonner ou d'engueuler qui que ce soit, contente-toi de rester à ses côtés, car les gars te prennent en exemple. Tu es le centre de l'attention, le point d'ancrage de l'équipe.

—Ah bon ? s'est-il étonné en fronçant les sourcils.

—Non, non, bien sûr, me suis-je hâté de répondre.

—En gros, tu me dis que je suis tellement imprévisible que j'en deviens prévisible, m'a-t-il dit en me lançant un regard en coin. Un joueur de foot qui est l'ami de tout le monde, qui s'attire quelques ennuis et qui a un cœur en or ?

J'étais choquée. C'était exactement ce que je voulais dire. Et je comprenais au ton de sa voix qu'il prenait cela pour une insulte.

—Je plaisantais.

—Je n'y peux rien, a-t-il précisé en écartant les bras, cognant au passage son attelle contre le plateau de la table. Ce n'est pas du tout ce que je ressens, mais c'est la manière dont la plupart des gens me voient. Tes observations sont pertinentes. Tu n'es pas obligée de te rétracter uniquement parce que je ne suis pas d'accord avec toi. Je ne suis pas Kennedy ; je ne suis pas forcé de gagner à chaque fois.

J'ai ouvert la bouche, mais je ne savais pas quoi répondre. J'en voulais à Kennedy pour son accès d'autoritarisme de la veille, mais j'avais ma part de responsabilité ; j'avais profité de notre dispute pour me rapprocher de Brody. En revanche, je n'imaginais pas que la dynamique de ma relation avec Kennedy était si évidente.

Et le fait que Brody ait remarqué tout cela m'intéressait beaucoup.

—Tu penses que je ne parle pas assez ? ai-je demandé timidement. Kennedy me reproche de ne jamais rien dire, de l'ignorer un peu.

— Tu parles quand tu as quelque chose à dire, contrairement à Kennedy, qui déblatère sans arrêt sur les films qu'il a vus jusqu'à ce que quelqu'un lui demande de se taire. Après quoi il la ferme pour bouder.

C'était exactement cela.

— Comment le sais-tu ? Kennedy et toi n'êtes pas copains.

— Kennedy et moi allons en sport ensemble depuis la maternelle.

Soudain, Sawyer est apparu devant nous, un plateau à la main et un tablier blanc noué autour de la taille. Il portait un tee-shirt du *Crab Lab*. Dans le restaurant faiblement éclairé, ses cheveux semblaient encore plus blonds que d'habitude. Il a posé une bouteille de Coca Light devant moi et un thé glacé devant Brody.

— Merci, ai-je dit. Tu nous as manqué à la plage, hier.

— Je travaillais, a-t-il expliqué en passant à la table suivante.

— Sawyer avait pris notre commande ? a demandé Brody en pressant un quartier de citron dans son verre.

— Mmh… je ne crois pas. Mais je prends toujours un Coca. Light.

— Et moi, je prends toujours un thé glacé. Sucré. Je suppose qu'il a préféré sauter l'étape de la commande.

— Ça fait de lui un bon serveur ou un très mauvais serveur ?

Nous avons ri tous les deux. Et puis, comme ce n'était pas si drôle, finalement, nous nous sommes retournés de concert vers Sawyer, comme s'il pouvait nous aider à trouver un sujet de conversation. Je venais de faire part à Brody de mes incertitudes les plus profondes ; je ne pouvais tout de même pas me retrouver à court de mots maintenant !

J'aurais voulu parler encore un peu de Kennedy et, à la fois, je n'en avais pas envie.

Soudain, j'ai pris conscience de l'image que nous renvoyions, Brody et moi, dans ce box faiblement éclairé, dans ce restaurant. Cependant, nous avions une raison légitime de nous retrouver ici.

— Je regrette de ne pas avoir demandé à diriger l'album de fin d'année, ai-je repris après avoir rassemblé mon courage.

— C'est vrai ?

— Ouais…, ai-je répondu en m'abîmant dans la contemplation de mon set de table en papier. Peut-être que Kennedy aurait eu le boulot quand même, mais j'ai préféré ne pas essayer. Je n'aurais pas aimé avoir à dire aux autres de faire leur travail ni à leur remonter les bretelles.

Brody a hoché la tête. Il était le quarterback de son équipe ; il savait tout de la gestion des hommes.

— Bref, je n'ai pas postulé, et c'est Kennedy qui a eu le job. C'est donc lui qui me donne des consignes. Je croyais qu'il était doué pour le design et la mise en page ; c'est d'ailleurs sa créativité qui m'a attirée chez lui au départ. Sauf que, au bout du compte, je me suis rendu compte que c'était juste du vent. Chaque fois qu'il incline une photo sur laquelle j'ai bossé pendant des heures, ça me hérisse. Parfois, il réduit tellement les dimensions qu'on ne voit plus les détails, ou alors il l'agrandit à l'extrême.

— Je ne connais pas grand-chose à la photo, mais j'affirme que tu es douée et que tu sais ce que tu fais. Tout le monde dit que les clichés que tu as pris sont géniaux. Tu as la réputation de rendre les gens plus beaux.

— Ça s'appelle l'éclairage ! ai-je dit en riant.

— Ne sois pas modeste. Les gens vont garder ces albums. Quand ils les montreront à leurs gosses dans quelques années, ils ne se rappelleront pas forcément avoir posé pour toi, mais ils verront le résultat. Tu as la responsabilité de figer pour la postérité l'image qu'ils garderont de leur jeunesse.

Tu sais toujours quoi dire pour me faire du bien.

— Je suppose que tu as l'intention de faire une fac d'art.

— C'était l'idée, en effet. Mais, il y a quelques minutes à peine, ma mère m'a conseillé d'abandonner cette idée saugrenue et la photographie pour l'aider à tenir sa maison d'hôtes.

— Non, a rétorqué Brody d'un ton autoritaire qui m'était désormais familier.

— Non quoi ?

— Tu ne devrais pas. Les gens qui bossent dans le tourisme sont extravertis, en général. Toi, tu aimes aller à la rencontre des gens, mais en restant derrière ton objectif. Tu n'es pas du genre à interagir tout le temps avec des étrangers. Ce serait un cauchemar pour toi.

Il avait tellement raison que cela m'a donné envie de rire, une fois de plus.

— Ma mère pense que c'est justement le genre de truc pittoresque que les Yankees ont envie de voir quand ils viennent chez nous : une mère et sa fille tenant une maison d'hôtes.

— On se fiche que ce soit pittoresque.

— Elle non. Les apparences sont primordiales pour elle. Oh, en parlant d'apparences, la photo que j'ai prise de Will, Noah et toi à la course sera en une du journal local demain matin.

— Waouh !

— Ouais ! Sûrement parce que tu es une célébrité, chez nous.

Il a fait mine de saluer les autres clients du restaurant.

— Je suis vraiment fière de cette photo. Bien plus que de n'importe quel coucher de soleil sur la mer. J'ai étudié la forme, les couleurs, la composition et le reste, mais ce que je préfère, c'est capturer l'instant, surprendre les gens en mouvement. Un cliché réussi doit raconter une histoire. Je devrais faire cette fac d'art, après tout. Puis me spécialiser dans le photojournalisme.

— Ce serait génial. Pourquoi tu ne le fais pas ?

— Il faut être courageuse pour ça, ai-je répondu en haussant les épaules. Impossible de rester à l'écart. Il faut s'immerger dans l'action, sinon, pas de photo. Tia dit que j'ai un esprit aventurier, mais que je manque de ruse. Mon instinct me pousse à m'attirer des ennuis, mais je n'ai pas le courage de l'assumer ni les moyens de me sortir du pétrin.

— Tia a dit tout ça ?

— Oui, mais avec moins de mots.

— C'est bizarre, a-t-il remarqué en s'adossant à sa banquette. Je trouve ça assez décourageant comme remarque.

— Tu as raison. Elle se moque un peu de moi parce que je n'ai rien d'une aventurière, même si je le déplore. Je n'ai pas son audace.

Sawyer est réapparu à côté de nous avec un plateau plus grand que la première fois. Il a posé devant moi une salade verte avec des crevettes, de l'avocat et de la mangue – *miam !* – et a servi à Brody un énorme sandwich au poisson accompagné de légumes grillés. Puis il a coincé le plateau sous son bras et a filé comme il était venu sans nous demander si tout allait bien, comme le font généralement les serveurs.

— Hé ! l'a appelé Brody. On n'avait encore rien commandé ! On aurait pu vouloir quelque chose de différent, pour une fois.

Sawyer est revenu sur ses pas et a regardé Brody d'un air maussade.

— Tu aurais voulu autre chose ?

— Non.

— Tu vois ?

Alors que Sawyer tournait les talons pour nous laisser, j'ai lancé :

— Moi, si.

— Harper, tu dis ça juste pour m'emmerder, parce que j'ai dit que vous preniez toujours la même chose.

Puis il est parti en cuisine sans nous laisser le temps de nous plaindre davantage.

— Non, ce n'était pas juste pour ça, ai-je murmuré tandis que la porte de la cuisine se refermait.

— Un très, très mauvais serveur, a marmonné Brody en s'armant de sa fourchette.

Nous avons mangé en silence pendant quelques minutes. Le personnel de l'établissement était un peu grincheux, mais la nourriture délicieuse.

— Tu vas vivre une grande aventure, l'an prochain, a fini par reprendre Brody. Tu vas t'inscrire en photojournalisme à Harvard, Oxford ou je ne sais où. À des millions de kilomètres en tout cas.

— Ce sera la Floride ou rien. Je serai seule à payer. Ma mère dit qu'elle n'a pas d'argent. Elle a déjà emprunté à mon grand-père pour acheter la maison d'hôtes.

— Je vois.

Sans doute était-il dans la même situation que moi.

— J'ai de bonnes notes, ai-je repris. Je vais sans doute avoir une bourse, mais ça ne suffira pas pour tout payer. D'où l'intérêt de gagner des sous avec mes photos. C'est pour ça que j'étais sur la ligne d'arrivée hier. Si j'avais un super portfolio à montrer à un département d'art ou de journalisme, je pourrais espérer obtenir une bourse supplémentaire.

— Ouais, il ne faut pas laisser passer ta chance. Malheureusement, je me suis donné moins de mal que toi.

— Tu as de bonnes notes aussi, lui ai-je fait remarquer.

— J'ai un emploi du temps un peu aménagé, mais mes notes ne sont pas si terribles. Ça va, mais pas au point d'obtenir une bourse.

— Tu en obtiendras une grâce au foot.

Il a haussé les épaules.

— Tu aimerais t'inscrire en quoi ? ai-je poursuivi. Et si jamais tu ne parvenais pas à aller à fac, qu'est-ce que tu voudrais faire ?

Il a dégluti avant de répondre :

— Garde-côte.

Oh. Comme il s'était montré très encourageant au sujet de mes rêves, je ne pouvais pas dénigrer les siens ; cependant, j'eus un haut-le-cœur. Je l'imaginais avec son matériel de la sécurité civile, courant sur le tarmac des gardes-côtes de Saint Petersburg vers un hélicoptère qui le déposerait sur un bateau en perdition au milieu d'une mer déchaînée.

Si c'était la vie qu'il voulait, je ne pourrais jamais être avec lui.

Chapitre 10

Brody s'est figé, la fourchette suspendue entre l'assiette et la bouche.

— Ça va ? On dirait que tu te sens mal tout à coup.

— Ça va, ça va.

Une ligne de transpiration s'était formée en haut de mon front. J'ai inspiré profondément par le nez, expiré doucement, puis je me suis forcée à reprendre une bouchée de salade.

— Mon père fait partie des gardes-côtes, ai-je dit.

— C'est vrai ?

— Ouais.

— Il est stationné à Saint Petersburg ? Comment fait-il pour la maison d'hôtes ?

— Ma mère s'en occupe seule. Mes parents sont séparés depuis environ deux ans.

— Oh, a-t-il fait. Tu crois qu'ils vont se remettre ensemble ?

— J'espère que non. Euh…

Je me suis creusé les méninges pour tenter de décrire la situation.

— Désolé. Tu n'es pas obligée de m'en parler.

— Non, ce n'est pas un secret. Disons simplement que c'est compliqué, ai-je expliqué. Mon père a trompé ma mère. Souvent. Elle a fini par le foutre dehors et par demander le divorce. Sauf que mettre un terme à un mariage en Floride n'est pas si simple. Il y a plusieurs cas de figure, ai-je commencé en levant le pouce. Un des deux époux est déclaré fou. À vrai dire, mes deux parents sont cinglés, donc peut-être que pour un juge les deux s'annulent.

Brody a gloussé, comme s'il voyait tout à fait ce que je voulais dire, avant de reprendre une bouchée de son sandwich.

J'ai levé mon index.

— Ou alors le mariage doit être irrémédiablement rompu – c'est comme ça qu'on doit dire. Ma mère a plaidé sa cause devant le juge. Mon père, lui, a contesté ses termes, si bien que le tribunal, au lieu de prononcer le divorce, les a envoyés chez un conseiller matrimonial. Ma mère s'est rendue au premier rendez-vous, mon père non. Le juge l'a condamné pour outrage.

— Merde.

— Et ce n'est pas fini, ai-je poursuivi avec une amertume que j'ignorais ressentir. Mon père est revenu en suppliant. Elle l'a réconforté, si tu vois ce que je veux dire. Il s'est réinstallé à la maison et, quelques semaines plus tard, il s'est remis à la tromper. Alors elle l'a mis dehors et a demandé le divorce. Ce manège s'est répété quatre ou cinq fois ces deux dernières années. Maman repasse devant le juge la semaine prochaine.

Brody ne riait pas comme il aurait dû. Et il ne s'est pas fendu d'un commentaire sarcastique sur ma mère comme Kennedy l'avait fait. J'avoue que les mots de Kennedy m'avaient blessée, mais j'étais habituée à ses sarcasmes. Le silence de Brody, en revanche, me déroutait. Peut-être mon récit avait-il été trop alambiqué – comme ma vie de famille depuis quelque temps – et avais-je besoin de clarifier les choses.

— En gros, mon père veut pouvoir la garder tout en la trompant.

À mesure que ces mots sortaient de ma bouche, j'ai réalisé que, sans le vouloir, je décrivais Brody, qui était retourné auprès de Grace après m'avoir embrassée. En toute honnêteté, je n'avais pas fait le lien avant, alors que celui-ci était évident au point d'en être embarrassant. Brody devait penser que j'avais parlé de mon père à dessein.

Il m'a regardée en silence pendant un long moment – suffisamment longtemps en tout cas pour me convaincre qu'il avait bien compris mon message subliminal.

J'ai lâché un éclat de rire maladroit.

— Je suis donc la seule mineure dans tout l'État de Floride à attendre avec impatience le divorce de ses parents !

Si Brody s'est senti offensé, il n'a rien laissé paraître. Il a repris comme si de rien n'était, car c'était sa manière habituelle de réagir :

— Je ne voulais pas que mes parents divorcent. Pour moi, c'était la fin du monde. On ne peut pas dire que leurs disputes me manquent, mais mon père si. Parfois, il me manque tellement que ça me fait mal là, dans la poitrine. (Il a posé sa main sur sa chemise rayée, quelque part entre le cœur et la gorge. Puis il a mâchouillé une bouchée de légumes.) On jouait souvent au foot tous les deux, a-t-il ajouté sans me regarder.

— Je suis désolée.

Il a haussé les épaules.

— Avant, je croyais que notre situation était vraiment horrible, mais celle de tes parents est encore pire car elle est complètement inéquitable. Mes parents à moi, au moins, se trompaient mutuellement. Ma mère a l'air soulagée d'être de nouveau disponible. Tu devrais peut-être conseiller à la tienne de sortir avec quelqu'un.

— Ma mère entretient une relation sérieuse et suivie avec une maison d'hôtes.

— C'est son seul travail ?

— Ouais, et c'est un boulot à plein temps quand tu ajoutes le ménage et les réparations. En fait, financièrement, on s'en sortirait plutôt bien s'il n'y avait pas ce divorce qui traîne depuis deux ans. Autant jeter son fric à son avocat – comme Will lance des friandises à sa chienne. Enfin, à *la* chienne, puisque je ne sais même pas à qui elle appartient.

Brody a terminé ce qui lui restait de légumes ; il avait déjà englouti son sandwich. Moi, j'avais à peine touché à ma salade. Je m'étais noyée dans ma triste histoire. Décidée à reprendre mes esprits, j'ai saisi ma fourchette et pris une nouvelle bouchée.

— Mon père ne veut pas que je m'engage dans un corps militaire car je ne pourrai pas choisir l'endroit où je vivrai, a-t-il expliqué lentement. Ton père à toi n'a jamais été muté ; tu as toujours vécu ici.

— On a habité en Alaska quand j'étais petite, ai-je rétorqué entre deux bouchées.

— Ah bon ? s'est-il étonné. Mais on était à la maternelle ensemble…

J'étais surprise qu'il se souvienne de cela. Moi, je m'en souvenais, évidemment. Il était tombé du pont de singes et s'était ouvert le menton. (Peut-être avait-il sauté, plutôt. Deux versions de l'histoire circulaient dans la classe. À présent que je le connaissais mieux, j'étais encline à pencher pour la seconde.) Il avait manqué l'école pendant une semaine, durant laquelle Chelsea et moi l'avions attendu impatiemment, faisant le pied de grue autour d'un gros caillou rougi par son sang. La maîtresse nous avait fait remarquer que le caillou en question se trouvait loin du pont de singes, et que le rouge était un reste de peinture datant de l'année précédente – vestige d'un projet artistique oublié –, mais son explication n'était pas très romanesque.

— On a vécu en Alaska pendant un an juste avant ma rentrée à l'école maternelle.

— Et ça te plaisait ? s'est-il enquis, enthousiaste.

— Il faisait froid, et c'était tellement grand que ça me faisait peur. Je crois que je n'ai pas quitté les jupons de ma mère pendant un an.

— J'aimerais beaucoup voir l'Alaska, mais si je devais rester là-bas je crois que je mourrais de froid. (Il s'est penché vers moi et a repris d'un ton de conspirateur :) Ce n'est pas quelque chose que j'ai l'habitude de raconter, mais tu sais garder un secret, pas vrai ?

C'était ce que je lui avais dit la veille dans le pavillon. Peut-être ne prenait-il pas notre semblant de relation au sérieux, mais au moins il écoutait quand je parlais.

— J'ai toujours craint d'être élu « élève le moins susceptible de quitter la région de Tampa ». Les gens vannent le mec et ou la fille qui obtient ce titre, mais je dois t'avouer que j'aime beaucoup ce coin.

— Moi aussi.

— Mon père est pompier parachutiste, a-t-il repris après avoir avalé une gorgée de thé glacé.

— Oui, j'en ai entendu parler.

Cela ne m'avait d'ailleurs pas surprise. Le père de Brody Larson se faisait parachuter aux quatre coins du pays pour éteindre des incendies… rien de plus logique, quand on connaissait son fils.

— Il ne va pas pouvoir continuer longtemps. Il commence à être trop vieux pour gagner sa vie de cette façon. Son dos le fait souffrir. Il va devoir se reconvertir, changer de métier, faire un boulot emmerdant. Il me conseille de choisir un travail intéressant que je pourrai exercer même vieux. Perso, je pensais entrer dans les forces de l'ordre.

— Super ! me suis-je exclamé avec un enthousiasme non feint. Je te vois bien prendre du plaisir en défonçant des portes.

— Ouais…, a-t-il acquiescé en souriant. En parlant d'action et de suspense, pourquoi ne prendrait-on pas cette fameuse photo ?

J'ai posé ma sacoche sur la table.

— Eh bien… Je peux m'asseoir à côté de toi ?

Le gros du restaurant était derrière moi, et les vitrines donnant sur la rue auraient tout ruiné en reflétant la lumière du flash. Brody était adossé à un mur orné de lampions et d'une sirène en bois sculpté. Tous ceux qui verraient cette photo dans l'album reconnaîtraient immédiatement le décor.

— Mais bien sûr, a-t-il répondu en glissant vers le coin pour me faire de la place sur cette banquette pour une personne.

Une place pour deux, c'était parfait pour moi…

Je me suis assise à côté de lui, la cuisse collée contre la sienne.

— Désolée…

— Je m'en remettrai, je crois.

Il a libéré son bras droit, coincé entre nous, et l'a posé sur le dossier de la banquette, m'effleurant le sein au passage – par accident, sans doute.

Il sentait le déodorant.

Le sentir si près de moi me provoqua des frissons. Impossible de prendre une profonde inspiration pour me calmer, car il l'aurait remarqué – sans compter que j'aurais risqué de m'évanouir dans ses vapeurs d'eau de Cologne. Me concentrant pour empêcher mes mains de trembler, j'ai déplacé les assiettes et couché le distributeur de serviettes sur le côté afin de surélever mon appareil.

— Je vais peut-être devoir faire plusieurs essais pour nous cadrer, me suis-je excusée.

— Ce n'est pas de la torture, Harper.

— Oui, c'est vrai.

Jamais je n'avais été aussi nerveuse. J'ai réglé le retardateur afin de prendre une première série de cinq clichés.

— Dès que tu verras la lumière rouge, maintiens ton sourire.

Nous avons fixé notre regard sur l'objectif mais, très vite, mes yeux se sont naturellement focalisés sur la vitrine située derrière. Je me demandais si quelqu'un de notre connaissance nous observait. Peut-être raconterait-il à Kennedy que Brody et moi lui faisions des cachotteries. Il voudrait certainement rompre, et je me retrouverais seule car Brody resterait avec Grace. Tant que la vitrine emplissait mon champ de vision, elle m'empêchait de voir les autres clients du restaurant. Et si je ne les voyais pas, ils n'existaient pas.

Seul Brody était dans mon monde, à ce moment-là.

La lumière rouge s'est mise à clignoter. À cinq reprises le flash nous a éclairés.

Tête contre tête, nous avons regardé les photos, sur lesquelles nous apparaissions aussi tête contre tête.

Pensant que j'avais ouvert le mauvais dossier, je me suis sentie bête : sans mes lunettes, les cheveux détachés, blottie contre Brody, je ne m'étais pas reconnue. Avec son sourire franc – comme d'habitude – il était parfait, mais ma tête était à moitié hors du cadre. J'ai remis l'appareil en place.

Cette fois, Brody a passé le bras autour de mes épaules et posé la main sur mon bras.

Les flashs se sont succédés.

Nous avons examiné le résultat. Je souriais à l'objectif, tandis que Brody me regardait.

— Mon Dieu, a-t-il dit, j'ai l'air de me languir d'amour.

Il paraissait s'en amuser. À sa place, j'aurais été mortifiée d'avoir été surprise en train de le contempler d'un air énamouré.

— Ou bien l'air de souffrir à cause d'un doigt peut-être cassé.

— Ou d'une commotion. Ou d'une indigestion, plus probablement.

Sawyer est arrivé. Le timing n'était pas très bon. Brody et moi nous sommes écartés l'un de l'autre. Du moins avons-nous essayé, car la banquette était vraiment étroite. Brody a retiré sa main de mon bras.

Sawyer a posé l'addition très lentement sur la table, comme pour ne pas nous effrayer.

— Vous faites quoi ? a-t-il demandé innocemment, alors qu'il était tout sauf innocent.

Je me suis tournée vers Brody. Qui pinçait les lèvres. Il a secoué la tête d'une manière quasi imperceptible – *Ne lui dis pas*. Malheureusement, j'étais la plus mauvaise menteuse de la terre et je ne voyais pas meilleure explication à fournir. Dire la vérité semblait être la meilleure option.

— On prend notre photo pour l'album, tu sais, le couple parfait… Tu veux voir ? ai-je ajouté en faisant glisser l'appareil sur la table dans sa direction.

Sawyer a jeté un coup d'œil à l'écran.

— Waouh ! Vous essayez de casser avec vos moitiés respectives ?

Je me suis empourprée. Je n'osais plus regarder Brody.

— L'album ne sera disponible qu'à la fin de l'année, vers mai, ai-je rétorqué.

Sawyer a posé le plateau sur la table et mis les mains sur ses hanches.

— Harper Davis, es-tu en train de me dire que tu sors avec un garçon que tu quitteras dans huit mois ? Je ne comprends pas ; qu'est-ce que tu fais avec lui, dans ce cas ? La vie est trop courte, ma petite.

C'était la vérité : je pensais effectivement que je ne serais plus avec Kennedy dans huit mois. J'avais perdu tout espoir sur notre avenir la veille, lorsque je nous avais imaginés tous les deux assis sur la pelouse de notre futur campus. Non, merci. Pas question que je l'admette devant Brody, cependant, car sa relation avec Grace n'était pas menacée.

J'ai désigné l'appareil d'un mouvement de la tête et lancé à Sawyer :

— Tu penses que Kennedy serait furieux s'il voyait cette photo de Brody et moi ? On ne fait rien de mal.

— Évidemment. On reconnaît le *Crab Lab*. Toutes les autres photos pour l'album ont été prises dans la cour du lycée. Même la mienne – je veux dire celle qu'on va prendre demain. Si vous avez décidé de prendre la vôtre ici, c'est uniquement parce que vous vouliez passer du temps ensemble sans être vus.

J'ai ouvert la bouche pour nous défendre, mais rien n'en est sorti. Je n'avais rien à dire. Avec un peu de chance, Brody aurait une idée.

Mais il n'a rien dit non plus. Il s'est contenté de poser la main sur ma cuisse – pas trop près de l'entrejambe, mais d'une manière néanmoins trop intime pour deux simples connaissances devant se faire photographier ensemble.

Sawyer ne voyait pas sous la table.

— Pour répondre à ta question, Harper, a-t-il lancé, je me fous complètement de ce que Kennedy peut penser. Par ailleurs, a-t-il poursuivi en se tournant vers Brody, j'ai eu le plaisir de passer beaucoup de temps avec Grace pendant les cours de sport. Quand elle verra cette photo, elle va péter un câble. (Il a ramassé son plateau.) C'est gratuit, au fait.

Il a disparu en cuisine sous nos yeux ébahis.

— Je crois qu'il parlait de son conseil. Aucune chance qu'il s'asseye sur le pourboire.

Sans enthousiasme, j'ai quitté la banquette et sorti quelques billets de mon sac.

— C'est pour moi, est intervenu Brody.

— On partage, ai-je rétorqué. Vu que, de toute façon, il s'agit d'un faux rendez-vous, ai-je ajouté, amère.

Refermant mon sac, j'ai pris mon appareil pour regarder de nouveau ma photo préférée – celle où Brody semblait subjugué par ma beauté (ou crispé de douleur).

— Peut-être que Sawyer a raison, ai-je repris. Peut-être qu'on devrait prendre cette photo ailleurs.

— C'est toi qui vois, a répondu Brody. C'est toi qui t'inquiètes de ce que pourra penser Kennedy.

Nous avons échangé un long regard, et un frisson m'a parcouru l'échine. Un arc électrique invisible s'est formé entre nous, comme la veille, dans le pavillon. J'avais l'impression qu'il me demandait de tromper Kennedy, qu'il faisait comme si tromper Grace ne lui poserait aucun problème.

Si c'était tout ce qui l'intéressait, je ne marcherais pas. Quelque chose semblait nous unir, un lien bien plus fort que celui qui me retenait à Kennedy. S'il ne ressentait pas la même chose pour moi – c'était apparemment le cas puisqu'il préférait rester avec Grace –, alors il vaudrait mieux faire machine arrière, retourner à notre flirt amical.

— J'avoue que je suis à court d'idées pour le moment.

— Si tu en trouves une, fais-le-moi savoir, a-t-il répondu en se levant à son tour.

Au final, j'avais l'impression que Brody et moi nous étions disputés. Néanmoins, à la différence de Kennedy, il n'a pas fait comme si je n'existais pas le lendemain ; au contraire, chaque fois que nous nous croisions en cours, il papotait avec moi comme si de rien n'était. Bien plus que je ne discutais avec Kennedy, en réalité. Il m'a montré son doigt violacé – sans attelle – et a confirmé qu'il n'était pas cassé. Kennedy, lui, me harcelait avec sa date butoir.

Seul signe de tension entre nous, Brody ne m'a pas appelée « chérie » lorsque nous nous sommes salués d'un *fist bump* pendant l'étude. J'ai eu droit à un simple « Salut ! ».

Je ne suis pas restée dans la salle de Mme Patel très longtemps. En fait, dès qu'elle est arrivée, je lui ai demandé la permission d'aller prendre quelques photos pour l'album de fin d'année. J'avais appelé plusieurs personnes qui m'avaient posé des lapins précédemment pour leur donner rendez-vous dans la cour – ou ailleurs. Et – miracle ! – elles sont venues. J'étais stressée et un peu renfrognée, ce qui n'était pas très bon pour mes nerfs, mais cela m'aiderait à avancer dans mon boulot.

Au bout d'une demi-heure, je me suis précipitée dans le bureau de la principale Chen. Après ce que Sawyer nous avait dit la veille, j'avais décidé de changer mes plans. Nous avions obtenu l'autorisation de Mme Chen d'utiliser son bureau pendant l'heure du déjeuner. Je comptais y photographier Kaye et Aidan – nos élèves qui « réussiraient dans la vie ». J'avais demandé à Sawyer de me retrouver là-bas. Je n'avais pas vraiment d'idée pour sa photo de l'élève qui a « les meilleures chances d'aller en prison », mais il trouverait bien quelque chose à vandaliser ou à taguer. En la matière, son imagination n'avait pas de limites.

À mon arrivée, Aidan était installé dans le fauteuil de Mme Patel, et Kaye se tenait à côté de lui, les bras croisés sur la poitrine.

— Harper ! a-t-elle lancé d'un ton sec. Tu ne veux quand même pas qu'Aidan pose assis là pendant que je jouerai sa secrétaire, n'est-ce pas ?!

— Non, me suis-je impatientée.

J'avais un quart d'heure pour boucler leur photo et celle de Sawyer, autrement il faudrait remettre cela au lendemain, ce qui était exclu, puisque j'aurais d'autres choses à faire à ce moment-là.

— Bon, écout…

Tous les deux ont soudain regardé par-dessus mon épaule. Un pélican de plus d'un mètre quatre-vingts venait de se matérialiser derrière moi – Sawyer dans son costume de mascotte. Il portait son sac à dos sur son épaule couverte de plumes et tenait dans son aile un exemplaire très abîmé du livre que nous lisions avec M. Frank, *Crime et châtiment*.

— Sawyer, tu comptes rester déguisé ?

Il a hoché son énorme tête.

J'étais censée photographier les gens tels qu'ils étaient dans la vie de tous les jours et non pas déguisés – surtout en oiseau géant. Je désespérais de remplir ma mission, et il était hors de question que je laisse filer ces trois-là avant d'en avoir terminé avec eux. Je n'ai donc pas osé renvoyer Sawyer se changer, mais je n'avais pas non plus envie qu'il se déshabille devant moi, car il était sans doute en sous-vêtements sous son costume. Voire nu comme un ver.

J'ai ouvert le store de la fenêtre donnant sur la cour. La lumière du soleil s'est déversée dans le bureau, faisant scintiller un trophée de plus d'un mètre de haut qui ne rentrait pas dans la vitrine du hall d'entrée. Je me suis retournée vers Kaye et Aidan, qui se disputaient de plus belle.

— Je suis le président du conseil des élèves, disait Aidan d'un ton hautain. Toi, tu n'es que la vice-présidente.

— Peut-être, mais nous sommes tous les deux ceux qui réussiront dans la vie. Nous sommes égaux.

— Faux. Nos camarades nous ont élus parce que nous sommes à la tête du conseil des élèves et, dans ce conseil, je suis au-dessus de toi.

— J'espère que c'est le seul endroit où il est au-dessus de toi, a ironisé Sawyer, dont la voix était étouffée par des épaisseurs de mousse.

Tous les regards se sont rivés sur lui. Je croyais qu'il avait pour règle d'or de garder le silence quand il était costumé.

Je ne pouvais pas me permettre de laisser cette séance photo se muer en dispute à trois. Deux protagonistes, c'était déjà bien assez.

— Je vais prendre quelques photos avec Aidan derrière le bureau, puis quelques autres avec Kaye derrière le bureau. Et… oh, vous savez quoi ? Vous allez vous installer tous les deux dans le fauteuil de Mme Chen. Comme ça, on va faire d'une pierre deux coups. Vas-y, Kaye, tu peux t'asseoir sur les genoux d'Aidan ?

— Désolée, mais je n'apprécie pas suffisamment Aidan pour m'asseoir sur ses genoux. De toute façon, ce serait retomber dans un cliché patriarcal, avec l'homme qui décide et la femme infantilisée sur ses genoux.

— Ouais ! a commenté Sawyer.

— La ferme, a répliqué Kaye.

— Pousse-toi un peu, Aidan. Asseyez-vous chacun sur un bord du fauteuil.

J'aurais donné n'importe quoi pour qu'on me demande de poser de cette façon avec Brody. Kaye et Aidan sortaient encore ensemble, mais ne sautaient plus sur les occasions de se serrer l'un contre l'autre. C'était triste.

— Tout le monde vote pour ? Oui ? De toute façon, c'est moi qui décide et j'ai déjà assez de retard comme ça. Fait chier !

— Elle jure dans le bureau de la principale !

Le ton faussement horrifié de Sawyer nous était parvenu malgré la mousse qui l'enveloppait.

— Je te préférais avec des lunettes et obéissante, a rétorqué Aidan.

Sans prendre la peine d'effectuer le moindre réglage, j'ai pris mon appareil et je l'ai pointé vers Aidan.

— Voilà, je t'ai photographié avec les yeux écarquillés et la bouche grande ouverte. C'est tout ce dont j'avais besoin.

Et j'ai tourné les talons pour quitter le bureau.

— Sans déconner, tu es beaucoup mieux sans tes lunettes, s'est empressé d'ajouter Aidan. Et cette assurance… finalement, c'est vraiment toi !

Kaye a éclaté de rire.

J'ai attendu qu'ils se mettent en position, puis j'ai commencé à les mitrailler. Concentrée que j'étais sur leur visage, je n'avais pas remarqué que la lumière avait changé, que les rayons blancs du soleil se déversaient par la fenêtre. Quelques clichés plus tard, je me suis rendu compte qu'en fait de rayons blancs, c'étaient les plumes de Sawyer, qui s'était glissé derrière Kaye et Aidan. Un pélican géant apparaissait donc sur toutes mes photos.

Cette photo de Kaye et Aidan gâchée par Sawyer aurait parfaitement évoqué notre classe de terminale, mais Aidan n'aurait pas apprécié de la voir dans l'album de fin d'année. Kaye, elle, serait devenue folle de rage. Quant à Kennedy, son sens de l'humour se limitait généralement à ses propres projets, pas aux miens.

— Sawyer ! ai-je aboyé. Le pélican blanc va devenir une espèce menacée !

— Hé, c'est insultant, ça ! s'est-il plaint d'une voix à peine audible, les mains posées sur les hanches. La faune de nos zones humide est en danger parce que nous détruisons son milieu ; ce n'est vraiment pas un sujet de plaisanterie.

Sauf pour lui, évidemment. Sawyer pouvait tout se permettre. Peut-être avais-je enfin découvert son point sensible. C'était un défenseur de la cause animale.

Sawyer, sensible ! Tant mieux. Je l'étais aussi.

Vendredi dernier, Kennedy m'avait accusée d'être désorganisée, mais j'allais lui prouver qu'il se trompait. J'ai montré une chaise posée devant le bureau de Mme Chen – une chaise sur laquelle devait s'installer Brody chaque fois qu'il se faisait sermonner après une mauvaise blague.

— Assieds-toi là et ferme-la, ai-je ordonné à Sawyer.

Il a tortillé ses grosses fesses d'oiseau pour les loger dans le fauteuil étroit. Avec une décontraction ostensible, il a posé une grosse patte palmée sur son genou et ouvert son exemplaire de *Crime et châtiment.* Je ne savais pas où se trouvaient exactement les trous qui lui permettaient de voir, mais il lisait bel et bien.

J'ai pris une dizaine de photos de lui. L'une d'entre elles allait bien se révéler parfaite.

Chapitre 11

Quand je suis rentrée à la maison après le lycée, ma mère portait des vêtements tachés de peinture et un escabeau. Après, j'ai perdu sa trace. Je me suis enfermée dans ma chambre et assise à mon bureau pour travailler sur les photos de la course. J'avais déjà bien avancé les deux soirs précédents, mais je voulais terminer afin de pouvoir prévenir les participants, si jamais ils voulaient en acheter.

Ensuite, je pourrais m'occuper des photos de l'album. Mes dernières séances étaient prévues pour le lendemain, au lycée, après quoi j'aurais le week-end pour les retoucher. Je verrais sans doute Kennedy et nos amis au *Crab Lab* après le match de vendredi. Il m'avait également invitée à l'accompagner à un concert de jazz en plein air samedi soir – concert où le public serait sans doute majoritairement composé de vieux. Avec Kennedy, c'était presque toujours le cas. Cependant, si Tia avait vu juste, il s'arrangerait pour que nous nous disputions avant le week-end…

Je pensais d'ailleurs connaître le sujet de cette prochaine dispute. Ma photo de Brody, Will et Noah était en une du journal local. « Photo par Harper Davis », pouvait-on lire en bas de la page. J'étais tellement fière. Et je craignais que mon admiration pour Brody ne transparaisse dans le cliché. Même si ce n'était pas le cas, j'avais trouvé ce travail seule et j'avais réussi à vendre le fruit de mon labeur à un média extérieur au lycée, ce que Kennedy n'était jamais parvenu à faire, en dépit de ses tentatives de placer ses critiques de films et ses éditoriaux rageurs sur les touristes. Dans tous les cas, il serait certainement furieux contre moi.

Tant pis. En toute honnêteté, je ne me faisais plus d'illusions. Le garçon avec qui je sortais m'insupportait, et celui qui me faisait vibrer ne voulait pas sortir avec moi. Si Kennedy décidait de m'infliger un nouveau silence radio, cela me permettrait de retoucher mes photos et de les lui rendre lundi. À partir de là, nous travaillerions en flux tendu ; je lui transmettrais mon travail au fur et à mesure pour qu'il puisse préparer son affreuse maquette. D'ici la fin de la semaine à venir, il aurait toutes mes photos et pourrait tenir ses délais.

C'était mon plan.

Mon père criait. J'ai cligné des yeux devant le moniteur de mon ordinateur, puis je me suis tournée vers la fenêtre. La nuit était tombée. Mon cœur battait aussi fort que lorsqu'il m'avait réprimandée au téléphone. Il hurlait après maman. Il lui reprochait de ne pas vouloir lui donner une seconde chance. Il disait qu'elle avait entamé cette ridicule procédure de divorce pour le punir. Non, il ne cesserait pas de crier et il se moquait de déranger les clients de sa satanée maison d'hôtes.

Cette scène se rejouait chaque fois que mes parents étaient sur le point de finaliser leur divorce. Selon maman, les scandales de mon père avaient pour but de nuire à la réputation de sa petite entreprise ; c'était une manière de la faire souffrir indirectement. Il ne se contentait pas de lui crier après. Il dérangeait les clients, les amenant à penser que l'endroit n'était pas sûr, ruinant leurs vacances. À sa manière mesquine, il s'efforçait de détruire son outil de travail, qu'elle considérait comme le seul point positif de leur séparation.

J'ai fait ce que je faisais toujours dans ce cas-là. Après quelques exercices de respiration pour éviter de faire une syncope, je suis sortie dans notre petit salon. Debout, l'index menaçant, mon père criait après ma mère, assise dans le canapé, la tête tournée comme si elle craignait qu'il la frappe. Mais il ne l'aurait pas frappée, même si la scène pouvait donner l'impression contraire.

Par le passé, j'avais désamorcé nombre de disputes similaires. Petite fille, j'avais convaincu mon père de se calmer en le forçant à me prendre sur ses genoux et, récemment encore, tandis qu'il criait dans ce même salon, je l'avais pris dans mes bras en lui disant qu'il m'avait manqué.

Cette fois, j'ai eu plus de mal à encaisser la situation. Pourquoi ? Peut-être parce que j'étais fatiguée de moi-même entendre mon copain dénigrer constamment mes idées, ou que je savais ce que ça faisait d'avoir un projet à soi. Toutefois, je me devais de mettre un terme à cette dispute. Car mon père criait toujours. Mais jamais après moi, avais-je remarqué. Je me suis avancée vers lui en ouvrant les bras.

— Salut, papa ! Je...

Il m'a fait face et, les sourcils haussés, m'a détaillée de la tête aux pieds. Depuis que je ne portais plus de lunettes, les gens me redécouvraient.

— Désolé, mais ces conneries ne fonctionnent plus, jeune femme. Nous savons tous les deux ce que tu es en train de faire. Si tu veux te comporter en adulte, je te conseille de ne pas te mêler des affaires de tes parents. Mais, si tu préfères te comporter comme une gamine, *retourne tout de suite dans ta chambre !*

Jamais je ne l'avais entendu crier si fort, et le doigt menaçant qu'il pointait vers ma mère était désormais pointé vers moi.

J'ai tourné les talons, filé dans ma chambre et verrouillé la porte derrière moi.

Les cris ont continué.

Haletante, je me suis allongée sur mon lit et j'ai attrapé mon téléphone et mes écouteurs sur mon chevet pour écouter mes exercices de respiration. « Essayez de vider votre esprit, disait une voix féminine. Si vous avez des pensées intrusives, ce n'est pas grave. N'y faites pas attention, et elles disparaîtront. » Cela ne fonctionnait pas. À présent que la vague de panique initiale était passée, je n'arrivais pas à croire que j'avais obéi à mon père. Tout comme mon grand-père, j'avais abandonné ma mère.

Une profonde inspiration. Je pourrais appeler la police. Sauf que mon père n'avait enfreint aucune loi ; il faisait simplement trop de bruit. Vis-à-vis de la clientèle, la situation était déjà délicate, mais elle le deviendrait encore plus si les flics débarquaient.

Deux profondes inspirations. Je pourrais appeler des amies. Elles débarqueraient, interrompraient la dispute et feraient peut-être comprendre à mon père que ses crises affectaient beaucoup les gens. Sauf que Kaye et Tia avaient l'habitude de passer à la maison depuis le CE1. Il les connaissait tellement bien qu'il ne s'arrêterait peut-être pas de hurler. Ou alors il leur crierait après.

Trois profondes inspirations. J'ai retiré mes écouteurs, fait défiler mes contacts sur mon téléphone et appelé Brody.

Il a répondu tout de suite.

— C'est Harper. Tu pourrais venir tout de suite ? ai-je demandé, le souffle court.

— Ah, tu as une nouvelle idée pour notre photo !

Les cris de mon père se sont intensifiés, sans doute audibles au travers du micro de mon téléphone.

— Qu'est-ce qui se passe ?

— Rien.

Brody savait exactement ce que signifiait ce *rien*.

— J'arrive tout de suite.

J'aurais voulu remettre mes écouteurs pour me plonger dans mes exercices de relaxation et ne plus entendre mon père, mais je n'ai pas osé. Mon père m'avait crié après. Pour la première fois. J'ai donc écouté, de crainte que la dispute dégénère. Le cas échéant, j'appellerais la police. Et puis, je voulais entendre la sonnette lorsque Brody arriverait.

En attendant, je me suis plongée dans la contemplation des murs de ma chambre, tapissés de photos et de reproductions de tableaux découpées dans des magazines. Il y a peu encore, cette chambre était un refuge confortable, l'endroit idéal où travailler sur mes photos. À présent, elle me semblait trop petite. J'y étais prisonnière, j'y suffoquais en entendant ce que mon père crachait au visage de ma mère.

La sonnette a retenti.

J'ai ouvert la porte de ma chambre trop vite. Je devais la jouer fine ou bien mon père comprendrait que j'avais appelé Brody à la rescousse. J'ai attendu dans le couloir d'entendre la voix de Brody. Puis je suis entrée dans le salon.

— … Larson. Je suis venu voir Harper, disait-il à mon père, qui avait ouvert la porte comme s'il habitait ici.

Ma mère se tenait derrière lui, l'air plus désemparée qu'énervée.

— Brody ! ai-je lancé en feignant la surprise. Papa, je te présente mon copain, Brody Larson. Il est quarterback dans notre équipe de foot.

— Heureux de faire votre connaissance, monsieur, a dit Brody.

Il a fait un pas en avant en tendant la main à mon père, comme s'il voulait l'impressionner, bien qu'il était vêtu d'un short et d'un tee-shirt de sport et qu'une goutte de transpiration lui coulait sur la tempe.

Ça a eu l'effet désiré. Mon père a cessé instantanément d'être un monstre pour redevenir ce type relativement amical au corps sec et musclé, et aux cheveux coupés court à la mode militaire.

— Brody, a-t-il répété en lui serrant la main.

— Je ne sais pas si tu te souviens de ma maman…, ai-je repris.

— Heureux de vous revoir, madame, a dit Brody en serrant la main de ma mère.

— De même.

Je m'attendais à moitié à ce qu'elle tourne vers moi des yeux écarquillés, l'air de me demander pourquoi je ne lui avais pas parlé de ce nouveau petit ami. Mais mon père lui avait tellement crié après qu'elle devait avoir les oreilles qui sifflaient.

Prenant Brody par la main pour l'entraîner vers ma chambre, j'ai entamé la conversation comme si de rien n'était.

— Tu as eu le temps de finir tes devoirs ?

— Pas tout à fait. Il me reste quelques intégrales à calculer.

Nous sommes entrés dans ma chambre, et il a refermé la porte derrière lui.

Je l'ai pris dans mes bras.

Il m'a rendu mon étreinte en serrant doucement.

J'avais simplement voulu le remercier, mais à présent que j'étais dans ses bras, je ne voulais plus en bouger. J'ai collé mon oreille contre sa poitrine et j'ai écouté battre son cœur – lentement et régulièrement.

Finalement, j'ai relâché mon étreinte mortelle et j'ai fait un pas en arrière.

— Merci beaucoup, ai-je murmuré.

— Pas de problème, a-t-il répondu, solennel.

— Désolée pour le coup du « copain ». C'était pour rendre normale ton arrivée inopinée.

Je m'étais rendu compte récemment que Kennedy ne passait jamais me voir. Et, quand j'ai eu l'idée d'appeler quelqu'un, pas un seul instant je n'avais pensé à lui.

— Tu peux rester un peu ?

Jusqu'au départ de mon père. D'un geste de la main, je lui ai proposé de s'asseoir, lui laissant le choix entre un pouf, mon fauteuil de bureau ou… le lit. Ce dernier semblait le plus accueillant.

— Bien sûr.

Brody a retiré ses tongs et s'est installé sur mon lit, posant la tête sur mes oreillers. Il paraissait très à son aise.

J'ai rampé sur le lit pour m'installer à côté de lui. Nos bras se touchaient, du coude à l'épaule. Je me suis creusé les méninges pour trouver quelque chose à dire à ce garçon qui me plaisait tant, qui était le copain d'une autre et qui faisait semblant d'être le mien. Je me suis tournée vers lui et j'ai redécouvert à quel point ses yeux étaient d'un beau vert.

Il m'a fixée d'un regard intense, a ouvert la bouche pour parler. Brusquement, il a grimacé, s'est retourné – en me donnant un coup de coude au passage – et a sorti mon téléphone de sous lui.

— Excuse-moi, ai-je dit. Un jour, tu m'as demandé comment j'arrivais à me détendre en quelques secondes, tu te rappelles ? J'étais en train d'écouter une séance de relaxation. C'est un genre de méditation dirigée.

— Un enregistrement ? Je connais des façons plus agréables de se détendre.

— Vraiment ? Dans ce cas, pourquoi ne les mets-tu pas en pratique avant tes matchs au lieu d'angoisser ? (Soudain, j'ai compris son sous-entendu…) Ah, c'était une blague de cul ?

Il me regardait avec des yeux ronds.

— Tu parlais de fellation ? ai-je tenté.

— Harper Davis ! Tu crois vraiment que j'oserais faire une blague de ce genre alors que nous sommes tous les deux sur ton lit ? J'ignorais que tu avais les idées aussi mal placées.

— Euh… (En esprit, j'ai rembobiné notre conversation pour tenter de déterminer ce qui m'avait mise sur cette voie.) Désolée, je…

— C'était une blague sur la masturbation. Une fellation, tu n'y penses pas ! Tu as un copain, merde !

J'ai éclaté de rire – parce qu'il me faisait rire et parce qu'il me rendait nerveuse à l'extrême.

— Tu es tellement différent des garçons avec lesquels j'ai l'habitude de traîner. Je n'arrive pas à savoir quand tu plaisantes et quand tu es sérieux.

— Je plaisante tout le temps. Et mon sujet de plaisanterie préféré est le sexe.

— Ah, d'accord !

— Harper ! a-t-il encore fait mine de s'étonner. Tu ne m'as pas cru, d'ailleurs ? Je ne parlais pas du tout de masturbation. D'un baiser, à la rigueur.

Il rougissait.

J'ai pris une de ces profondes inspirations qui m'avaient rendue célèbre.

— Excuse-moi. Je me sens un peu… (Je parlais avec les mains, mais elles n'exprimaient aucunement ce que j'essayais de dire.) Je me sens un peu nunuche. Parfois. Je n'ai pas beaucoup d'expérience pour embrasser ou… autre chose. Du coup parfois, quand j'en parle, je vais trop loin et je peux donner l'impression d'être affamée !

— Pas du tout, a-t-il affirmé en passant en revue la liste des fichiers sur mon téléphone.

— Tu pourrais télécharger certains de ces fichiers pour les écouter dans les vestiaires avant tes matchs, lui ai-je proposé. À moins que ce soit interdit.

— Non, ce n'est pas interdit, mais il n'y a que les botteurs pour être superstitieux comme ça.

— Moi je pense que ça ne coûte rien d'essayer. Qu'est-ce que tu en dis ?

Il a haussé les épaules, l'air de dire qu'il était prêt à tout essayer, puis il a mis les écouteurs et démarré l'enregistrement.

Il a éclaté de rire. La femme avait un accent britannique. Je lui ai souri.

Il s'est allongé sur le côté, s'appuyant sur l'avant-bras, et m'a regardée. Je me rappelais que la première étape de cette séance consistait à s'allonger confortablement. J'ai désigné ma cuisse en la tapotant.

Il a posé la tête dessus. Ses cheveux étaient beaucoup plus doux que prévu. Très souvent, lorsque nous nous croisions, ils étaient humides car il sortait de la douche ou d'un bain dans l'océan. Sa chevelure était propre et sèche, douce comme celle d'un bébé – un murmure sur ma peau.

J'avais la tête de Brody Larson sur les cuisses.

Quelque chose me disait que nous n'étions plus de simples amis.

À cette idée, je me suis empourprée, mais lui semblait parfaitement à l'aise, détendu. Il a croisé les chevilles – la femme lui demandait de s'assurer qu'il était parfaitement bien installé. Il a fait rouler son épaule, celle qui travaillait lorsqu'il lançait le ballon, car la voix lui demandait de faire travailler ses articulations douloureuses.

J'ai posé la main sur son épaule et fait des tours sur sa chemise avec les doigts, le massant délicatement. Ce type d'intervention – par une amie qui était devenue un peu plus qu'une amie – ne faisait pas partie du programme. Je le déconcentrais sans doute au lieu de l'aider à se détendre.

Mais je m'en moquais.

Alors il a posé sa main sur la mienne, comme pour me signifier qu'il approuvait.

Sa respiration s'est faite plus profonde. Il en était à la partie où il fallait inspirer lentement en imaginant que son corps devenait de plus en plus lourd et s'enfonçait dans le matelas. Afin de ne pas le distraire, j'ai cessé de le masser. Mais il a gardé sa main sur la mienne.

Dans la lumière chaude de ma lampe, j'ai contemplé son corps étendu sur toute la longueur de mon lit. Je pouvais l'observer à ma guise, le détailler. Vu sous cet angle, il me paraissait plus grand, plus mince, comme lorsque je l'avais photographié durant la course, sans ses protections de footballeur. Ses chevilles étaient fines, ses pieds longs et pas du tout larges, presque élégants.

Après l'avoir écouté respirer profondément pendant quelque temps, j'ai commencé à me sentir ridicule d'être si tendue ; j'avais l'impression d'être un vautour tournoyant autour d'un animal mort, attendant le meilleur moment pour lui fondre dessus. Je me suis appuyée contre mes oreillers et je me suis efforcée de me relaxer comme je lui avais proposé de le faire.

Soudain, la porte s'est ouverte. La silhouette de ma mère se découpait sur la toile de fond claire de l'éclairage du couloir.

Entrer dans ma chambre sans frapper était tout à fait son genre. Il ne s'agissait pas de me surprendre en train de faire quelque chose d'inavouable – il ne lui venait tout simplement pas à l'idée qu'elle pouvait déranger. Ni me faire sursauter. De mon côté, je veillais à ne jamais la surprendre.

Son arrivée inopinée avait tout de l'intrusion, ce jour-là. J'ai failli retirer ma main de sous celle de Brody, mais cela l'aurait arraché à sa quiétude et aurait tout gâché.

Ma mère a fait quelques pas en avant pour que son visage entre dans la lumière de ma lampe et a articulé « Merci ». Elle savait pourquoi j'avais appelé Brody, et elle ne m'en voulait pas du tout. Elle m'était même reconnaissante.

J'ai hoché la tête presque imperceptiblement.

Elle m'a fait des mimes pour me signifier que papa était parti et qu'elle retournait travailler. Puis elle est sortie et a refermé la porte aussi silencieusement qu'elle était arrivée.

Brody s'est agité, néanmoins. Nous l'avions dérangé. Non, il s'allongeait sur le côté comme le lui demandait la voix.

Un peu plus tard, il s'est assis, étiré, et a bâillé. Il a retiré ses écouteurs.

— Tu te sens plus calme ? lui ai-je demandé.

— Je me sentais plus calme, oui, a-t-il acquiescé en fixant ma bouche du regard. Mais plus maintenant.

Nos regards se sont rivés l'un sur l'autre. Il s'est approché de moi. Nous avions déjà partagé un moment similaire – le rouge me montait aux joues et mon cœur s'emballait –, mais cela ne s'était pas très bien terminé. Ce serait sans doute la même chose cette fois. Je m'attendais à moitié à ce que ma mère nous interrompe comme elle savait si bien le faire ou à ce que Brody me dise qu'il plaisantait.

Il a posé sa main sur ma joue. Du pouce, il a effleuré ma lèvre inférieure, me provoquant des frissons dans les bras.

Ses lèvres se sont posées sur les miennes.

Sa bouche s'est faite pressante. Un vrai baiser, enfin. Quinn puis Noah les mimaient assez bien lorsque nous devions nous embrasser en public – au cinéma, par exemple, en présence de certains de nos camarades. Kennedy, quant à lui, s'y prenait comme un pied, malgré ses commentaires sarcastiques sur les gens prétendument moins expérimentés que lui. Je m'efforçais de lui montrer comment faire, mais il refusait obstinément d'apprendre.

Brody, en revanche, n'avait pas besoin qu'on lui enseigne quoi que ce soit. Tandis que nous nous embrassions, il m'a étreinte par la taille et agrippée comme pour ne plus jamais me lâcher. Je lui ai embrassé la mâchoire et le cou. Il a rejeté la tête en arrière pour me faciliter la tâche et a gémi comme s'il n'avait jamais rien connu d'aussi bon. Ce n'était sûrement pas vrai, mais j'avais l'impression que grâce à moi il était en train de vivre une expérience unique.

J'attendais qu'il me touche les seins – ce qui me rendait nerveuse car ma mère ne devait pas être loin – mais il n'en a rien fait, peut-être pour les mêmes raisons. Après une demi-heure de ce régime, cependant, j'avais envie d'autre chose. J'ai glissé mes mains sous son tee-shirt. C'est à ce moment-là qu'il a glissé les siennes sous le mien et a entrepris de dégrafer mon soutien-gorge.

Et puis il a changé d'avis et a décollé ses lèvres des miennes en reculant de quelques centimètres, le souffle court. Il m'a souri et, entre deux inspirations, m'a dit :

— Parfois, il faut savoir s'arrêter à temps.

— Ouais, ai-je acquiescé. (Mais j'avais envie de lui dire autre chose, quelque chose que je regretterais peut-être.) Je… euh… (J'ai soupiré. J'avais du mal à reprendre mon souffle.) Je…

Kennedy se serait déjà impatienté. Brody s'est contenté de hausser les sourcils et de contempler ma bouche comme si elle était magnifique.

— Je… je ne veux plus faire ça, ai-je débité d'un seul coup. Je ne veux plus me cacher, tromper…

— Oh si, tu le veux, a-t-il rétorqué en gloussant.

Il devait faire référence à l'état frénétique dans lequel je me mettais chaque fois qu'il s'approchait de moi. Étais-je si transparente ?

— C'est mal, ai-je clarifié.

— Eh bien, tu n'as qu'à casser avec Kennedy. C'est ce que j'attends en tout cas.

— Moi ? Tu n'as qu'à casser avec Grace !

— Je ne suis pas avec Grace. Je t'ai déjà dit qu'elle avait passé la moitié de la journée de lundi avec ce connard d'étudiant.

— Mais quand elle est revenue, tu lui as fait un looong massage, lui ai-je fait remarquer.

Il a fait la moue. C'était la première fois depuis le cours de Mme Patel que je voyais de la colère dans ses yeux verts.

— Je l'ai fait, oui, mais uniquement parce que tu t'amusais dans l'eau avec Kennedy – et ce juste après qu'on s'est embrassés dans le pavillon ! Comme si tu te fichais de ce que nous avions fait.

— Brody ! me suis-je exclamée, exaspérée. Je suis restée avec Kennedy parce que tu as posé les mains sur le cul de Grace à la seconde où elle t'a rejoint après s'être soûlée avec ses potes étudiants !

Il a penché la tête sur le côté, sincèrement perplexe.

— J'ai mis mes mains sur son cul ?

— Oui !

— Je ne m'en souviens pas, Harper. J'imagine que je la tenais pour qu'elle ne s'écroule pas.

— Comment tu peux ne pas te rappeler un truc pareil ? ai-je insisté.

— Je suis plus ou moins sorti avec elle tout l'été. J'ai eu ses fesses entre mes mains pas mal de fois, alors lundi dernier…

— Je sors avec Kennedy depuis un mois et demi et il ne m'a encore jamais touché les fesses !

— Kennedy vient d'une autre planète, je ne vois pas d'autre explication, parce que tu es carrément bonne.

J'ai froncé les sourcils. Quand ma mère me surprenait à grimacer ainsi, elle me mettait en garde contre le risque de rides prématurées. En ne plaisantant qu'à moitié. Alors j'ai desserré les dents. Puis j'ai poussé un long soupir.

— Tu sais que je n'ai pas beaucoup d'expérience en la matière, Brody. Tu pourrais me mentir sans que je m'en rende compte.

— Tu crois que je te mentirais pour m'amuser ?

— Peut-être pour le fun, ouais.

Il m'a lancé un regard déçu.

Puis il a pris ma main et l'a posée sur son tee-shirt. Son cœur battait sous mes doigts.

—Mon cœur bat vite parce que ça m'amuse de me moquer de toi. Ou... parce que tu me fais vraiment de l'effet...

Il a soutenu mon regard en se penchant vers moi. Je l'ai embrassé. Il a gémi en plongeant la main dans mes cheveux. Sa bouche était douce, chaude et sucrée. Mon corps tout entier bouillonnait – finalement, les récits de Tia et Kaye ne rendaient pas justice à ces séances de bécotage. Ce n'étaient pas simplement les sensations, addictives, qu'elles me procuraient ; quelque chose était tout chamboulé au plus profond de moi, dans mon cœur.

Brody m'a lâchée et, essoufflé, s'est mis à me caresser les lèvres avec son pouce.

—Mon Dieu, Harper...

—Je casse avec Kennedy au lycée demain, ai-je murmuré d'une voix rauque.

—Tu veux que je sois présent ?

—Non, non. Kennedy n'a jamais vraiment été accro à moi. Ça ne lui fera ni chaud ni froid. Il sera sans doute soulagé.

—Ça m'étonnerait. Il faut que j'y aille, a-t-il soupiré. Mes intégrales m'attendent, et si je tarde trop ma mère va finir par m'appeler.

En le tenant par la main, je l'ai entraîné dehors jusqu'à sa voiture, garée derrière la maison d'hôtes.

—Au fait, comment tu as su que j'habitais dans la petite maison et pas dans la grande demeure victorienne ?

—Je ne savais pas. J'ai frappé à la porte de la grande maison d'abord. Un de vos clients est descendu m'ouvrir en peignoir et m'a dit où je pourrais te trouver.

— Super. Je vais entendre parler de toi demain au petit déjeuner.

— Mince ! Au fait, en parlant de demain, tu veux venir dîner avec moi au *Quarterback Club* ? C'est un truc où des vieilles personnes lèvent des fonds pour le club et invitent quelqu'un de la communauté à parler de la manière dont les sports violents nous enrichissent.

— Super fun !

— Ouais. Il y aura les joueurs de l'équipe, les petites amies et les pom-pom girls. Kaye sera là, donc.

— Et Grace…

— Et Grace. Mais je ne sors pas avec elle.

Il n'a pas ajouté : « Je sors avec toi. » Ce n'était pas utile. Je commençais à assimiler le fait que j'étais la petite amie du joueur vedette de notre équipe de foot.

— J'y pense, a-t-il repris en ouvrant la portière de sa voiture, on doit toujours prendre cette photo pour l'album de fin d'année, ou ce n'était qu'un stratagème pour te rapprocher de moi ?

— Les deux, ai-je admis. J'avais besoin d'un prétexte pour te revoir, mais il nous faut vraiment cette photo. Celle du *Crab Lab* est trop différente des autres. Mais on n'est pas obligés de la prendre ce soir. On a encore du temps devant nous.

Au moment où je l'ai dit, j'y croyais vraiment.

Chapitre 12

Le matin suivant, le journal télé local a parlé d'une tempête qui se dirigeait vers le centre de l'État. Pendant le petit déjeuner, deux de nos occupants ont annoncé leur départ prématuré. Maman a expliqué qu'il ne fallait pas s'alarmer, que la tempête avait encore cinq jours pour se calmer ou changer de trajectoire, pour virer vers l'Alabama. Si les habitants de la Floride devaient faire leurs bagages à l'approche de chaque tempête, nous serions sur les routes d'août à octobre !

Mais les touristes étaient persuadés que la baie de Tampa allait être frappée de plein fouet par la tempête du siècle. Ils ont donc chargé leurs voitures et sont partis juste après le petit déjeuner, déterminés à quitter la ville avant que les autres touristes aient la même idée et que les routes soient bloquées. Bref…

La peur était contagieuse, cependant. Au lycée, tout le monde était tendu, ne parlait que de la tempête et de ces retraités yankees qui, par sécurité, avaient décidé de passer un long week-end dans les terres. Peut-être cette atmosphère a-t-elle eu un effet sur moi aussi, car je n'ai pas pris de gants lorsque, profitant du cours de journalisme, j'ai dit à Kennedy que je voulais rompre. Me sentant nerveuse, il a croisé les bras et rétorqué :

— C'est à cause de Brody ?

J'ai parcouru la salle du regard. M. Oakley était absent, parti avec son épouse en Géorgie voir leur fils jouer avec les Gators. Nous avions une remplaçante qui officiait souvent au lycée. Elle passait son temps à taper des SMS et, quand quelqu'un criait trop fort, elle se contentait de l'envoyer dans le bureau de Mme Chen.

De ce fait, le cours était encore plus désorganisé que d'habitude. Au lieu de travailler sur le journal de l'établissement, l'album de fin d'année ou que sais-je, tout le monde glandait – à part Kennedy et moi bien sûr.

Mais personne ne faisait attention à nous. La salle résonnait de rires et de conversations bruyantes, si bien que personne ne pouvait nous entendre discuter. J'avais décidé de profiter de ce cours pour annoncer la nouvelle à Kennedy entre deux pages de boulot. Jamais je n'aurais imaginé qu'il se mettrait en colère – et encore moins qu'il hausserait le ton.

Quinn et quelques autres types nous ont regardés avant de retourner à leur ordinateur. J'ai répondu d'une voix calme, espérant qu'il m'imiterait :

— On sort ensemble depuis six semaines, pendant lesquelles on s'est disputés les trois quarts du temps. On s'entendait mieux quand on était juste copains. Certains couples ne fonctionnent pas, c'est tout.

— Oui. Certains couples ne sont pas aussi *parfaits* que celui que tu formes avec Brody. Tu sais qu'il veut juste coucher avec toi, n'est-ce pas ?

Ça me changerait de toi…

— Dans tous les cas, ça ne te regarde pas…

— Il ne t'aurait jamais regardée si tu ne t'étais pas mise à le suivre partout comme une groupie après cette élection débile. En plus, tu t'habilles vraiment… pfff…

D'un geste dédaigneux de la main, il a désigné mon tee-shirt moulant à col en V, mon gros collier, mon bermuda et mes talons hauts.

Quoi ?

— Tout le monde dit que tu essaies de séduire Brody en t'habillant et en te comportant comme Grace ! s'est-il moqué.

— Ah ouais ? ai-je rétorqué d'un ton que j'aurais voulu méprisant.

Sauf que ce qu'il venait de dire n'était probablement pas tout à fait faux. Et puis il a ajouté :

— Moi qui te prenais pour une fille bien.

— Tu me prenais pour une fille bien, ai-je répété. Tu me prenais pour *une fille bien* ? Qu'est-ce que tu entends par là ? (Comme tous nos voisins s'étaient tournés vers nous, j'ai poursuivi à voix basse :) Je ne serais plus une fille bien parce que je ne porte plus de lunettes et de robes à la mode des années soixante ? Ou bien est-ce parce que je ne veux plus faire ce que tu me dis ?

— Tu sais très bien ce que je veux dire, a-t-il répondu d'un ton sinistre.

— Sincèrement, non. En tout cas, j'ai compris que ta remarque était sexiste. J'imagine que tu considères que les filles se doivent d'être des exemples de pureté, mais que les garçons, en revanche, peuvent faire ce qu'ils veulent. Tu sais quoi ? ai-je continué en haussant le ton, car je me fichais qu'on nous entende, désormais. Tu ne m'as jamais traitée comme si tu avais réellement envie d'être avec moi. Tout ce qui compte, pour toi, ce sont les apparences. Mes sentiments, tu t'en fiches complètement. Je mérite mieux que ça. J'aurais dû rompre dès notre première dispute, dès la première fois que tu m'as fait la gueule.

J'ai ramassé mes affaires et je suis allée m'installer dans le fond de la salle. J'avais prévu de lui annoncer ma décision calmement, puis d'écouter sa réponse tout aussi calmement, mais je ne pouvais plus supporter le son de sa voix.

Et je n'avais pas envie non plus de rester assise dans le fond de la classe jusqu'à la fin de l'heure. Tous ceux qui avaient espionné notre conversation m'observaient du coin de l'œil. Je ne m'étais même pas encore installée que Kennedy est apparu à côté de moi.

— Il me faut toutes tes photos pour demain, a-t-il lancé, suffisant.

— Quoi ? Normalement, j'ai encore huit jours devant moi !

— Non, c'est moi qui ai encore huit jours devant moi. Pour terminer toute cette section. C'est moi qui détermine ta date butoir, et personne d'autre. Je t'ai laissé tout le temps que tu me demandais, mais j'ai besoin de bosser en flux tendu pour terminer la maquette à temps. Pour l'instant tu ne m'as pas fourni grand-chose, alors il me les faut toutes demain.

J'ai regardé lentement autour de moi. Toutes les conversations s'étaient interrompues. Tout le monde – et pas seulement ceux qui avaient écouté notre conversation – nous regardait comme si nous étions des personnages de télé-réalité. Seule la remplaçante ne faisait pas attention à nous. Elle avait son téléphone à la main et ses écouteurs dans les oreilles.

— Kennedy, ai-je murmuré, je sais que tu es furieux contre moi, mais ce que tu me demandes est impossible. Je n'ai même pas encore pris toutes les photos et, quand je les aurai prises, il faudra que je bosse dessus toute la nuit.

Il a haussé les épaules, l'air de dire que ce serait bien fait pour moi.

— Tu aurais déjà fini ton travail si tu n'avais pas passé la semaine dernière à bosser sur les photos de la course, tâche que tu t'es imposée toute seule. Je commence à me dire que nous aurions dû choisir un autre photographe.

J'ai senti que je blêmissais. La photo, c'était ce que j'aimais le plus au monde. Je m'étais donné énormément de mal pour obtenir ce job. Kennedy ne pouvait pas me faire ça.

En fait, si. M. Oakley nous avait dit de gérer ce projet comme dans une entreprise. J'étais donc l'employée de Kennedy, qui avait le pouvoir de me virer.

Je l'ai fixé du regard, bouche bée, regrettant que mes yeux soient humides.

— C'est complètement débile ! Je suis très occupée, mais je rends toujours mon travail à l'heure. Si tu m'avais donné la date de demain dès le début, je n'aurais jamais proposé mes services aux organisateurs de la course.

— Ramène-moi toutes tes photos demain, a-t-il repris avec un sourire en coin, et je te garderai peut-être.

Je ne sais pas si c'était à cause de son ton paternaliste, du fait qu'il avait choisi de me faire une scène devant tout le monde ou de ces six semaines durant lesquelles il n'avait eu de cesse de se comporter comme si je n'étais pas assez bien pour lui, mais quelque chose s'est brusquement cassé en moi.

— Tu sais quoi ? Tu ne vas pas me virer parce que je me barre. Maintenant ! ai-je crié.

Il a fait une tête de six pieds de long. Les yeux écarquillés, il a semblé remarquer notre public pour la première fois.

— Tu ne peux pas me laisser tomber ! On doit rendre cette section de l'album, autrement les élèves de notre classe ne le recevront jamais à temps !

— Oh, ne t'inquiète pas, tu auras tes photos. Ce projet ne prendra pas de retard à cause de moi. Après ça, et à condition que je puisse continuer cette matière et que M. Oakley promette de ne pas me saquer, j'arrêterai tout. Il n'est plus question que je bosse pour toi.

La sonnerie a retenti. Kennedy et moi nous faisions face, et tous nos camarades nous entouraient. Je refusais de reculer, mais cette sonnerie semblait s'éterniser.

Enfin, elle s'est tue. J'ai attrapé mon sac et je me suis précipitée vers la sortie.

— Harper !

C'était Quinn, mais j'ai continué vers la salle de Mme Patel. C'était lui qui m'avait conseillé de cesser de me soucier des apparences. Et j'avais suivi son conseil ! Cependant, je regrettais déjà de m'être exhibée en public.

Enfin, je regrettais surtout d'avoir dit que j'abandonnais mon poste.

Brody s'était installé pour sa sieste quotidienne, les bras croisés sur son pupitre. Il paraissait tellement fatigué que, pour une fois, ses cernes semblaient logiques. Mais il m'attendait, apparemment. Dès qu'il m'a vue, il a souri et s'est redressé.

— Ça y est, tu l'as fait ?… Quoi ? Qu'est-ce qu'il y a ?

— Je te raconte tout dans une minute, ai-je promis en déballant mon appareil photo. Je n'ai plus beaucoup de temps pour faire mes photos. Tu veux bien m'accompagner dans la cour ?

Dès que la sonnerie a retenti, nous sommes sortis dans le couloir déserté. Comme nous marchions côte à côte, je lui ai dit doucement :

— Je ne pourrai pas t'accompagner au *Quarterback Club* ce soir. Je suis vraiment désolée.

Puis je lui ai expliqué que Kennedy avait avancé ma date butoir et menacé de me virer.

—Kennedy ne peut pas te virer. Les élèves ne peuvent pas se virer mutuellement.

—Dans la classe de M. Oakley, c'est possible.

—Tu t'es plainte au prof?

—Il est parti en Géorgie pour voir son fils jouer. Il ne rentre pas avant lundi prochain.

—Ah.

Brody n'avait jamais eu M. Oakley comme professeur ; en revanche, il avait joué avec son fils avant que celui-ci obtienne son diplôme.

—De toute façon, je ne pourrai pas me plaindre à lui. Il nous a bien fait comprendre que nous étions censés régler nos différends entre nous.

—Je ne crois pas qu'il pensait à des situations comme celle-là, a-t-il affirmé. (Son visage s'est radouci, et il a poursuivi en m'effleurant le coude :) J'aurais dû être là avec toi. Je suis certain qu'il ne serait pas allé aussi loin si j'avais été présent.

—La prochaine fois que tu me proposeras de jouer les gros bras pour moi, j'accepterai volontiers. En tout cas, il n'aura plus l'occasion de passer ses nerfs sur moi car j'ai dit que j'arrêtais tout une fois ces photos terminées.

—Tu abandonnes le poste de photographe officielle pour l'album de fin d'année?

—C'est juste un projet de lycée, après tout. La photo que j'ai vendue au journal m'a rapporté deux cents dollars. Je n'ai pas vraiment besoin de ce job, tu comprends…

—Tu le regretteras quand même, a lancé Brody. Tu avais tout fait pour obtenir ce travail. Tout comme Kennedy a été choisi pour diriger le projet, tu as été désignée pour l'illustrer. Grâce à un portfolio, j'imagine. Tu mérites ce boulot autant que Kennedy mérite le sien.

— Ouais.

Malheureusement, je voyais très bien où il voulait en venir.

Nous sommes sortis dans la cour.

— Ce n'est pas la fin du monde, c'est sûr, et ce n'est pas non plus une question d'argent, mais si j'étais toi j'y réfléchirais à deux fois. La photo, c'est ta vie. Tu abandonnes ce poste parce que tu es furieuse contre Kennedy, ce qui signifie qu'il exerce un pouvoir sur toi. Ce n'est pas ce que tu veux, n'est-ce pas ? Après cette année, tu ne seras plus jamais lycéenne…

Nous étions seuls sur la vaste étendue de béton ornée de palmiers en bacs. J'espérais que mes derniers modèles allaient se présenter à leur rendez-vous, ou bien je ne pourrais pas rendre mes photos à temps. Douze ans que je fréquentais les mêmes classes que Xavier Pilkington, élu élève le plus intello, et c'était la première fois que j'avais hâte qu'il montre le bout de son nez.

— Mets-toi là, s'il te plaît…

J'ai pris Brody par la main pour l'entraîner sous un palmier. J'ai pris plusieurs clichés de lui avant de l'emmener dans un coin moins lumineux, où ses yeux verts resplendissaient davantage. Il arborait ce sourire confiant que les footballeurs affichent sur les calendriers vendus par le conseil des élèves pendant les matchs.

— Est-ce que les gens parlent de moi dans mon dos parce que je porte des lentilles et des vêtements différents ? lui ai-je demandé pour le distraire.

— Non. Pas plus qu'avant en tout cas. Depuis le début de l'année, tu es un sujet de conversation récurrent aux entraînements. Maintenant que j'y pense, c'est peut-être à cause de moi, d'ailleurs.

— C'est mignon, ça ! Sauf que ces conversations portent sur mon cul...

— On ne parle pas que de ton cul. Tu as beaucoup d'autres qualités. Avant, je te matais à la cantine et je disais : « Harper est bonne, quand même ! » Maintenant, c'est différent. Je dis : « Hé, y a une nouvelle bombasse au lycée. Oh, merde, c'est Harper ! »

— D'accord, d'accord ! me suis-je amusée en riant.

Brody riait aussi, ce qui me permettait de prendre de belles photos.

— J'aime les surprises, a-t-il repris en penchant la tête sur le côté. Tu devrais porter tes lunettes de temps en temps.

— C'est vrai ?

J'étais sincèrement étonnée. Stupéfaite, même.

— Absolument. Tu es super sexy avec tes lunettes. Si tu veux me faire une surprise, un jour, n'hésite pas à les mettre.

— Entendu. Voilà, j'ai terminé.

J'ai fixé mon appareil sur mon trépied et je l'ai programmé pour prendre cinq photos. Puis j'ai sorti un appareil plus petit de ma poche et je l'ai posé là où Brody se tenait un peu plus tôt afin d'avoir une photo de moi prenant des photos.

J'ai fait défiler les clichés, puis je les ai montrés à Brody.

— Pour l'album, nous pourrions prendre cette photo de toi, et celle-ci de moi. Qu'est-ce que tu en penses ? (Je lui ai montré un cliché de lui souriant de toutes ces dents, sur le point d'éclater de rire.) Avant, nous n'étions pas ensemble, mais nous faisions semblant pour la photo. Aujourd'hui, nous sommes en couple, mais la photo suggérera que nous sommes séparés. Tu saisis la blague ?

— Euh… non.

Xavier Pilkington est arrivé. Nous lui avons à peine dit bonjour, avant d'échanger un nouveau regard.

— Je sais que c'est ton dernier jour de shooting, a lancé Brody, et que tu n'as vraiment pas besoin qu'un mec comme moi se mêle de ton boulot.

— Merci de le reconnaître.

— Je dis ça comme ça mais, si ça ne tenait qu'à moi, nous serions ensemble sur la photo.

J'ai veillé toute la nuit pour retoucher mes photos. Ma mère a frappé à ma porte vers minuit pour me conseiller, dans un bâillement, d'aller me coucher. J'ai menti et je lui ai répondu que j'en avais l'intention. Six heures plus tard, j'ai pris une douche et je l'ai rejointe en traînant les pieds pour l'aider à préparer le petit déjeuner. Au moment de partir au lycée, j'étais complètement éteinte. Comme notre camarade de classe Jason Price, ai-je pensé, qui arrivait au lycée défoncé tous les matins.

Heureusement pour moi, les profs avaient terminé les tests de niveau et nous étions plutôt tranquilles. J'ai passé les trois premières heures le regard perdu dans le vague, puis le cours de journalisme à dormir, ayant fini mon boulot – pour l'album de fin d'année en tout cas.

Je me suis réveillée en entendant mes voisins bouger leurs chaises et parler plus fort à la fin du cours. Comme je me redressais en clignant des yeux, Quinn s'est tourné vers moi.

— Tu as enfin tenu tête à Kennedy comme je te l'avais conseillé. Félicitations !

— Regarde le résultat, ai-je répondu en bâillant à m'en décrocher la mâchoire.

— Tu as Brody, a-t-il fait remarquer.

— En revanche, je me retire du projet « album de fin d'année ».

— Ça, c'est une belle connerie. Je t'ai dit d'arrêter de te soucier des apparences. Tu te barres juste pour sauver la face.

Était-ce vrai ? Mon cerveau ne fonctionnait pas assez bien pour que je me rappelle ce que je pensais lorsque j'avais pris ma décision.

— Allez, suis-moi, a-t-il lancé en me prenant par l'épaule et en me traînant presque à travers la salle.

J'ai marmonné un « salut » à Brody, installé à la table voisine, avant de m'affaler sur la mienne, dans un style très proche de celui de Brody, justement.

— Tu crois que tu vas y arriver ? l'ai-je entendu me demander tandis qu'il m'effleurait le visage pour écarter quelques mèches de cheveux.

— Mmh… Je serai là pour te voir jouer, mais je ne pourrais pas tenir jusqu'au dîner, désolée. J'ai du sommeil à rattraper. On se revoit samedi.

— Ça marche, a-t-il acquiescé en riant.

Quand je me suis réveillée, la sonnerie retentissait. Ce n'était pas la fin de l'étude, toutefois. J'avais dormi pendant l'heure du déjeuner. La salle de Mme Patel était sombre et déserte. Une salade, un yaourt et une boisson étaient posés sur la table de Brody, pour moi.

Chapitre 13

Ce soir-là, je suis allée au match avec Tia et Will. Brody ne pouvait pas m'emmener car, les jours de match, les joueurs restaient toute la journée au lycée. Quand Will a entendu pourquoi j'avais manqué le déjeuner, il a ordonné à Tia de ne pas me laisser conduire. Selon lui, prendre le volant en ayant été privée de sommeil revenait à conduire ivre. Et je voulais bien le croire.

J'avais très envie de mon lit, mais je me suis quand même efforcée de profiter du match, auquel j'assistais depuis le bord du terrain. Comme j'avais abandonné mon travail, M. Oakley me retirerait mon accréditation lundi, à son retour. En attendant, j'ai tâché de prendre les plus belles photos possible et de suivre la rencontre.

Pendant le premier quart-temps, nos adversaires se sont montrés rusés et ont réussi à atteindre la ligne des dix yards. C'était inquiétant ! M. Oakley m'avait expliqué que la première équipe à marquer prenait souvent l'ascendant moral sur l'autre. Par trois fois, notre défense a dû contenir les assauts des attaquants adverses pour éviter le *touchdown*.

Durant la phase de jeu qui a suivi, je suis en quelque sorte sortie du match, oubliant le suspense insoutenable pour me concentrer sur Brody, qui lui non plus ne paraissait plus très concentré. Il ne regardait même pas ses camarades jouer.

Il était assis sur le banc, les jambes tendues, les mains ouvertes posées paumes vers le haut, les yeux fermés. Sous son maillot et ses protections, sa poitrine se soulevait lentement et régulièrement. Un joueur est passé à côté de lui et lui a donné une tape sur l'épaule, mais il n'a pas réagi. Il n'a même pas ouvert les paupières.

Il était en train de se relaxer comme je le lui avais appris.

Lorsque les cris du public lui ont signalé que notre défense avait tenu bon et que les visiteurs avaient laissé filer leur occasion de marquer, Brody s'est levé, a mis son casque et s'est mis à trottiner vers le terrain.

Dès la première attaque, j'ai compris que quelque chose avait changé en lui. Il était détendu, sûr de lui, réussissant lancer après lancer en prenant un maximum de risques. Il attendait vraiment le dernier moment avant de faire une passe à notre meilleur *running back* ou à un *fullback*. Chaque fois qu'il prenait le ballon, il prouvait que les éloges de la presse locale étaient justifiés.

Brody Larson était de retour.

Et je l'avais aidé.

— Harper !

C'était une voix jeune et féminine. Je me suis retournée. La sœur de Brody se tenait de l'autre côté de la barrière, dont elle agrippait la chaîne. Je me souvenais un peu d'elle car elle était en terminale quand j'étais en première, mais elle ressemblait tellement à Brody, avec ses cheveux châtains et ses yeux vert clair, que je l'aurais reconnue de toute façon.

— Je suis Sabrina, la sœur de Brody, a-t-elle lancé en me souriant.

— Oui, ça se voit ! (Puis j'ai ajouté, comme elle riait :) Il sait que tu es là ?

— Ouais. Ça s'est décidé à la dernière minute. Je rentre à Gainesville ce soir. Je commence à bosser sur le campus demain matin. Je voulais simplement le voir jouer.

— Pour l'instant, ça se passe plutôt bien.

— Oui ! Je voulais te rencontrer.

Elle a tendu la main par-dessus la barrière, je me suis dépêtrée de la sangle de mon appareil et je la lui ai serrée.

— Il m'envoie des SMS à ton sujet depuis votre élection. Je n'arrive pas à croire que vous sortiez ensemble pour de vrai. C'est tellement romantique !

J'ai haussé les épaules en souriant car je ne savais pas quoi répondre. Honnêtement, j'étais flattée qu'il ait parlé de moi à sa sœur et complètement abasourdie d'apprendre qu'il lui écrivait à mon sujet depuis les élections, soit depuis des semaines. Les sentiments que je nourrissais à son égard étaient donc réciproques depuis le début.

— Quand j'étais en terminale, a-t-elle repris, notre « couple de l'année » était composé de deux membres de notre équipe d'athlétisme qui se détestaient. D'ailleurs, ça se voit sur la photo. Ils se méprisaient tellement ! Franchement, quelles sont les probabilités pour que deux personnes désignées par leurs camarades finissent par vraiment sortir ensemble ?

J'ai souri de plus belle, laissant ses mots et la chaleur qui les accompagnait m'envelopper.

— Ça te dérange si je te photographie en train de supporter Brody ? lui ai-je demandé. Il adorerait, j'en suis sûre.

Pas besoin de mise en scène. J'ai pris de très mignons clichés d'elle agrippant la chaîne de la barrière et criant à pleins poumons pour encourager son petit frère.

Puis elle est retournée dans les gradins. J'ai continué à prendre des photos, mais j'avais l'impression d'être dans un rêve. Chaque fois que je clignais des yeux, j'avais le sentiment d'avoir dormi deux minutes en les rouvrant. Quand notre équipe a fini par gagner, je n'ai pas compris tout de suite ce qui se passait. *Pourquoi diable tous nos joueurs et nos pom-pom girls se précipitent-ils sur le terrain ?* J'aurais dû être au milieu de la mêlée en train de faire des photos, mais j'avais besoin de me coucher.

Brody a émergé de la foule, son casque sous le bras ; il paraissait massif dans sa tenue et ses protections. Il a scruté les environs et a fini par me repérer. Un sourire franc aux lèvres, il a couru vers moi. Me rappelant à quel point j'avais eu peur qu'il me bouscule sur la ligne d'arrivée de la course, une semaine plus tôt, je me suis dépêchée de ranger mon appareil.

Il a posé son casque sur la pelouse, m'a prise dans ses bras et embrassée à pleine bouche.

J'étais vaguement consciente que quelques joueurs et des jeunes assis dans les gradins nous sifflaient. Peut-être ce baiser a-t-il semblé très inapproprié à quelques personnes du public. Certains se sont peut-être souvenu de la photo du marin embrassant une infirmière à Times Square. Si deux de mes amis s'étaient embrassés comme ça devant moi, je n'aurais pas manqué de les photographier.

Cependant, si la raison d'être d'une photo était de capturer le souvenir d'un instant, je n'avais pas besoin de celle-là. Car ce moment et ce sentiment resteraient gravés dans mon cœur à jamais. Pour une fois, je me moquais sincèrement du spectacle que nous offrions. J'ai plongé ma main dans ses cheveux mouillés et je lui ai rendu son baiser.

Il a décollé ses lèvres des miennes, s'est ravisé et m'a embrassée de nouveau. Puis il a frotté le bout de son nez contre le mien en murmurant :

— Harper, merci beaucoup.

— Non, merci à toi, ai-je rétorqué en gloussant.

Il m'a embrassée une dernière fois avant de me reposer par terre.

— On se voit demain ?

— Oui, à demain.

Je l'ai suivi du regard comme il rejoignait ses coéquipiers sur le terrain, puis gravissait les marches du stade avec Noah. Contrairement au dernier match, ils souriaient tous les deux.

Quelques minutes plus tard, j'étais assise à l'arrière de la vieille Mustang de Will dans le parking du lycée et je transférais mes photos sur mon ordinateur portable. J'étais tellement fatiguée que je me rappelais à peine mon mot de passe. Dès que Tia et Will m'auraient raccompagnée chez moi et que je verrais mon lit confortable, je tomberais comme une masse. En attendant, je voulais charger ces photos afin de pouvoir en envoyer une de sa sœur à Brody. Ce serait ma manière à moi de dire « *Bien joué* » et « *Bonne nuit* » et « *Merci pour ce baiser grâce auquel je n'oublierai jamais mon année de terminale* ».

Tia et Will étaient occupés à ranger leurs caisses claires dans le coffre et à se débarrasser de leurs uniformes, sous lesquels ils portaient un short et un tee-shirt – le tout en se chatouillant, semblait-il. J'avais du mal à me concentrer pour écrire le message que je voulais envoyer à Brody. Les voix de Tia et Will se sont faites étouffées et inquiètes, mais je ne l'ai pas vraiment remarqué – jusqu'à ce que Tia apparaisse dans l'encadrement de la portière.

— Tu as vu Brody ? m'a-t-elle demandé.

— Comment ça ? Tu veux dire après le match ? Oh, oui ! On s'est embrassés, je ne te raconte pas !

— Tu as vu Brody partir ? a-t-elle tenté de nouveau.

— Est-ce que j'ai vu Brody partir ?

Non, mais je ne voyais pas où elle voulait en venir.

— J'entends un écho ou quoi ? s'est exaspérée Tia. Brody vient de partir avec Grace !

Brody vient de partir avec Grace. Brody vient de partir avec Grace. J'avais bien entendu Tia, mais ces mots refusaient de s'imprimer dans mon cerveau.

— Tu savais que Brody sortait de nouveau avec Grace ? a-t-elle demandé à Will.

— Non, a répondu Will en contournant la voiture pour nous rejoindre. C'est dégueulasse. Je ne comprends pas pourquoi il a fait ça.

— Tu m'avais mise en garde, ai-je dit doucement.

— Ouais, mais… (Il a levé les yeux vers les étoiles, mais n'a rien trouvé d'autre à dire.) Ouais…

Tia, elle, n'était jamais à court de mots. Elle m'a posé des questions sur Brody, l'a critiqué, elle a demandé à Will comment il pouvait être son ami. Je ne l'entendais pas vraiment. Je me rappelais le jour où ma mère avait découvert que mon père la trompait. J'étais toute petite. « Je ne sais pas pourquoi cette fille s'imagine qu'il va rester avec elle, m'avait-elle dit. S'il m'a trompée moi, il la trompera elle aussi. » Et c'est ce qu'il a fait.

Menteur un jour, menteur toujours.

Tia a frappé dans ses mains, l'air agacé. Apparemment, cela faisait un bout de temps qu'elle essayait de m'arracher à mes pensées.

— Voilà ce que tu vas faire… Tu vois cette bagnole, là-bas ? demandait-elle en désignant un véhicule de l'autre côté du parking en train de se vider.

— Celle de Sawyer ?

— Exactement. Tu vas aller là-bas, tu vas monter dans la bagnole de Sawyer, tu vas sillonner la ville pour retrouver Brody et Grace, et tu vas embrasser Sawyer devant eux.

— Ça va arranger ma situation ? lui ai-je demandé, sceptique.

— Non, a répondu Will.

— En tout cas, ça m'aidera à me sentir mieux, c'est sûr, a lancé Tia. Comment a-t-il pu te faire ça ?

J'avais du mal à garder les yeux ouverts. Je me sentais morte. Cependant, quelque part, au plus profond de moi, j'étais presque aussi furieuse que Tia paraissait l'être. J'avais attiré l'attention de Brody en portant un bikini comme Grace, et, dans le même esprit retors, il était logique de me venger en me comportant comme elle.

— D'accord, ai-je lancé en commençant à m'extirper de la voiture, avant de me figer. Je prends mon ordinateur et le reste ou je vous laisse tout ?

— Laisse tes affaires dans la voiture de Will. Sawyer fait monter plein de monde dans sa bagnole ; c'est dégueu à l'intérieur.

— Tu n'es pas obligée de faire ça, Harper, m'a dit Will. Je vote contre. Je ne vois vraiment pas en quoi ça va l'aider à résoudre son problème, a-t-il ajouté en se tournant vers Tia.

— Ça ne va rien résoudre du tout, a rétorqué Tia. Il n'y a rien à résoudre, d'ailleurs. Il s'agit de lui rendre la monnaie de sa pièce. Peut-être que vous ne connaissez pas la vengeance, dans le Minnesota, mais c'est comme ça que ça marche, en Floride. Allez, ma chérie, *vàmonos*. On te suivra de près.

Je me suis extirpée de la banquette et j'ai titubé vers la voiture de Sawyer. Les lampadaires, au-dessus de moi, semblaient briller plus intensément qu'à l'accoutumée, et la nuit paraissait particulièrement noire. Une rafale a brusquement agité les feuilles des palmiers qui parsemaient le parking, me rappelant que la tempête se dirigeait vers nous.

Comme j'approchais de sa voiture, Sawyer et Noah, les cheveux mouillés car ils sortaient de la douche, se sont tournés vers moi, aussitôt imités par Quinn, tout de noir vêtu.

— Qu'est-ce qu'il y a ? m'a demandé Sawyer.

— Brody vient de partir avec Grace. Ils vont sans doute coucher ensemble. Tia nous propose, à toi et à moi, de les retrouver et de nous embrasser devant eux. Pour me venger !

J'ai éclaté de rire comme si j'avais perdu la raison.

— Je pense que tu devrais rentrer chez toi pour dormir, est intervenu Quinn.

— Je pense que c'est une super idée de vengeance, a lancé Noah.

— Attends une minute, a répondu Sawyer. S'ils vont coucher ensemble, pourquoi est-ce qu'on ne coucherait pas ensemble, nous aussi ? Ce serait la vengeance parfaite, non ?

— Mmh... je crois que ça me mettrait mal à l'aise, ai-je dit.

— Je me contenterai de ce que tu me donneras, a concédé Sawyer en ouvrant pour moi la portière de sa voiture avec force grincements. Allez, grimpe.

Comme Sawyer tournait la clé de contact, Will s'est arrêté à sa hauteur, permettant à Tia de lui parler par sa vitre ouverte. Ensemble, ils ont fini par décider que nous passerions d'abord devant chez Brody, puis devant chez Grace, avant d'essayer le port. Ce dernier était un lieu de rendez-vous bien connu des jeunes – et des flics qui venaient les en déloger. Des vieux aigris écrivaient tout le temps au journal local pour se plaindre de la jeunesse dépravée qui traînait sur ce parking.

— Tu es belle, m'a dit Sawyer tandis que nous traversions le campus et le centre-ville. Et je ne dis pas ça uniquement parce que nous allons nous embrasser... à des fins de vengeance.

— Est-ce que les gens racontent que je me suis mise à mettre des lentilles et à m'habiller comme Grace dans le but de séduire Brody ?

— Non. Crois-moi, je suis au courant de tout ce qui se dit. Qui t'a raconté ça ?

— Kennedy.

— Kennedy, a-t-il répété d'une voix basse et rauque, comme Tia quand elle jurait en espagnol. Pourquoi tu te soucies de ce qu'il dit ? Tu as le droit de t'habiller comme tu veux.

— Encore faudrait-il que je sache ce que je veux... En réalité, tout le monde s'habille d'une certaine façon dans un but précis, non ? Même toi, ai-je ajouté en lançant un regard à ses tongs râpées.

— Pas vraiment. Je n'ai que quatre chemises.

J'ai cligné des yeux face à la série de lampadaires.

— Et tu ne manges pas n'importe quoi. Tu es très strict à ce sujet.

— Je suis végétalien parce que je refuse qu'on tue des animaux à cause de moi, a-t-il expliqué. Bon, je n'en suis pas au point d'insulter les gens qui mangent ce que je ne veux pas manger. Par exemple, au boulot, je sers ce qu'on me demande de servir. Pas question que je bouffe de la viande, en revanche.

— Tu trouves ça cruel, c'est bien ça ?

Il m'a regardée, l'air de réfléchir à la question pour la première fois.

— Oui.

— Toi aussi, tu t'es montré cruel quand tu t'es moqué du piercing au sourcil de Kennedy.

Son regard s'est soudain rembruni.

— Quand je suis arrivé en ville, il y a deux ans, Kennedy s'est foutu de ma gueule pendant un cours de sport parce que mon père venait de sortir de prison. Tu aurais dû entendre ses blagues. Il n'en pouvait plus tellement il riait. Jusqu'à ce que je lui mette mon poing dans la gueule.

Je savais que Sawyer s'était fait exclure dès son premier jour au lycée à cause d'une bagarre, mais j'ignorais jusque-là ce qui l'avait provoquée.

— Kennedy et son piercing peuvent aller se faire mettre, a-t-il ajouté.

— Je suis désolée.

— C'est quand même fou que tu t'excuses pour quelque chose dont tu n'es pas responsable, Harper, s'est-il étonné avec un soupir exagéré.

— Je sais. Mais je ne pense pas que Kennedy mérite qu'on se moque de lui. Comme le jour où Noah et Quinn ont fait leur *coming out*.

— J'ai fait la même blague au sujet de Brody, et ça ne l'a pas dérangé.

— Le père de Kennedy lui met la pression, ai-je expliqué délicatement.

— Bon, tu veux savoir ce que les gens disent de toi ? a-t-il repris en levant les yeux au ciel. Eh bien, ils disent que tu es super sexy !

— C'est vrai ? me suis-je étonnée, sceptique.

— Ouais.

— J'ai toujours porté des lunettes parce que je me trouvais fade, tu comprends ? Pas jolie, quoi.

— On a tous nos complexes…, a dit Sawyer presque gentiment.

J'ai hoché la tête.

— … mais c'est le truc le plus débile que j'aie jamais entendu. Tu portais des lunettes parce que tu ne te trouvais pas belle ? C'est pathologique !

— Sawyer ! Pourquoi es-tu si méchant ?

— Je ne sais pas.

Il a ralenti alors que nous arrivions près de la maison de Brody. J'ai avisé une voiture – celle de sa mère, probablement. Les lumières extérieures étaient allumées pour permettre à Brody de se garer en toute sécurité lorsqu'il rentrerait de son rendez-vous avec Grace.

— Tu aurais dû être élue « élève la plus originale », a poursuivi Sawyer. Tu l'aurais été si tu n'avais pas été choisie pour former ce couple avec Brody.

Comme la voiture de Brody n'était pas là, Sawyer a remonté la rue sombre flanquée de palmiers. Will nous suivait de près. Les phares de sa Mustang brillaient au travers de la lunette arrière de la voiture de Sawyer.

— Et toi, qui as-tu mis dans ton couple parfait ? lui ai-je demandé. Je n'ai encore trouvé personne qui ait voté pour Brody et moi.

— J'ai voté pour ma pomme.

— Et pour qui ?

— Je ne peux pas te le dire.

— Sawyer !

Je mourais d'envie de connaître l'identité de la fille mystère.

— C'était un vote à bulletin secret ! a-t-il protesté.

— Tu vas lui demander de sortir avec toi ? ai-je dit, tentant une autre approche.

— Non ! s'est-il empressé de répondre. C'est juste un fantasme.

— On ne peut pas savoir avant d'avoir essayé.

— Là, je sais, a-t-il affirmé, maussade.

Il rêvait donc d'une fille qu'il ne pouvait pas avoir. Je croyais savoir à qui il pensait, et force m'était d'avouer qu'il avait sans doute raison.

— C'est Kaye ?

Sawyer s'est empourpré.

— Pourquoi tu dis ça ?

— Tu as voulu être sur la photo avec elle et Aidan, mais en costume seulement. Tu n'arrêtes pas de la taquiner, de la chercher. Tu te comportes comme un garçon de dix-sept ans amoureux ou comme un môme de douze ans victime de troubles de la personnalité.

Il a grimacé, mais n'a rien dit et n'a fait aucun commentaire suggérant qu'il m'avait ne serait-ce qu'écoutée.

— Je sais garder un secret, ai-je ajouté.

— C'est cool pour toi.

Il a ralenti devant une maison qui devait être celle de Grace. Plusieurs voitures étaient garées dans l'allée, mais pas celle de Brody. Sawyer a tourné au premier croisement et pris la direction du port.

— Brody dit que tu t'entraînes avec l'équipe, maintenant, et non plus avec les pom-pom girls, ai-je repris.

— Ouais, mais je ne participe pas aux phases de jeu, juste à l'échauffement. J'ai envie de pouvoir courir cinq kilomètres sans tomber dans les pommes.

— Tu sortais à peine de l'hôpital quand c'est arrivé.

— Je devrais pouvoir porter un costume de pélican sans m'évanouir lorsqu'il fait chaud.

— Il faisait au moins trente-cinq degrés cet après-midi-là.

— Bref, j'ai envie de… d'être digne d'estime.

— Digne d'estime ! (J'ai éclaté de rire.) Ça ne veut rien dire, digne d'estime. Tout le monde t'aime, Sawyer.

Il m'a regardée d'un air sceptique.

— Je t'assure ! C'est de l'amour vache, me suis-je moquée.

— Merci de ne pas m'aider à me sentir mieux.

L'idée que Sawyer puisse se sentir mal était inédite pour moi.

Il s'est engagé dans le parking du port. La nuit, il n'y avait pas d'éclairage public dans les parages ; les jeunes aimaient venir là pour écouter de la musique, assis sur leurs pickups. Ceux qui étaient présents ce soir nous ont regardés en se protégeant les yeux des phares de Sawyer. Nous avons roulé lentement jusqu'à trouver la voiture de Brody.

Sawyer s'est garé à une vingtaine de mètres, braquant ses phares sur l'habitacle. Brody était au volant, Grace assise à côté de lui. Apparemment, ils ne se touchaient pas – quoique, qui savait ce qui se tramait sous le tableau de bord ? Ils ont cligné des yeux comme des biches.

Sawyer a coupé le contact et éteint ses phares. Nous distinguions toujours leurs silhouettes. Leurs yeux allaient se réhabituer à l'obscurité et ils seraient capables de voir ce que nous nous apprêtions à faire.

— Sans la langue, ai-je dit.

— Sans la langue ! C'est comme si tu me disais que nous allions coucher ensemble sans…

J'ai plaqué ma main sur sa bouche et je lui ai lancé un regard sévère.

— Qu'est-ce que tu viens de dire ?

— Rien, rien ! a-t-il marmonné entre mes doigts.

J'ai retiré ma main avec circonspection. Alors, sans réfléchir davantage, je l'ai embrassé. La sensation étrange et cotonneuse qui m'habitait depuis ma nuit blanche m'a poussée vers lui.

— Je peux mettre la langue ? a-t-il murmuré dans mon oreille. Juste un peu !

J'ai failli éclater de rire. J'avais le vertige, j'étais nerveuse et incapable de m'arrêter de rire.

— Allez, s'il te plaît ! Tu vas adorer. Tu vas me dire : « Putain, Sawyer, je suis tellement désolée d'avoir douté de ta langue ! »

— Bon, d'accord !

Comme nous nous embrassions – avec la langue, cette fois –, je me suis accrochée à sa chemise et j'ai attendu que cela se termine. Rapidement, cependant, je me suis surprise à gémir et à lui rendre son étreinte. Tia et les autres filles qui étaient sorties avec Sawyer disaient qu'il en valait la peine. Maintenant, je comprenais pourquoi.

Un martèlement soudain sur la vitre côté conducteur nous a fait sursauter. Brody, qui était plus grand que la voiture, nous lançait un regard noir.

Sawyer s'apprêtait à ouvrir la portière.

— Non, ai-je protesté en posant la main sur son bras, car je voyais qu'il était sur le point de me lâcher.

— Désolé, mais il a l'air sérieux, a rétorqué Sawyer en baissant la vitre. Tu as besoin de quelque chose ?

— Oui, s'il te plaît, a répondu Brody d'un ton tout aussi poli avec une pointe de menace. J'aimerais discuter avec Harper seul à seul une minute.

— Bien sûr, si je peux « discuter » avec Grace seul à seul une minute, a acquiescé Sawyer en mimant des guillemets avec les doigts.

— Si tu arrives à la rattraper, pas de problème.

Nous nous sommes tournés de concert vers la voiture de Brody. Elle était vide. J'ai distingué Grace dans les ténèbres, penchée à la vitre ouverte d'une autre voiture. Puis elle a ouvert la portière pour monter dans le véhicule, qui s'est éloigné aussitôt.

Brody nous a de nouveau regardés, les sourcils haussés, l'air de dire que le départ de Grace lui donnait raison.

— Écoute, a repris Sawyer en me massant la nuque. Cette fille est ma copine, tu comprends...

Il voulait dire – du moins le pensais-je – que j'étais son amie et qu'il s'occupait de moi. Je n'avais jamais considéré Sawyer autrement que comme un amuseur, mais je le découvrais capable de prendre des risques pour moi.

— Je comprends.

— Sérieusement, Larson, a enchéri Sawyer, même Will trouve que tu as abusé sur ce coup-là.

— D'accord..., a acquiescé Brody, visiblement énervé.

— Va, m'a dit Sawyer en se tournant vers moi. Je t'attends ici.

Chapitre 14

Je suis sortie et je l'ai suivi jusqu'à sa voiture. Il a fait mine d'ouvrir la portière pour moi, mais j'ai secoué la tête. Pas question que je m'installe à la place que Grace occupait quelques secondes plus tôt, comme si je la remplaçais temporairement. Je me suis appuyée contre le capot, et il m'a imitée.

Il a dégluti de façon audible.

— J'ai immédiatement regretté d'être reparti avec elle.

— Toutes mes félicitations, ai-je répondu. Mais tu aurais pu y penser avant.

Il a hoché la tête. Ses boucles presque sèches se balançaient dans son cou.

— En tout cas, il n'était pas du tout de question que je me remette avec elle, d'autant que nous n'avons jamais vraiment été ensemble.

Soudain, je me suis revue une semaine auparavant, en train de me lamenter sur la monotonie de ma vie de lycéenne. C'était donc *ça*, la vie d'une fêtarde ? Être morte de fatigue, rendue dingue par un mec, aigrie par les infidélités qu'il n'assumait même pas ?

Je me suis redressée, j'ai fermé les yeux et je me suis passé les mains dans les cheveux – geste que je n'avais pas fait depuis des années de crainte d'abîmer mes coiffures élaborées.

— Ce sont des conneries, ai-je murmuré.

— Harper, tu te sens bien ? On dirait que tu n'arrives même pas à garder les yeux ouverts.

— Je crois que... Je n'ai jamais gardé mes lentilles aussi longtemps.

— Tu as pris une boîte pour les ranger et du liquide physiologique, comme je te l'avais conseillé ?

— Oui.

— Ils sont où ?

— Dans mon sac.

— Dans la voiture de Sawyer ?

— Non, dans celle de Will, ai-je répondu en désignant d'un geste vague la Mustang, garée tout près pour permettre à Will et Tia d'assister au spectacle.

Brody a traversé le parking. La portière du conducteur de la Mustang s'est ouverte. Je les ai entendus parler sans comprendre ce qui se disait. Alors, la voix de Brody a résonné dans tout le parking.

— ... choquant ? Pourquoi lui as-tu dit un truc pareil, Will ?

Will a répondu d'un ton ferme, couvert par la voix de Tia :

— On parle de Harper, là. Harper Davis. Tu n'as pas le droit de lui faire ça !

Brody est revenu avec mon sac, mais sans mon ordinateur ni mon appareil photo.

— Monte dans ma voiture, m'a-t-il dit. Tu es sur le point de t'écrouler.

— Seulement si tu me laisses la place du conducteur, j'ai rétorqué.

— Comme tu voudras.

Il a fait le tour de sa voiture et m'a ouvert la portière côté conducteur. C'était la première fois que j'entrais dans sa voiture, un lieu dans lequel Grace et un nombre incalculable de filles avaient vécu des expériences dont j'avais rêvé jusque-là. J'ai reniflé l'habitacle à la recherche d'odeurs suspectes, mais je n'ai réussi à identifier qu'un parfum de nettoyant.

Il s'est installé à la place du passager et m'a tendu mon sac. Puis a tenu la boîte pendant que je retirais mes lentilles, et a tout rangé dans mon sac. Mon père avait l'habitude de se montrer prévenant avec ma mère chaque fois qu'elle venait de découvrir qu'il la trompait avec une nouvelle maîtresse...

— Maintenant je comprends quel genre de mec tu es. Mercredi soir, tu m'as dit que tu n'avais pas besoin de rompre avec Grace car tu ne sortais pas avec elle.

— En effet, a-t-il confirmé prudemment.

— Je pensais que tu voulais sortir avec moi, mais... (Je me suis dépêchée de terminer ma phrase car il avait ouvert la bouche pour m'interrompre.) ... mais je me suis trompée. En réalité, tu n'étais pas vraiment avec Grace, mais tu n'avais pas non plus l'intention d'être vraiment avec moi. Tu n'es avec personne, ce qui te permet d'être avec tout le monde.

— Ouais, enfin, pas avec tout le monde, quand même, a-t-il rétorqué, manifestement mécontent de la tournure prise par notre discussion.

— Évidemment, tu n'es pas une pute. Juste un esprit libre. Un individu. Tu m'as d'ailleurs expliqué, au pavillon, que tout le monde dans ta famille avait divorcé. Les couples ne sont pas faits pour durer. Toi, tu formes un couple – ou plutôt tu t'accouples – avec une fille, puis une autre, puis une autre...

— Eh bien... oui.

Ses épaules se sont détendues, puis il a baissé la tête, soulagé que j'aie fini par comprendre qui il était.

— C'est complètement ridicule, Brody. Complètement ridilu… rilidu… ridicule.

— Tu es soûle, ma parole, a-t-il dit en fronçant les sourcils.

— Non ! ai-je crié. Je n'ai pas dormi parce que mon ex-petit ami m'a noyée sous le boulot pour me punir d'avoir rompu avec lui afin d'être avec toi !

— Je sais, Harper. Mais tu as dit que tu rentrais chez toi après le match, et Grace et moi sommes amis depuis longtemps. Elle m'a demandé si je voulais traîner un peu avec elle. On est venus ici et on a parlé de l'étudiant qu'elle a rencontré à la plage, et je lui ai dit qu'il était trop vieux pour elle. Je lui ai expliqué que les étudiants qui séduisent des lycéennes sont souvent des mecs pas recommandables. Elle s'est mise en colère. Et puis tu es arrivée. Après ça, elle a reconnu des gars de l'université de Miami, et elle est partie avec eux. Voilà.

J'avais envie de le croire. Je le croyais, d'ailleurs, mais je savais que ce n'était pas une bonne idée. J'avais l'impression qu'il avait profité de moi pendant une semaine et que tout le monde au lycée s'en était rendu compte sauf moi.

— Je n'aurais pas dû, a-t-il repris. J'aime bien être copain avec les gens. Je ne sors pas avec toutes ces filles. Selon moi, on peut sortir avec quelqu'un, l'embrasser, tout ça, et continuer de la voir une fois que c'est fini. Malheureusement, les filles ne semblent pas de cet avis.

Je comprenais désormais pourquoi il y avait tout le temps une ex pour crier après lui dans les couloirs du lycée.

— Je savais que tu étais différente. Quand Grace m'a proposé d'aller faire un tour, j'ai accepté, mais j'ai réalisé que c'était une bêtise dès que nous sommes sortis du stade. J'ai travaillé là-dessus – après le départ de mon père, ma mère m'a envoyé voir un psy –, et je suis censé me poser tout un tas de questions avant d'agir. Sauf que ça prend quelques minutes. J'ai un peu de mal à contrôler mes pulsions.

— Sans blague !

— Harper…

— Non. Je suis venue jusqu'ici avec Sawyer parce que Tia était très en colère contre toi et qu'elle m'a poussée à le faire. Je voulais te rendre jaloux, mais pas pour te faire revenir – car je n'en ai pas envie. Quand tu as trompé Grace avec moi, tu as dit que tu ne lui devais rien, et j'aurais dû comprendre à ce moment-là que tu te comporterais de la même façon avec moi.

J'ai posé la main sur la poignée de la portière.

Il a posé la sienne sur mon bras – avec douceur, sinon je lui aurais montré de quel bois je me chauffais.

— Harper, donne-moi une seconde chance. On n'a même pas eu le temps de sortir vraiment ensemble.

— Qu'est-ce que ça peut faire ? Vu que, selon toi, les gens ne sont pas réellement faits pour rester en couple. Je n'ai pas envie d'être avec un garçon qui pense comme ça.

— Je pensais comme ça parce que je n'étais pas avec toi, a-t-il rétorqué. Harper, je n'en ai rien à faire de Grace. C'est toi qui comptes, toi et moi. Je ne veux pas te perdre. Tu… (Sa voix s'est cassée et il s'est raclé la gorge.) Avec toi, je me sens drôle et intelligent. Je suis plus qu'un simple footeux.

Mes doigts pianotaient sur mon genou nu. J'étais sur le point de prendre une décision insensée.

— Tu dois comprendre quelque chose. Si on sort ensemble, on forme un couple. Un vrai couple et pas le « couple parfait qui ne s'est jamais formé ». Et il n'est pas question que tu te balades avec Grace. En fait… non, je ne devrais pas avoir à t'expliquer ce genre de chose. J'en ai assez.

J'ai posé de nouveau la main sur la poignée.

— Hé…

Cette fois, il ne m'a pas touchée, ce qui était plus sage. Il a murmuré mon nom. Je me suis figée pour l'écouter.

— Tu avais proposé qu'on se voie demain. J'aimerais beaucoup te rendre visite. Ça ne peut faire de mal, si ? On reparlera quand tu auras dormi un peu.

J'ai regardé à travers le pare-brise. Je ne distinguais pas clairement Sawyer, mais je voyais sa voiture, qui m'attendait. Sawyer serait ma solution de secours. J'avais le choix, désormais. À sa manière un peu tordue, Tia m'avait ramenée à Brody. Certaines personnes, au lycée – un grand nombre d'entre elles, apparemment – pensaient que lui et moi étions bien assortis. Mes sentiments étaient si forts que je n'étais pas encore prête à abandonner tout espoir.

— Tu peux venir demain, ai-je marmonné. Mais recommence ce genre de connerie, et tu ne me reverras plus jamais.

— Ça ne se reproduira plus, je te le promets.

Mon alarme a sonné à 6 heures. Je me suis levée, douchée, j'ai aidé ma mère à servir le petit déjeuner, j'ai fait tomber un gâteau à l'orange sur les genoux d'un client, ce qui m'a valu un regard noir de la patronne, puis je suis retournée à la maison et me suis recouchée. On avait appris pendant le repas que l'ouragan avait été déclassé en simple tempête tropicale, qui bifurquait lentement vers l'ouest.

Le vent ne serait donc pas assez puissant pour causer des dégâts, et nous ne serions pas inondés. De fortes pluies, voire des tornades, restaient néanmoins prévues pour mardi, jour de l'audience de divorce de mes parents. J'ai fermé les yeux et écouté la pluie fine qui précédait l'orage, regrettant de ne pouvoir me rendormir. Je n'arrivais pas à me sortir Brody de l'esprit…

J'ai rouvert les yeux à 11 heures, réveillée par une odeur de cannelle. C'était bizarre. Ma mère cuisinait rarement pour moi, et elle ne restait jamais à la maison le week-end. À vrai dire, elle passait toutes ses journées dans la demeure victorienne à nettoyer, astiquer, réparer. Du matin au soir. Prenant la précaution de mettre un soutien-gorge au cas où un voleur se serait introduit chez moi pendant que je dormais pour me préparer des toasts à la cannelle, je suis entrée dans la cuisine. Et j'ai découvert Brody.

— Excuse-moi, a-t-il lancé. Ta mère m'a dit que je pouvais. Assieds-toi.

Il a posé une assiette pour moi sur la table. Un toast à la cannelle recouvert d'un glaçage au beurre et au sucre bien grillé comme il fallait. Des œufs. Du bacon. Une banane émincée. Puis il a posé une seconde assiette emplie de deux fois plus de nourriture à la place de ma mère et s'est mis à manger.

J'ai goûté le toast. Délicieux, mais je ne voulais pas l'admettre.

— C'est à cause du match d'hier soir, ou tu manges toujours autant au petit déjeuner ? ai-je demandé d'un ton glacial.

— J'ai déjà pris mon petit déjeuner, a-t-il répondu entre deux bouchées.

— C'est ton déjeuner, alors ?

— Non.

Nous avons mangé en silence pendant quelque temps. Quand son assiette a été vide et la mienne encore à moitié pleine, il a dit :

— Ce soir, certains de nos amis vont au cinéma avant de se retrouver au *Crab Lab*. Il y aura Will et Tia, Kaye et Aidan, Noah et Quinn. Ça te dirait de m'accompagner ?

J'ai pris une bouchée de bacon.

— Tu es toujours en colère contre moi ? Je ne sais pas quoi faire de plus, Harper, a-t-il soupiré.

— Peut-être n'y a-t-il rien d'autre à faire. Peut-être que, comme tu l'as affirmé de façon si éloquente la semaine dernière, nos camarades étaient défoncés au crack lorsqu'ils ont voté pour nous.

Il m'a regardée longuement.

— Si c'est ce que tu crois, je veux bien partir et ne plus jamais revenir. Mais ce n'est pas ce que tu crois, j'en suis certain.

J'ai avalé un peu d'œuf. Il savait cuisiner des œufs, c'était déjà ça.

— Quand on retournera au lycée lundi et que tout le monde apprendra qu'on a cassé, quatorze mecs vont te demander de sortir avec eux, a-t-il repris. Et deux ou trois filles aussi. En attendant, il me semble que tu n'as rien de prévu pour ce soir. Et je suis plus beau que Kennedy. Je suis moins bizarre que Quinn, et à peu près quatre-vingts pour cent moins gay que Noah.

J'ai ri.

— Voilà une invitation très romantique, impossible de refuser !

— Parfait. Que comptes-tu faire d'ici-là ?

— Il s'est arrêté de pleuvoir ? ai-je demandé en me tournant vers la fenêtre de devant.

Il a hoché la tête.

— Je vais me promener en ville pour faire des photos. Après la pluie, la lumière est bonne et les couleurs sont vives. Après avoir travaillé toute la nuit de jeudi à vendredi j'avais presque envie de jeter mon appareil à la poubelle, mais ça va mieux, maintenant.

— Je t'accompagne.

— Non, ça ira.

— J'en ai envie, a-t-il insisté.

— Je ne vais pas m'amuser, Brody. J'ai un truc précis en tête. Les photographes free-lance peuvent poster leurs travaux sur des sites spécialisés où des blogueurs font leur marché. J'aimerais bien leur envoyer mon boulot, mais j'ai besoin d'étoffer un peu mon portfolio.

— Je peux t'aider, si tu veux.

— Je n'ai pas besoin de ton aide. (Voyant son air déçu, je me suis empressée d'ajouter :) ça n'a rien à voir avec toi, c'est juste que je préfère travailler seule.

— Qu'est-ce que tu en sais ?

En effet, qu'est-ce que j'en savais ?

— Ha ! Tu vois ! Tu n'en sais rien ! Tu penses que tu préfères travailler seule parce que tu n'as jamais eu de beau gosse sous la main pour te servir de sherpa.

— J'ai un trépied et une sacoche, c'est tout. Tu vas me lécher les bottes toute la journée pour que je te pardonne ?

— J'ai envie de passer du temps avec toi, a-t-il affirmé. En plus, je pourrais t'aider, je pourrais te servir de modèle.

— Mmh…, pourquoi pas, ai-je accepté, tandis que mon esprit tournait à plein régime. Si jamais certaines de ces photos se vendaient, tu serais payé, bien entendu. En revanche, l'utilisation qui en serait faite ne te regarderait pas. De même que l'identité des acheteurs éventuels. Ton visage pourrait très bien servir à promouvoir un site porno.

— Ça pourrait me rendre super populaire à la fac, l'an prochain. Je plaisante, bien sûr ! m'a-t-il rassurée en voyant mon air déconfit. Tu as raison. Tu ne peux pas utiliser des photos qui montrent mon visage. Ma mère exige que mes comptes en ligne restent super privés, et ce même si on voit ma tête dans le journal. Elle doit avoir peur que je sois kidnappé.

— Si des gens essayaient de te kidnapper, tu pourrais leur casser la figure, j'imagine, non ?

— Pour ma mère, j'ai toujours douze ans. Mais j'essaie de ne pas la contredire. Mon père n'a pas été très sympa avec elle. Mon beau-père non plus, d'ailleurs. Son copain actuel a l'air pas trop mal, en revanche, mais il est trop tôt pour se prononcer. Elle n'a pas de bol. C'est pour ça que, dans la mesure du possible, je fais ce qu'elle me demande.

J'étais stupéfaite. Brody était plus mature que ce à quoi je m'attendais.

— Enfin, dans un cas comme celui-ci, où elle finirait par découvrir la vérité, a-t-il précisé.

Mature, disais-je...

— Donc, on ne peut pas utiliser mon visage, mais pour le reste il n'y a pas de problème. Comme ça, par exemple...

Je me suis tournée vers la porte, craignant que ma mère apparaisse à ce moment-là et le voie dans une fâcheuse posture. Toutefois, il s'est contenté de remonter la manche de son tee-shirt pour exposer son biceps.

— Excellente idée, ai-je commenté. Tu pourrais me montrer tes muscles avec l'océan en arrière-plan. On écrirait « Souvenir de Floride » en dessous et on en ferait des cartes postales. Toutes les femmes de plus de soixante ans voudront en envoyer une à leurs copines restées à la maison.

— Seulement les femmes de plus de soixante ans ?

— Eh bien… (Je lui ai tendu la télécommande de la télé.) Tiens, tu n'as qu'à regarder un match pendant que je me prépare. J'en ai pour une seconde.

J'ai foncé dans ma chambre pour me changer et me coiffer, tout excitée par ce nouveau projet. Il me faudrait bientôt modifier la home page de mon site : HARPER DAVIS, PORTRAITS, ÉVÉNEMENTS, BICEPS…

Venant de passer six semaines avec Kennedy, j'étais habituée à sortir en bande et à être la moitié du Couple Qui Gâche L'Ambiance. Cette fois, je formais avec Brody le Couple Qui Se Pointe Au Cinéma Avec Un Grand Sourire, après avoir passé un excellent après-midi. Ce soir-là, le couple qui gâchait l'ambiance était composé de Kaye et Aidan. Kaye a échangé sa place contre celle de Tia afin de pouvoir s'asseoir à côté de moi, Tia et Will étant installés entre Aidan et elle.

— Oh ! J'adore tes cheveux, me suis-je exclamée comme elle prenait place à côté de moi.

— Merci, a-t-elle répondu d'un ton neutre. D'après Aidan, on dirait une afro.

Ce n'était pas un truc à lui dire.

— Une afro t'irait super bien, mais ce serait un peu trop tendance pour toi, peut-être…

Elle m'a lancé un regard noir. Je ne l'avais pas aidée à se sentir mieux, apparemment.

— Enfin, ce n'est pas tout à fait une afro. Là, devant, c'est très différent. La véritable afro des années soixante-dix forme une boule, alors que là… Bon, bref, dire que c'est une afro, ce n'est pas une insulte.

— Dans sa bouche, c'en était une.

— À mon avis, il voulait dire que tu avais un look rétro. En tout cas, ce n'était pas du tout une remarque raciste. Aidan n'est pas comme ça.

Aidan avait de nombreux défauts, mais pas celui-là.

— Il a été surpris, c'est tout, ai-je poursuivi. Ça faisait tellement longtemps que tu avais tes tresses.

Elle s'est pincé les lèvres – et se les est pincées chaque fois qu'Aidan se penchait par-dessus Tia et Will pour l'appeler. Elle refusait de lui répondre.

Ils se disputaient encore quand nous nous sommes tous installés autour de la grande table qui dominait la salle principale du *Crab Lab*.

— Désolée, ai-je entendu Tia dire à Sawyer, affublé d'un tee-shirt et d'un tablier aux couleurs de la maison. Je ne pensais pas que tu travaillais si tard dans la soirée, autrement j'aurais proposé aux autres d'aller ailleurs.

— J'ai demandé à faire des heures sup. Je n'ai rien de mieux à faire depuis que je ne bois plus. Mais ça ira, ne t'inquiète pas, a-t-il ajouté avec un sourire ironique avant de filer en cuisine.

— Pourquoi tu lui as dit ça ? ai-je demandé à Tia.

— Sawyer a un petit problème avec l'un d'entre nous, a-t-elle répondu à voix basse.

— Oh ! Avec Brody ou moi, à cause d'hier soir ?

— Mais non. Crois-le ou non, mais c'est beaucoup plus tordu que ça.

Sans doute craignait-il de devoir servir Kaye et son petit ami. Heureusement pour lui, Kaye et Aidan étaient séparés par trois chaises. J'avais à peine eu le temps de me poser toutes ces questions que Sawyer réapparaissait déjà, un plateau chargé de boissons en équilibre précaire levé au-dessus de la tête. Il a posé un soda devant moi et un thé glacé devant Brody.

— Attends, a lâché celui-ci. On a commandé des boissons ?

Dix minutes plus tard, Sawyer faisait la même chose avec la nourriture :

— Euh, Sawyer… Nous n'avons pas encore commandé nos repas…

— Fermez-la, nous a mis en garde Tia. Il est de mauvaise humeur.

— A-t-il jamais été de bonne humeur ? s'est demandé Kaye.

Tia lui a lancé un regard assassin.

— Ben oui, c'est vrai, quoi ! a protesté Kaye. Pour pouvoir dire qu'il est de mauvaise humeur, il faudrait l'avoir déjà vu de bonne humeur et, personnellement ça ne m'est jamais arrivé.

— Arrêtez de le harceler.

— On ne le harcèle pas, a tenu à clarifier Will. Enfin, *je* ne le harcèle pas. Je note simplement que je mange du mérou alors que j'avais envie de crevettes.

Sawyer est ressorti de la cuisine et s'est penché au-dessus de la table entre Noah et Quinn.

— Je n'ai rien commandé pour vous deux, vu que vous ne savez pas vraiment ce que vous voulez. Un bord, puis l'autre…

Deux ou trois d'entre nous ont ricané avant de se taire subitement. Après un moment de silence, tandis que Noah se levait de sa chaise, Quinn a dit :

— En tout cas, il y a quelque chose qui ne change pas : tu es et tu restes un connard.

Sans vraiment réfléchir, je me suis retrouvée debout, le bras tendu entre Noah et Sawyer. Tout aussi rapidement, cependant, on m'a prise par la taille et rassise de force.

— Ne te mêle pas de ça, m'a murmuré Brody à l'oreille.

Stylo et calepin à la main, Sawyer a plongé un regard de défi dans les yeux noirs de Noah.

— Cheeseburger ou sandwich classique ? a-t-il demandé.

— Cheeseburger, a répondu Noah à contrecœur.

— Crevettes frites ou grillées ? a ensuite demandé Sawyer en se penchant vers Quinn.

— Grillées.

Sawyer a ostensiblement noté leur commande en jolis caractères sur son calepin avant de retourner en cuisine en marmonnant, l'air de dire « Eh bien, voilà, c'est tout ce que je voulais savoir ! »

— Il ne me manquera pas quand il sera en prison, a commenté Noah en reprenant place à côté de Quinn.

Sawyer est réapparu avec un autre plateau bien chargé. Contournant la table, il a déposé devant Kaye une assiette contenant des crevettes et des frites arrangées en smiley. La bouche était dessinée avec des frites, et des tomates cerise figuraient les yeux. Les crevettes formaient un demi-cercle autour du visage, un peu comme la nouvelle et magnifique coupe de cheveux de Kaye.

— Merde, Sawyer ! s'est-elle exclamée. Qu'est-ce que c'est que ce truc ?

— Tu as raison, ce n'est pas très ressemblant, a-t-il concédé en prenant une crevette et en la lançant dans l'assiette de Tia.

— On n'avait encore rien commandé, s'est plaint Aidan, de l'autre côté de la table.

— Tu veux les nuggets au fromage du menu Enfant ? C'est ce que tu prends chaque fois que tu viens avec papa et maman.

Kaye a éclaté de rire.

— Kaye ! a aboyé Aidan dans le dos de Tia et Will.

Une fois qu'il a eu attiré l'attention de sa petite amie, il lui a fait signe de venir s'asseoir à côté de lui d'un geste autoritaire.

Kaye a serré les dents et secoué la tête.

Aidan a reculé en faisant grincer sa chaise. Tous les clients du restaurant se sont retournés. Puis il est parti en poussant si fort la porte battante qu'elle s'est immobilisée après plusieurs secondes. Kaye était toute pâle.

Sans perdre une seconde, Sawyer a posé l'assiette d'Aidan devant Brody, à côté de son habituel sandwich au poisson accompagné de légumes.

— Merci, mec.

— Pas de quoi, mec, a répondu Sawyer avant de faire le tour de la table et de se pencher pour murmurer à l'oreille de Kaye : J'aime beaucoup ta nouvelle coiffure. Tu es très jolie comme ça.

Surprise, Kaye a cligné des yeux, avant de le suivre du regard comme il s'éloignait vers la cuisine. La porte s'était déjà refermée derrière lui lorsqu'elle a articulé à voix basse :

— Merci…

Aidan n'avait sûrement pas l'intention de vexer Kaye, mais il est vrai qu'il ne faisait pas l'effort de la comprendre.

Il aurait dû prévoir sa réaction – ou s'en soucier – car cela faisait pas mal de temps qu'ils sortaient ensemble. Je n'ai pas été étonnée que Tia me propose alors discrètement de passer la nuit avec elle chez Kaye. Quand Kaye, Tia et moi avions besoin les unes des autres, les garçons devenaient secondaires. Les plans que j'aurais pu avoir avec Brody après le restaurant étaient donc reportés.

Brody m'a néanmoins ramenée chez moi pour que je prenne mes affaires. Comme nous remontions dans sa voiture pour qu'il me conduise chez Kaye, je lui ai demandé :

— Ça t'a déplu que Quinn et Noah se tiennent par la main au cinéma ?

Il a mis quelques secondes avant de répondre :

— Pourquoi, j'avais un comportement bizarre ?

— Tu n'arrêtais pas de les regarder.

— Un peu, oui, a-t-il concédé en riant nerveusement. Mais Noah est tellement heureux. Enfin, il le serait vraiment si les mecs de l'équipe le laissaient tranquille. Il y a plein de gays dans cette ville, mais la majeure partie ont plus de dix-sept ans. Il faut des *cojones* pour faire ce que Quinn a fait. Ils ont décidé d'assumer et de se protéger mutuellement. Franchement, quand on a fait ça, je pense qu'on est capable d'affronter n'importe quelle difficulté.

Tandis que nous roulions sans parler, j'ai repensé aux couples de la soirée. Exception faite de Will et Tia, Quinn et Noah semblaient former le duo le plus stable. Kaye et Aidan commençaient à se comporter comme Kennedy et moi. Kaye devait être complètement paumée, car elle sortait avec Aidan depuis la seconde.

— Ça t'embête que j'aille chez Kaye, ce soir ?

— Non. Même si je suis un peu déçu. On pourrait se voir demain ? On pourrait faire du surf. Tu sais surfer, au fait ?

— Oui, mais super mal.

La plupart de mes amis savaient surfer. Nous avions appris quand nous étions trop jeunes pour nous douter que les petites vagues du Golfe n'en valaient pas la peine. Un peu comme les Canadiens heureux de nager dans l'Atlantique nord. Cependant, l'ouragan qui avait été déclassé en simple tempête tropicale produirait peut-être des vagues intéressantes.

— Je n'ai pas de planche, ai-je fait remarquer.

— Tu prendras celle de Sabrina.

— Ça ne sera pas trop dangereux, avec la tempête qui approche ?

— Dangereux ? Qu'est-ce que ça veut dire ?

Car nous allions nager dans des eaux tout sauf calmes. Ce serait un peu comme sortir avec Brody. Dangereux. Parfois, cela en valait la peine. J'avais passé une assez bonne journée pour avoir envie de ne pas en rester là.

Chapitre 15

Kaye était allongée sur le ventre, balançant ses pieds nus en l'air, tandis que Tia enfilait une de mes robes évasées, que j'ai resserrée avec des épingles afin de l'adapter à sa fine silhouette. Quand l'ourlet serait terminé, ce qui avait été une mini-robe pour moi serait une microrobe pour Tia. Mais cela ne la dérangeait pas.

J'avais apporté quelques autres tenues, que je comptais retoucher pour Kaye, malgré les tentatives de mes deux amies pour m'en dissuader.

— J'ai travaillé dur sur mes vêtements, me défendais-je. Je n'ai pas envie qu'ils finissent à la poubelle. Je suis attachée à certaines de ces robes, mais je les trouve un peu vieux jeu, maintenant. Je vais peut-être en garder quelques-unes que je vais raccourcir un peu, ou dont je vais élargir le décolleté. Vous croyez que les gens diront que je ne sais pas ce que je veux si je les porte de nouveau ? Ils ne sauront plus si je suis la nouvelle Harper ou si je suis redevenue l'ancienne Harper.

Puis je leur ai répété ce que, à en croire Kennedy, nos camarades racontaient sur moi dans mon dos – soi-disant que je m'habillerais comme Grace…

— Et alors, on a le droit de changer d'avis, non ? a protesté Tia par-dessus son épaule pendant que je resserrais sa robe avec des épingles. Il m'arrive d'être toute mignonne et apprêtée, si j'ose dire. Mais il m'arrive aussi de me réveiller tard et de ne pas me laver. L'idée que les gens ne sachent pas à quoi s'en tenir me plaît.

Je me suis relevée pour renifler ses cheveux, qui ne sentaient rien de particulier. En règle générale, Tia se lavait.

— Brody aimerait bien que je porte mes lunettes de temps en temps. Il dit que c'est sexy et qu'il aime les surprises.

— Si j'étais toi, je les porterais ! a lancé Tia.

— Ça sonne comme une invitation, a remarqué Kaye. Alors comme ça, vous vous êtes embrassés ? Vous aviez l'air heureux tous les deux, ce soir.

J'ai acquiescé et souri en repensant à notre journée et à ma nouvelle collection de photos de biceps.

— Je m'amuse bien avec lui, mais j'avoue avoir un peu de mal à m'habituer.

— Parce qu'il parle de foot tout le temps et que tu n'y connais rien ? a proposé Kaye.

— Non, il ne parle presque pas de foot. Je suis toujours sortie avec des mecs qui aimaient se moquer et montrer à quel point ils étaient malins. Brody est différent. Il lui arrive de ne pas être sarcastique, vous vous rendez compte ?!

— Tu n'étais sortie qu'avec des trous du cul, avant lui, s'est amusée Tia.

— Ah… Allez, retire-moi ça.

Avec circonspection, je l'ai aidée à se déshabiller sans faire tomber les épingles. À présent que je n'étais plus la photographe officielle de l'album de fin d'année, j'aurais largement le temps de retoucher cette robe. Kaye a enfilé la suivante, qui n'avait besoin que de petites modifications pour coller à sa silhouette athlétique.

— Je ne sais pas, ai-je repris en commençant à revoir le décolleté. On s'est vachement bien amusés, mais je lui en veux toujours à cause de ce qui s'est passé hier soir.

— Pourquoi faudrait-il que tout soit parfait ? est intervenue Tia. Profite de lui tant que tu le peux. Vous n'allez pas vous marier, alors…

Je n'avais certes jamais pensé épouser Brody, mais à présent que le sujet était sur la table l'idée ne me semblait pas plus stupide que ça.

— Tu sais déjà que tu ne vas pas te marier avec Will ? lui ai-je demandé.

— Je pourrais épouser Will, a-t-elle concédé. Je ne m'ennuie jamais avec lui. Sauf que je n'ai aucune intention de me marier !

— Oh…

— Will est plus traditionaliste que toi, est intervenue Kaye. Je pense qu'il a pour projet de se marier un jour. Avec toi ou pas.

— Qu'une pétasse essaie seulement de me le piquer ! a protesté Tia.

— Calme-toi, ai-je dit. En plus, tu changeras peut-être d'avis, qui sait ? Mais rassure-toi, tu as encore quelques années de liberté devant toi.

— En tout cas, a lancé Kaye, c'est sûr que tu ne vas pas te dépêcher de l'épouser pour consommer. Je ne sais pas pour Will, mais toi, ça fait belle lurette que tu n'es plus vierge. Sawyer s'est occupé de ton cas il y a deux ans.

— Si je ne m'abuse, Aidan s'est occupé du tien il y a deux ans aussi, non ?

— Ouais, mais je sors avec lui, alors que toi et Sawyer n'avez jamais été ensemble.

— Je me suis justement disputée avec Brody à ce sujet hier soir, suis-je intervenue. Avec qui sort Sawyer, au juste ?

— Ma parole, tu es obsédée par Sawyer ? a demandé Tia à Kaye, comme si je n'étais pas là.

Je m'attendais à ce que Kaye explose, mais non.

— Qu'est-ce que tu veux dire ? s'est-elle enquise doucement.

— Ces derniers temps, tu n'arrêtes pas de parler de lui, de ce que nous avons fait lui et moi, et tu nous juges. Tu es amoureuse de lui ou quoi ?

— Tu rigoles ! a protesté Kaye, outrée. J'ai bien l'intention d'épouser Aidan.

— On sait !

Kaye nous avait même montré une photo de sa robe de mariée dans un magazine. Quand nous étions en seconde…

— Ça signifie que tu vas rester avec le même garçon toute ta vie, a fait remarquer Tia. Avant d'en arriver là, tu as peut-être besoin de goûter à autre chose. À Sawyer, par exemple.

— Non, merci, a marmonné Kaye.

— C'est du bon, je t'assure. Pas vrai, Harper ?

— On ne s'est pas beaucoup embrassés, mais c'était pas mal. Ouais, on peut dire que j'ai goûté et que j'ai apprécié.

— Tu m'étonnes, a dit Kaye d'un ton moins moqueur que prévu. Enfin…, a-t-elle poursuivi en se raclant la gorge. Ce qui m'inquiète, à propos de Brody, c'est qu'il a beaucoup plus d'expérience que toi. Avant cette année, tu n'étais quasiment sortie avec personne. Tu as toujours été seule à la fête de l'école.

— C'est vrai, ai-je confirmé, incapable de dissimuler mon enthousiasme.

Car cette année, j'irais à la fête accompagnée. Par la star de l'équipe de foot, qui plus est! Il m'offrirait mon petit bouquet de fleurs traditionnel, que je ne pourrais pas porter tout en photographiant son match, et que je serais donc contrainte d'épingler à la sacoche de mon appareil. Après sa victoire, nous irions au bal ensemble, et ce serait la plus belle soirée de ma vie.

En attendant d'encore plus belles.

—Quand nous sommes ensemble, ai-je expliqué, il ne me fait jamais sentir que je suis inexpérimentée. Ce n'est pas comme si j'avais tout fait pour rester seule et innocente pendant tout ce temps. J'étais focalisée sur le mauvais type de garçon. J'étais persuadée de vouloir un mec drôle et un peu artiste. Un gars qui aurait du succès.

Sans le dire, je décrivais Kennedy. Mais quand Tia a froncé les sourcils, perplexe, et que Kaye s'est redressée, j'ai compris qu'elles s'imaginaient que je parlais de Will et Aidan.

—Il a fallu que la classe nous élise couple parfait pour que je comprenne enfin que c'était Brody que je voulais, ai-je expliqué. Un athlète avec un sens de l'humour que je ne comprends pas tout à fait. Un garçon qui se fait passer pour un imbécile tout en étant intelligent, voire sensible. Un mec qui aurait parfois du mal à se contrôler, ce qui lui causerait de petits ennuis.

—Ouais! s'est enthousiasmée Tia. Je t'ai dit le jour de l'élection qu'il était beaucoup mieux pour toi que Kennedy.

Kaye a secoué la tête.

—J'espère pour toi que ce seront des ennuis d'un genre agréable.

Brody a garé sa voiture en bordure de la plage privée de mon grand-père. À plusieurs centaines de mètres de là, sur la plage publique, flottait le drapeau jaune, synonyme de risque modéré pour les surfeurs. Nous sommes donc entrés dans l'eau avec nos planches sous le bras.

Des heures plus tard, épuisée, le corps parcouru de picotements, j'ai vu un sauveteur remplacer le drapeau jaune par un drapeau rouge tandis que je flottais sur ma planche. Un second drapeau rouge, et la plage serait interdite aux baigneurs. En attendant, le sauveteur ne pouvait que nous regarder en priant pour que nous sortions vite de l'eau afin de ne pas avoir à nous sauver la mise un peu plus tard.

— Tu crois que nous devrions retourner sur la terre ferme ? ai-je demandé à Brody, qui flottait à côté de moi.

Le coucher de soleil était intense et magnifique dans notre dos. La tempête qui se préparait étirait les nuages, leur donnant des formes bizarres. La lumière rosée adoucissait l'horrible meurtrissure violette que Brody s'était faite sur le flanc à l'occasion de son dernier match.

— Brody ? ai-je appelé plus fort pour me faire entendre malgré le bruit des vagues.

— J'ai entendu. J'étais en train de réfléchir. Je me fous de ma propre sécurité, donc j'essaie de poser le problème à la manière d'une personne normale car je me soucie de *ta* sécurité.

— C'est mignon.

Il a éclaté de rire.

— Ouais, c'est vrai…

Soudain, un grondement puissant a couvert sa voix. Alors que j'étais sur le point de me retourner, une énorme vague m'est tombée dessus, m'enfonçant sous l'eau. La planche de surf m'a échappé, tirant sur le cordon noué à ma cheville. J'ai effectué une pirouette et agrippé la planche avant qu'elle m'entraîne au large.

J'ai refait surface en crachant de l'eau. Brody riait en essayant de chasser l'eau de ses oreilles.

— Ça va ? m'a-t-il demandé.

— Oui.

— J'étais en train de dire que, oui, nous devrions retourner sur la terre ferme.

Une heure plus tard, nous étions encore sur la plage dans le noir, allongés sur nos serviettes à nous embrasser. Même s'il explorait mes seins avec les mains et la bouche depuis quelque temps déjà, j'avais refusé de retirer mon haut de bikini, craignant que quelqu'un nous surprenne. Cependant, lorsque Brody s'est couché sur moi, j'ai oublié toute retenue. Nous n'étions plus séparés que par le tissu de nos maillots de bain respectifs. Lentement, il dessinait des cercles sur mes mamelons avec la langue.

Perché au-dessus de moi sur ses avant-bras bandés et tremblants, il a murmuré à mon oreille, d'une voix à peine audible, dans les bruissements des feuilles des palmiers secouées par le vent :

— J'ai un préservatif.

— D'accord, ai-je dit en déglutissant.

— Tu en as envie ?

Mon corps tout entier répondait oui, s'élevait littéralement vers lui, le désirait. Il l'a senti, gémissant au-dessus de moi.

— J'en ai envie, ai-je répondu dans un soupir. Mais je ne prends rien et j'aurais trop peur de tomber enceinte, même avec un préservatif.

Il a souri, mais seulement avec les lèvres. Ses yeux, eux, étaient soucieux.

— Mais je vais aller voir mon médecin, et après on pourra.

Il a hoché la tête.

— D'accord. (Il s'est penché doucement sur moi et m'a embrassée de nouveau sur les lèvres, délicatement, délicieusement.) Assieds-toi, m'a-t-il dit en roulant sur le côté. Je vais rattacher ton maillot.

J'ai attrapé mon maillot, que j'ai pressé contre ma poitrine, tandis qu'il le nouait dans mon dos, ses doigts glissant sur ma peau. Puis nous nous sommes rallongés sur le sable. Des deux pieds, il a saisi un des miens et l'a massé. J'avais plein de sable rugueux entre les orteils.

Ce faisant, il prenait de profondes inspirations, comme s'il avait du mal à reprendre son souffle.

— Waouh, a-t-il murmuré. J'ai l'impression de sortir d'une série de sprints à l'entraînement.

Sa voix était chevrotante.

J'ai cherché sa main, je l'ai trouvée et je l'ai serrée.

Sa respiration ne couvrait plus le bruit des vagues, qui déferlaient et se retiraient – la planète respirait. Au-dessus de nous, le front de la tempête tropicale envahissait le ciel, des nuages violet foncé luisaient sur une toile de fond pervenche.

— Tu te demandes comment composer une photo de ce truc ? a-t-il demandé.

— Pas exactement. Je me dis surtout que je serais incapable de capturer cet instant. Le résultat serait forcément décevant, car l'objectif est incapable de restituer la couleur de ce ciel.

— Tu es une artiste. Tu es capable de peindre le monde tel que tu le désires. Tu n'as pas besoin de capturer cet instant.

— Le monde est magnifique tel qu'il est. Mon rôle consiste à l'encadrer, à choisir un détail à mettre en lumière.

Les nuages filaient dans le ciel à grande vitesse. Subitement, tous les aspects de ma vie me semblaient plus clairs. Là où m'avait touchée Brody, mon corps me picotait toujours. Je me sentais proche de lui. Son impair de vendredi soir dernier était à des années-lumière. Je commençais à comprendre comment ma mère avait pu pardonner à mon père tant de fois. Si les réconciliations étaient chaque fois aussi intenses…

— Tu crois que tout ce qu'on ressent l'un pour l'autre est physique ? ai-je demandé. Comme on a fait des trucs ensemble, notre cerveau nous pousse à croire que nous devrions sortir ensemble ?

— Tu sépares le mental du physique. La tête du cœur. Personnellement, je ne crois pas à cette division.

— Comment ça, tu n'y crois pas ?

— On voit ça dans les poèmes et les chansons, mais c'est une métaphore. Ce n'est pas la réalité. Ton cerveau est une partie de ton corps. C'est un système unique qui doit fonctionner comme tel. Et je sais de quoi je parle.

En effet. Il craignait toujours d'avoir une autre commotion – à juste titre, d'ailleurs. Mon programme de relaxation portait ses fruits, mais il avait toujours du mal à ne pas sortir mentalement de son match.

— En fait, tu veux savoir si ce que nous vivons peut entrer dans une petite boîte que tu as fabriquée, a-t-il dit en tenant une boîte imaginaire devant lui, dans les ténèbres.

J'étais surprise une fois de plus qu'il comprenne mieux que moi ce que je ressentais.

— Je n'ai rien contre les standards, a-t-il poursuivi, mais il me semble que tu as fabriqué cette boîte il y a bien longtemps, et qu'elle t'a plus desservie qu'autre chose. Peut-être même n'a-t-elle jamais vraiment fonctionné. (Il s'est tourné vers moi et m'a pris le menton d'une grande main couverte de sable.) Voici ce que je peux te dire, Harper : jamais je ne me suis senti aussi bien qu'aujourd'hui, ici, avec toi. Si on me prenait ça, je me battrais pour le récupérer. Je me contente de peu, pas vrai ? Normalement, je suis du genre à me laisser porter, pas un révolutionnaire. En revanche, je suis déterminé à garder le foot dans ma vie. Et toi. Oh, je me rends compte que je viens de te comparer au football et j'en suis désolé.

Il a lâché mon menton et s'est rallongé avec la souplesse de celui qui a passé de nombreuses heures dans la salle de musculation. Puis il a fermé les yeux.

— Venant de toi, c'est un énorme compliment, ai-je dit.

— Exactement, a-t-il acquiescé en ouvrant un œil.

— Je ne plaisante pas. Toi aussi, tu as une boîte. « Rencontrerai-je un jour une femme qui comptera pour moi autant que le football ? Non ? Ô rage, ô désespoir ! » Et puis tu m'as trouvée. Je suis fière d'entrer dans cette boîte. Juste à côté de celle qui contient le football.

Il a roulé sur le côté et a rivé son regard sur le mien. Il ne souriait plus du tout. Il ne plaisantait plus.

— Ce n'est pas juste un jeu. C'est un jeu, oui, mais il compte beaucoup pour moi.

— Je sais.

En réalité, je ne comprenais pas à cent pour cent ; mais je voyais bien qu'il adorait le foot, autant que moi j'adorais la photo. Ce genre de passion prenait une place prépondérante dans la vie.

— Le football pourrait bien me donner une opportunité de carrière, a-t-il repris. Sinon comme joueur, peut-être comme entraîneur.

— Tu ferais un super entraîneur.

— Et même si ça ne se fait pas, j'aurais été bon, car j'aurais beaucoup travaillé pour ce sport. Je ne peux pas dire ça de beaucoup de choses dans ma vie.

Il s'est rallongé sur le dos et m'a pris la main. Ensemble, nous avons regardé les nuages tourbillonner au-dessus de nous.

Après un long moment de silence empli par les ronflements furieux de l'océan, j'ai dit :

— J'aimerais qu'on reparle de sexe.

— Tu veux seulement en parler ? a-t-il demandé en se tournant vers moi.

— Pour le moment. Tu crois qu'on devrait attendre une occasion spéciale, comme la remise des diplômes ?

— Non, a-t-il répondu aussitôt.

— Le bal de fin d'année ?

— Non.

— Celui de l'année prochaine ?

Il a gloussé.

— Tu veux savoir si nous devrions attendre ? Je pense que non. Mais nous attendrons si tu le souhaites. (Il m'a attirée contre lui.) Moi, je suis celui qui voudra passer l'été prochain à faire le tour de l'Europe en mode roots, qui séchera les cours pour passer la journée à la plage, qui t'emmènera à Vegas dès que nous aurons vingt et un ans. « Viens, on va bien s'amuser », m'entendras-tu dire chaque fois. Ça sera à toi de me freiner.

J'ai posé la tête sur sa poitrine pour écouter les battements de son cœur. Il m'a serrée dans ses bras. Je ne savais rien de mon futur avec Brody, à part que nous allions effectivement nous éclater.

Le lundi suivant, en cours de journalisme, M. Oakley m'a demandé de venir le voir. Je n'avais pas l'intention de lui parler de Kennedy, mais Quinn s'en était chargé pour moi.

M. Oakley voulait que je lui raconte ma version de l'histoire. Kennedy m'a suivie jusqu'à son bureau et n'a cessé de me couper la parole, contredisant la moindre de mes tentatives d'explication. M. Oakley était furieux. Au début, j'ai cru qu'il en avait après moi. Jusqu'à ce qu'il ordonne à Kennedy de retourner à sa place – et M. Oakley n'avait pas l'habitude de hausser le ton. Il a essayé de me convaincre de continuer à participer à l'album de fin d'année. Telle une diva, je lui ai répondu que je ne pouvais pas travailler dans ces conditions. M. Oakley a décidé d'entendre Kennedy avant de prendre une décision. Tous les deux sont sortis dans le couloir.

Une demi-heure plus tard, pendant le déjeuner, Kaye m'a dit :

— Il se raconte des trucs sur toi ! Comme on a des soucis au conseil des élèves, j'ai passé pas mal de temps dans la salle des profs, ces derniers temps. Et j'ai entendu des choses ! Devinez quoi !

— On donne notre langue au chat ! a lancé Tia.

Nous nous sommes regroupées, tout ouïe, car nous savions que les ragots de la salle des profs étaient toujours les plus croustillants.

— De quels soucis, tu parles, au fait ? a demandé Tia.

Kaye nous a regardées tour à tour.

— C'est top secret et pas très intéressant. Bref… (Elle a écarté les doigts comme si elle se préparait à nous faire une révélation inouïe.) M. Oakley n'a pas arrêté de se plaindre de Kennedy. À cause de ce qu'il t'a fait, Harper, il veut lui retirer le projet. Il a bien dit que tu t'étais efforcée de ne pas l'accuser, mais que plusieurs élèves lui avaient confirmé que Kennedy t'avait virée parce que vous aviez rompu.

— C'est vrai ? me suis-je exclamée. M. Oakley ne m'a rien dit de tel.

— Il ne peut pas. Il ne pense pas avoir le droit de virer Kennedy parce que le règlement intérieur n'est pas très clair. Mme Chen craint que les parents de Kennedy portent plainte contre l'établissement. M. Oakley est furieux, tu n'imagines même pas. Il n'arrête pas de dire que c'est une putain de blague, qu'il n'est pas normal que Kennedy s'en tire aussi facilement après avoir poussé une super photographe à démissionner.

— Il a vraiment dit « putain de blague » ? s'est étonnée Tia.

— En salle des profs, j'ai entendu des mots que je n'oserais même pas vous répéter ! Si vous les aviez entendus après que Sawyer a fait son malaise ! La principale, l'entraîneur des pom-pom girls, l'entraîneur de l'équipe de foot – ils se rejetaient tous la faute. Pendant ce temps-là, je suis restée dans mon coin à attendre qu'ils aient fini de s'écharper.

Après cela, j'ai été de très bonne humeur toute la journée. J'aimais déjà beaucoup M. Oakley, mais savoir qu'il me considérait comme une « super photographe »... Il m'appréciait et voulait me venir en aide. Peut-être Brody avait-il raison ; peut-être n'aurais-je pas dû quitter le navire. Je comptais parler à M. Oakley dès le lendemain. Rémunérée ou non, photographe de l'album de fin d'année était une fonction importante que j'avais été fière d'occuper. Non, il n'était pas question que je la laisse tomber.

Ma bonne humeur s'est prolongée jusqu'à 17 heures, lorsque Kaye m'a appelée sur mon portable pour me demander de revenir au lycée alors que j'étais occupée à retoucher une robe pour elle. Apparemment, elle voulait s'entretenir avec Brody et moi de problèmes importants abordés en conseil des élèves, et ce dès la fin de l'entraînement de football. Kaye ne voulait pas m'en dire plus au téléphone, et comme j'étais curieuse... Peut-être s'agissait-il du souci mineur qui avait obligé Kaye à passer tout ce temps en salle des profs, de ce sujet top secret. J'ai donc sauté sur mon vélo et je suis retournée au lycée.

À mon arrivée, les footballeurs sortaient de la douche et se dispersaient vers leurs voitures. Vêtue de sa tenue de sport et de ses chaussures de pom-pom girl, Kaye discutait avec Brody sur la plateforme de son pick-up. Sawyer a voulu les rejoindre, mais Kaye lui a crié quelque chose – je n'ai pas entendu quoi –, lui faisant signe de les laisser. Sawyer a obtempéré et s'est assis sur la plateforme de sa propre voiture.

J'ai appuyé mon vélo contre un palmier. Kaye est descendue du pick-up de Brody en tapotant sa place pour que je m'y installe. J'ai sauté à côté de Brody en lui lançant un regard interrogateur, mais il a secoué la tête. Elle ne lui avait encore rien dit.

— Bon…, a commencé Kaye.

Depuis que nous allions à l'école ensemble, elle avait organisé et présidé un million de réunions de clubs. Elle était toujours volontaire pour prononcer des discours devant la classe, et pourtant jamais je ne l'avais vue si mal à l'aise.

— Crache le morceau, a lancé Brody.

— Le conseil des élèves a commis une erreur. Ces trois dernières années, c'est moi qui étais chargée du décompte des votes. Cette fois, la professeure responsable du conseil des élèves – Mme Yates – n'a pas voulu que je m'occupe du scrutin parce que je suis en terminale et que ça n'aurait pas été juste, vu que vous êtes tous mes copains et tout ça. Elle a donc refilé le job à des élèves plus jeunes. J'aurais dû protester, j'étais sûre qu'ils allaient merder…

— Qu'est-ce qui s'est passé ? a demandé Brody en passant un bras autour de mes épaules.

— La plupart des catégories concernent un garçon et une fille qui n'ont pas forcément à voir l'un avec l'autre. Par exemple, Tia est celle qui a eu le plus de votes comme charmeuse de l'année, et Will comme charmeur de l'année. Pour les plus susceptibles de réussir, on retrouve Aidan et moi. Voilà comment le conseil a comptabilisé les votes de votre « couple parfait »… Mais il n'aurait pas dû parce qu'on parle d'un couple, justement.

» Tu as été élue, a-t-elle poursuivi en se tournant vers moi, parce que tu as été désignée avec différents garçons. Et toi, Brody, tu as été élu parce que beaucoup de nos camarades t'ont désigné avec deux filles différentes. Tu aurais dû arriver deuxième en compagnie d'une de ces filles. Harper, tu aurais dû arriver troisième avec un autre garçon. C'est un autre couple qui a remporté le plus de votes et aurait dû gagner. Personne n'a voté pour vous deux en tant que couple…

Chapitre 16

Brody et moi avons échangé un regard. Mon expression a dû l'effrayer, car il a aussitôt retiré son bras de mon épaule.

—Je ne voulais pas vous le dire, s'est presque excusée Kaye. J'ai expliqué à Mme Yates que vous aviez commencé à sortir ensemble à cause de cette élection. Elle a rétorqué que c'était une raison supplémentaire pour vous dire la vérité. Il n'était pas juste que vous fondiez votre relation sur une fausse information. Elle a parlé de respect des règles et d'honnêteté, tout ça, mais ce lycée oublie parfois que nous sommes des êtres humains, même si nous ne sommes pas encore adultes. Les profs agissent comme si nos sentiments n'étaient pas réels.

» Mais ! a-t-elle ajouté en levant les yeux au ciel, comme pour absorber l'énergie du soleil. Leur combat pour la vérité s'arrêtera là ! Mme Yates a insisté pour que je vous dise tout, pourtant nous sommes censés garder le secret. Autrement, il y aurait une réaction en chaîne, d'autant qu'on ne peut être élu que dans une seule catégorie. Si Harper n'avait pas été élue pour le couple parfait, elle aurait été élue comme élève la plus créative, par exemple. Celle qui a eu ce titre à ta place aurait dû être la plus originale, et Brody le plus athlétique, et ainsi de suite. Mme Yates ne veut pas que ça se sache. Refaire toutes les photos prendrait un temps fou, et l'album de fin d'année prendrait du retard. Voilà, voilà…, a-t-elle conclu avec un sourire incertain.

— D'accord…, ai-je articulé en déglutissant pour ravaler ma nausée. Avec qui nos camarades voulaient-ils me mettre en couple ?

Kaye a regardé Brody du coin de l'œil avant de me répondre.

— Avec Xavier Pilkington.

J'ai poussé un énorme soupir résigné. Le lycée m'avait donc mis en couple avec le garçon le plus intello. Un gars qui pourrait bien finir major de notre promo. Ou pas. Kaye et quelques autres n'arrêtaient pas de se moquer de lui. La classe l'avait élu élève le plus intello, mais c'était une façon polie de dire que c'était un *nerd* refoulé.

Un peu comme moi.

— Et Evan Fielding, a-t-elle ajouté.

Le ringard…

— Et Brody ? ai-je demandé. Avec qui nos camarades le voyaient-ils ?

Cela allait être douloureux, mais j'avais besoin de savoir. Autrement, ma curiosité allait me ronger de l'intérieur.

Kate a lancé un nouveau regard à Brody, comme si elle lui demandait la permission de continuer. Puis elle a dégluti et a répondu :

— Cathy.

La meilleure copine de Grace. Une pom-pom girl comme elle. Grande consommatrice de bière, aussi. Oui, c'était logique.

— Et Tia, a ajouté Kaye.

Bien sûr. L'esprit libre. La fille sexy qui se fichait complètement de ce qu'on pouvait penser d'elle. Tout mon contraire. La fille dont Brody était amoureux au collège.

Je m'étais bien dit que la classe avait été folle de voter pour Brody et moi. À présent que je savais qu'elle avait voté pour Tia, je me disais que nos camarades étaient malins et qu'ils avaient su lire en Brody comme dans un livre ouvert, qu'ils avaient deviné ses désirs les plus inavouables. Brody et moi n'étions donc pas destinés à sortir ensemble. Mon admiration pour lui était réelle, cependant. À la longue, j'étais parvenue à me convaincre que nous étions compatibles. La semaine que je venais de passer en sa compagnie n'était qu'un simulacre.

— Je suis vraiment désolée, ai-je murmuré en me tournant vers lui.

— Désolée pour quoi ? a-t-il demandé en fronçant les sourcils.

J'étais désolée de ce qu'il allait être contraint de faire, mais avait-il le choix ? J'ai pris mon courage à deux mains.

— Je suis désolée pour hier soir. J'aurais dû savoir que c'était trop beau pour être vrai.

— Euh, attends une seconde..., a tenté d'intervenir Kaye.

— C'est juste une impression ou tu es sur le point de rompre ? m'a demandé Brody en haussant un peu la voix.

Il avait décidé de ne pas me faciliter la tâche.

— Oui, ai-je confirmé.

— Oui ? a répété Kaye, sincèrement stupéfaite.

Je me suis tournée vers elle en écarquillant les yeux. C'était assez dur comme ça ; je n'avais vraiment pas besoin qu'elle me donne l'impression de ne pas comprendre ma démarche. J'étais navrée qu'elle se sente coupable, mais elle n'y était pour rien. En tout cas, elle devait se douter des conséquences qu'aurait sa révélation.

Soudain, Brody s'est levé, déséquilibrant la plateforme et manquant me faire tomber.

— J'aurais dû m'en douter, a-t-il lâché.

— Tu aurais dû te douter de quoi ?

Il est vrai que nous formions un couple ridicule depuis le début. Je l'avais senti tout de suite, et lui aussi, forcément. En tout cas, il n'était pas obligé de me crier dessus. Ce n'était pas ma faute, à moi, si je ne lui ressemblais pas davantage.

Il a posé un regard noir sur Kaye et m'a tendu la main.

— Viens avec moi.

À contrecœur, je l'ai laissé m'entraîner loin du pick-up, vers le centre du parking désert. Presque tous les joueurs étaient rentrés chez eux ; ne restaient plus que les véhicules de quelques entraîneurs, de Kaye, de Sawyer et de Brody. Il a levé les yeux vers les nuages qui défilaient rapidement au-dessus de nos têtes, puis il a dit :

— Tu avais l'impression de prendre un risque en sortant avec moi. Je ne suis pas aussi *sûr* que les garçons auxquels tu es habituée. Mais ce n'était pas ça du tout. Sortir avec moi était une forme de sécurité pour toi, parce que la classe nous avait choisis. Du moins le pensais-tu. (Il était très proche de moi, désormais.) À la seconde où tu as découvert que je n'avais pas été approuvé par la classe, tu as décrété que je n'en valais pas la peine !

Mon cœur battait la chamade, et j'avais le souffle court. Ses mots sonnaient juste. Il avait absolument raison.

— Larson, a lancé Sawyer en arrivant vers nous. Recule, s'il te plaît.

— Mêle-toi de tes oignons, De Luca, a rétorqué Brody. Je ne la menace pas.

— Tu la dépasses de vingt centimètres ; ça ressemble à une menace.

Brody m'a regardée en clignant des yeux, comme s'il me découvrait. Il a fait un pas en arrière et levé les deux mains.

— D'accord, tu as raison. Je suis désolé.

— Ça va, ça va, l'ai-je rassuré.

— On est encore capables de se demander pardon ! a-t-il déclaré en riant. On est loin des disputes de mes parents.

— Et des miens.

Sawyer nous a regardés tour à tour.

— Bon, ne m'obligez pas à revenir, a-t-il lancé avant de partir rejoindre Kaye sur la plateforme du pick-up de Brody.

— J'imagine qu'il n'y a rien de plus à ajouter, a repris Brody. Heureux de t'avoir connue, peut-être ?

Il a tourné les talons et a emboîté le pas de Sawyer.

— Qu'est-ce que ça veut dire ? me suis-je écriée, agacée pour la première fois.

Il s'est retourné et a continué de marcher à reculons.

— Rien, tu viens de me larguer.

— Oui, mais... (J'ai rapidement réduit l'espace qui nous séparait.) C'était le choc, tu comprends. Je me suis rendue folle en me demandant pourquoi les gens avaient voté pour nous deux. Quand j'ai découvert que ce n'était pas le cas, j'ai trouvé ça logique, finalement, et ma première réaction a été de me dire que nous ne devrions pas être ensemble ! Mais...

Il a secoué la tête.

— Quoi ? ai-je demandé.

— Ça ne va pas fonctionner. Tu seras constamment à deux doigts de rompre. Tu vas partir du principe que ça ne pourra pas fonctionner entre nous, et donc ça ne fonctionnera pas. Tout ça parce que la classe de terminale ne t'aura pas donné la permission de sortir avec moi. Vu qu'on ne va apparemment pas bien ensemble, eh bien, on ne peut pas être ensemble, si j'ai bien compris. Je n'ai pas envie de cette épée de Damoclès au-dessus de la tête, désolé.

Il a filé à grands pas vers sa voiture, ne s'interrompant qu'une seconde pour faire descendre Kaye et Sawyer de la plateforme, après quoi ce dernier a claqué le hayon. Brody s'est installé au volant, a démarré et a traversé le parking – sans faire crisser ses pneus ni laisser de traces de caoutchouc sur le béton, ce qui m'aurait aidée à me sentir mieux. Car j'aurais su alors qu'il était en colère et que je comptais pour lui. Le calme avec lequel il avait accepté mon annonce signifiait qu'il avait fait une croix sur moi. Il ne me demanderait pas de changer d'avis. Il n'essaierait pas de me rendre jalouse pour me reconquérir. Notre relation tout entière avait été une erreur.

Kaye m'attendait, adossée à sa voiture à côté de Sawyer. Des larmes ruisselaient sur ses joues qui scintillaient dans le soleil. Je savais qu'elle s'en voulait, même si elle n'était pas responsable.

— Kaye ne veut pas me dire ce qui se passe, s'est plaint Sawyer. C'est un secret, apparemment.

— En effet, ai-je confirmé.

— Eh bien dans ce cas, tu devrais tout me dire. Tu sais bien que je suis le meilleur colporteur de rumeurs qui soit. Je pourrais te délester de ce poids en faisant en sorte que le lycée tout entier soit au courant en quelques heures seulement. Tu n'aurais plus à craindre que le secret soit découvert, tu comprends ? Tu te sentirais mieux.

— Merde, Sawyer ! a craché Kaye, et l'écho de son juron s'est réverbéré longtemps dans le parking vide.

Kaye et Sawyer se chamaillaient constamment depuis l'arrivée de ce dernier en ville deux ans plus tôt, mais, s'ils s'exaspéraient mutuellement, ils ne s'étaient jamais vraiment engueulés.

— D'accord ! a-t-il crié en retour avant de s'éloigner vers son pick-up.

Je me suis appuyée contre la voiture à sa place.

— Je suis tellement, tellement désolée, a-t-elle sangloté.

— Ça ira, Kaye, je t'assure. Il valait mieux qu'on sache, de toute façon. Brody a raison : entre nous, ça n'aurait jamais collé.

— Vous vous amusiez si bien, tous les deux, a-t-elle protesté. Tu as dit que vous étiez heureux. Ça se voyait, d'ailleurs. Vos yeux pétillaient lorsque vous vous regardiez.

— C'était juste physique, j'imagine, ai-je dit dans un haussement d'épaules. Je trouverai bien un autre footballeur.

Kaye a reniflé bruyamment.

— Tu peux bien essayer de te convaincre. Le problème, avec le déni, c'est que ça fait super mal quand ça s'arrête. Quand ça arrivera, dans quelques heures, appelle-moi. Je serai là pour toi.

J'ai acquiescé de la tête. Mon cœur battait à tout rompre, mais je me sentais étrangement détachée.

— Tu sais garder un secret ? a repris Kaye.

— En effet.

— Devine qui a vraiment été élu « couple parfait qui ne s'est jamais formé »...

La réponse était inscrite sur son visage.

— Sawyer et toi ?!

— Et il me déteste. J'aurais préféré que cette élection débile n'ait jamais lieu.

— Il ne te déteste pas.

Je garderais son secret. Par ailleurs, si je révélais à Kaye que Sawyer en pinçait pour elle, cela ne mènerait à rien. Même si elle quittait Aidan, il n'y avait aucune chance que Sawyer et elle forment un couple durable. Néanmoins, je ne pouvais pas la laisser penser qu'il la détestait, puisque c'était tout le contraire.

En tout cas, j'étais d'accord avec elle sur un point :

— Ces élections sont la pire idée du siècle.

Je ne regrettais cependant pas d'en avoir entendu parler. Sans elles, jamais je n'aurais eu l'opportunité de passer la soirée d'hier sur la plage avec Brody. Même si nous avions sans doute pris la bonne décision en nous séparant, je chérirais à jamais le souvenir de notre complicité et du contact de son corps sur le mien.

De retour à la maison, j'ai trouvé ma mère dans le grand escalier de la demeure victorienne, en train de cirer le bois de la rampe.

— Où sont nos clients ? ai-je demandé.

— Tous sortis. Qu'est-ce qu'il y a ?

Comme j'avais profité du trajet à vélo pour faire mes exercices de respiration, j'ai été capable de répondre avec calme :

— J'aimerais prendre la pilule.

Il faisait sombre dans l'entrée ; seule une faible lumière filtrait par la fenêtre aux vitres teintées du palier. Malgré cela, j'ai vu ma mère devenir blême.

— Harper. Tu as eu des rapports non protégés ?

— Non, maman. Je n'ai couché avec personne.

— Merci, mon Dieu !

Elle s'est affalée, les bras ballants, les cheveux dans les yeux, comme si elle s'était évanouie. Après cette réaction quelque peu théâtrale, j'ai attendu qu'elle se redresse mais elle n'en a rien fait. Alors je lui ai tapoté la main.

— Ne me refais plus jamais une frousse comme celle-là !

— Justement. Brody et moi avons rompu, mais…

— Oh, ma puce ! a-t-elle murmuré en s'asseyant. Je suis désolée. Ça n'a pas duré très longtemps. Qu'est-ce qui s'est passé ?

— J'ai cassé. Puis j'ai voulu faire machine arrière, mais c'est lui qui m'a rejetée. Maintenant, je regrette.

— Pourquoi tu n'essaies pas de le convaincre ?

— Il est vraiment furieux, maman. Vraiment. Je ne lui en veux pas. C'est juste que… Hier soir, on est allés assez loin. On n'a pas couché ensemble, mais on en avait envie. Ça m'a fait peur. Ça m'a fait tellement peur que je crois que je l'ai repoussé à cause de ça. Je…

J'avais d'autres choses à dire, mais je ne pouvais pas. M'entendre dire à voix haute la véritable nature du problème a comme ouvert les vannes, et je me suis effondrée en pleurs dans les bras de ma mère.

Ma mère m'a raccompagnée à la maison et, pour une fois, m'a préparé à dîner. Nous nous sommes attablées et avons discuté pendant une heure – de Brody, des élections, de ce que tout cela signifiait pour moi. Je lui ai expliqué que cette histoire m'avait fait prendre conscience de l'étroitesse de mon monde. Je me contentais de faire ce que les autres voulaient ou attendaient de moi au lieu d'explorer toutes les possibilités qui s'offraient à moi.

— Pour la pilule, c'est un peu la même chose, ai-je poursuivi en reniflant. Je ne suis pas sûr de pouvoir récupérer Brody. Et, même si j'y parvenais, je ne dis pas que nous ferions l'amour. Au début, en tout cas. Mais je vais avoir dix-huit ans. Je vais bientôt entrer à la fac. Je crois qu'il est temps que je m'occupe de moi. J'en ai assez d'avoir peur de tout.

Maman a hoché la tête.

— Ce sont effectivement de bonnes raisons. On peut te faire prescrire la pilule, ce n'est pas un problème. Et je vois ce que tu veux dire quand tu parles de peur. C'est une décision importante. Tu as besoin d'avoir confiance, de te sentir protégée. Mais, Harper…, s'est-elle interrompue en me regardant avec insistance.

Oh-oh…

— Oui ?

— Si tu dois coucher avec un garçon et que tu ne te sens pas un peu nerveuse – d'une façon positive, je veux dire – c'est que tu ne devrais pas le faire.

— Oui, la nervosité est bon signe, parfois. (Je me suis frotté les yeux. Après quinze minutes passées à pleurer comme un bébé, j'avais dû retirer mes lentilles.) Au fait, je vais m'inscrire à la fac, maman. C'est décidé.

— Tu n'es pas obligée de décider tout de suite, a-t-elle répondu en haussant les épaules.

— Non, maman, ai-je protesté en lui prenant la main et en l'obligeant à se rasseoir. J'ignore pourquoi tu tiens tant à ce que j'arrête les études pour tenir la maison avec toi. Peut-être que tu as peur de te retrouver toute seule une fois que ton divorce avec papa sera prononcé. Mais tu n'as rien à craindre. Tu es une femme d'affaires, et tu as réussi. Tu n'as pas besoin de moi.

— Je ne sais pas si j'ai besoin de toi, mais j'ai envie que tu restes avec moi, a-t-elle expliqué dans un demi-sourire.

— Mais ce n'est pas ce que je souhaite, maman. Je n'ai même plus envie de t'aider à servir le petit déjeuner. Je devrais consacrer plus de temps à mes propres projets, qui m'aideraient à payer la fac. En plus, si tu embauchais un véritable employé, tu pourrais choisir quelqu'un de souriant et d'agréable ; tes clients y gagneraient au change.

— Oh, ma chérie, personne ne s'est jamais plaint de ta compagnie ! a-t-elle protesté.

— Tu dis ça parce que tu es ma mère. De mon côté, j'aimerais faire quelque chose pour toi, si tu le permets...

Elle a pris une profonde inspiration avant de m'inviter à poursuivre :

— Je t'écoute...

— J'aimerais témoigner en ta faveur au tribunal. Il faut convaincre le juge que papa et toi n'avez plus besoin d'un conseiller matrimonial, que votre mariage est irrécupérable. Une fois de plus.

Elle m'a regardée pendant un long moment.

— Ça ne te rendrait pas triste ?

— Non. Je vous aiderais volontiers tous les deux à tourner la page.

— Dans ce cas, je vais appeler mon avocat. Merci, Harper. Est-ce que tu as ton appareil photo de poche sur toi ? a-t-elle demandé en écartant une mèche de cheveux de mes yeux.

— Ouais.

Je l'ai sorti de ma poche et le lui ai tendu.

Elle l'a braqué sur moi et m'a photographiée.

— Nan ! me suis-je écriée en mettant mes mains devant mon visage.

— Pas mal, pas mal. (Elle a admiré sa photo et, satisfaite, m'a rendu l'appareil.) N'oublie surtout pas de l'imprimer pour garder une trace de cet instant. Je te promets une chose : quand tu auras mon âge, tu regarderas cette photo et tu te diras : « J'étais belle avec ou sans lunettes, quelle que soit ma tenue ou ma coiffure. Pourquoi ai-je perdu tant d'énergie et de temps à me soucier de mon apparence ? »

— Maman, me suis-je moquée avec un reniflement dédaigneux. C'est un truc que disent les vieux !

— Écoute-moi, a-t-elle insisté en tapant sur la table pour appuyer son propos. Nous, les vieux, nous ne disons pas que des conneries !

Quelques minutes plus tard, j'ai sonné à la porte de mon grand-père. J'ai entendu du bruit à l'intérieur, mais il ne m'a pas ouvert.

— Papy !

— Qui est-ce ? a-t-il aboyé.

— Devine.

— Je suis occupé, a-t-il répondu.

— Papy, est-ce que tu as tué quelqu'un ? ai-je crié pour me faire entendre.

— Quand ?

— Récemment. Tu caches un cadavre chez toi ?

— Non.

— Laisse-moi entrer, alors.

— Non.

— Tu sais quoi ? Je commence à croire qu'il se passe des trucs louches chez toi. Si tu ne m'ouvres pas tout de suite, j'appelle la police !

— Chiche !

J'ai réfléchi quelques secondes.

— Bon, j'appelle maman.

La porte s'est entrouverte, et la chaînette de sécurité s'est tendue.

— Ouvre complètement, s'il te plaît...

Son visage est apparu dans l'ouverture. Il m'a fait les gros yeux, avant d'ouvrir en grand.

Sans lui laisser le temps de protester, je me suis faufilée sous son bras et j'ai filé directement vers la pièce du fond qui lui servait d'atelier.

— Harper !

Mais j'avais déjà franchi le seuil de l'atelier et vu ce qu'il ne voulait pas que je voie. J'ai poussé un cri.

— Aaah ! a couiné la dame nue.

— Je suis désolée ! me suis-je excusée en reculant dans le couloir, les mains sur les yeux.

— Ce n'est rien, ma petite, m'a rassurée la femme.

Un instant plus tard, elle sortait de la pièce enveloppée d'un luxueux déshabillé en soie. Ses cheveux roux étaient attachés sur le sommet de sa tête, et elle était très maquillée, quoiqu'avec goût. Elle était plus jeune que mon grand-père et plus âgée que ma mère, et son corps était toujours sublime. Je pouvais l'affirmer car j'en avais vu le moindre centimètre carré. Ce qu'elle ne montrait pas quand j'ai surgi dans l'atelier était dévoilé sur les tableaux de mon grand-père accrochés aux murs de la pièce.

— Bonjour, je suis Harper, sa petite-fille, ai-je lancé en tendant la main.

— Et moi Chantel, son modèle, a-t-elle répondu en me serrant la main.

— Ha, ha ! Je vous prie de m'excuser. Je commençais à me dire que mon grand-père dissimulait chez lui une fumerie d'opium, des combats clandestins ou pire. Il aime tellement le secret.

— Oui, il est du genre fort et silencieux, a confirmé Chantel en m'adressant un clin d'œil.

Après quoi je suis retournée dans l'entrée, où papy fulminait encore.

— Papy, tu es un artiste. Et un homme.

— Un adulte, aussi…

— Certes. Tu as tout à fait le droit de demander à Chantel de poser nue pour toi dans ton atelier. Le problème, c'est ton comportement, que je qualifierais de bizarre !

— J'ai soixante-huit ans ! a-t-il crié. Je me comporte bizarrement si ça me chante !

J'ai poussé un soupir de frustration. Mon grand-père avait raison – cela faisait bien longtemps que son attitude était étrange, et il y avait peu de chance que mes protestations l'encouragent à se remettre en cause. J'étais contente de savoir que, même si je devenais un jour une vieille bougonne comme lui, je pourrais avoir d'agréables jardins secrets tels que celui-là.

— Je suis venue pour voir si tu avais regardé la météo. L'ouragan a été rétrogradé en tempête tropicale, mais on va avoir de la pluie et peut-être des tornades, demain.

— Parce que tu crois que je n'ai pas de smartphone ?

— Je n'ai jamais vu ton smartphone, figure-toi, ai-je protesté. Il faut dire que tu ne me laisses jamais entrer chez toi ! (J'ai pris une profonde inspiration pour me calmer.) Et sinon, tu me prêtes ta voiture ? Je te la ramène demain après les cours.

— Non. D'ailleurs, je ne voulais pas non plus te la prêter le jour de la Fête du travail. Chantel et moi allons peut-être sortir manger une glace tout à l'heure.

Je me suis passé les mains dans les cheveux et me suis mordu les lèvres pour ne pas éclater de rire, me mettre à hurler ou les deux en même temps. Grand-père faisait preuve de mesquinerie, mais j'étais soulagée d'apprendre que c'était parce qu'il était amoureux.

Je me suis raclé la gorge.

— Je pourrais passer demain matin pour prendre la voiture et te la ramener dès la fin des cours. Papa et maman ont rendez-vous au tribunal pour le divorce. Maman devra y être bien avant moi car elle doit d'abord voir son avocat. Et je n'ai pas envie de manquer une journée entière d'école. J'y vais pour attester du caractère irrémédiable de leur séparation…

Mon grand-père a souri – je ne l'avais pas vu sourire depuis très, très longtemps.

— Dans ce cas, je viendrai déposer la voiture chez vous.

Le lendemain à midi, j'étais assise sur un banc poli dans le hall dallé de marbre du tribunal de Clearwater, à tenir la main de ma mère en attendant l'audience de divorce. Son avocat était là. Celui de mon père était assis en face de nous. Mon père, en revanche, n'était pas encore arrivé. Avec un peu de chance, m'avait murmuré ma mère, il ne montrerait pas le bout de son nez, et l'audience pourrait aller à son terme.

Le tonnerre grondait dehors.

Dix minutes avant l'heure de l'audience, la grande porte d'entrée du tribunal s'est ouverte, et j'ai retenu mon souffle.

Heureusement, il ne s'agissait pas de mon père. Grand-père et Chantel sont apparus, abrités sous un énorme parapluie. Derrière eux, j'ai vu leur taxi s'éloigner.

Je me suis tournée vers ma mère. Elle avait la bouche grande ouverte. Je me demandais ce qui la surprenait le plus : que son père soit venu la soutenir ou qu'il soit accompagné d'une belle et élégante femme qu'il tenait par le coude.

Mon grand-père a replié le parapluie et l'a posé contre le mur, avant de présenter Chantel à maman. Celle-ci était tout sourire comme ils s'éloignaient tous les trois pour discuter à voix basse.

Je voulais que maman passe un peu de temps seule avec eux. Et puis, j'étais trop nerveuse pour faire la conversation à qui que ce soit. J'ai regardé la pendule en croisant les doigts.

Cinq minutes avant l'audience, la porte s'est de nouveau ouverte et, cette fois, mes craintes se sont avérées justifiées. Mon père est apparu, vêtu de son uniforme de garde-côte. Bien que trempé de la tête aux pieds, il avait tout du père de famille digne et élégant. Mais je savais ce qu'il en était réellement…

Il a jeté un regard circulaire sur le hall, s'est attardé sur son avocat, puis sur celui de maman, avant d'aviser cette dernière et son père. Enfin, il s'est tourné vers moi.

— Harper, a-t-il appelé sèchement en désignant ses pieds, comme il aurait prononcé un ordre.

Sans regarder ma mère, je me suis levée, par habitude. J'avais traversé la moitié du hall quand je me suis rendu compte que je me comportais comme un bon toutou. Mais il était mon père, et je me devais de lui obéir – jusqu'à ma majorité en tout cas.

Il m'a fixée du regard, essayant de m'intimider. Cela fonctionnait. La tension était telle que j'ai eu envie de loucher pour détendre l'atmosphère.

— Si tu témoignes contre moi aujourd'hui, tu n'es plus ma fille. Tu m'as compris ? Je paierai une pension jusqu'à tes dix-huit ans comme la loi m'y obligera mais, après cela, tu n'existeras plus.

J'étais subitement consciente du froid qui régnait dans ce tribunal. J'ai croisé les bras pour me réchauffer et j'ai dit :

— Pour moi, tu n'existes plus depuis que tu m'as hurlé après mercredi dernier. Maintenant, les choses sont claires pour nous deux.

J'ai pivoté sur mes talons et je suis retournée vers mon banc.

Maman et papy m'ont regardée par-dessus leur épaule.

Je me suis figée au milieu du hall. C'était exactement ce que j'avais fait la veille : j'avais largué Brody, et je m'en étais aussitôt mordu les doigts. Prendre ma vie en main était une chose ; en jeter des pans entiers à la poubelle en était une autre.

Je suis retournée devant mon père et j'ai mis mes mains sur les hanches. Il serrait les dents et clignait des yeux en ravalant ses larmes.

— Je n'en pensais pas un mot, l'ai-je rassuré. Quoi qu'il arrive, tu resteras toujours mon papa.

Et pourtant, je lui en voulais beaucoup de ce qu'il venait de dire et de la manière dont il avait traité maman pendant des années. Mais j'ai repensé à ces moments, quand j'étais toute petite, avant que nous partions en Alaska, où il m'emmenait sur la plage de papy et où il me faisait tournoyer dans les vagues chaudes.

Je me suis hissée sur la pointe des pieds et je l'ai embrassé sur la joue.

Chapitre 17

Quelques minutes plus tard seulement, je suis ressortie du tribunal en tant que fille d'un couple bientôt divorcé. Dieu merci ! Je n'avais même pas eu besoin de témoigner en faveur de ma mère. Cette fois, mon père n'avait pas contesté la décision du juge ni demandé à voir un conseiller matrimonial. À la fin, maman m'a serrée dans ses bras en me chuchotant à l'oreille que c'était grâce à moi. Je me sentais tellement bien que je m'attendais à découvrir un ciel bleu et un arc-en-ciel au sortir du tribunal.

Au lieu de quoi la tempête tropicale était arrivée. Il pleuvait si fort qu'il y avait trois centimètres d'eau sur le trottoir. J'ai ouvert mon parapluie et pataugé jusqu'à la voiture de mon grand-père.

Une fois dans l'habitacle, j'ai allumé mon téléphone pour vérifier mes messages. Quelques minutes plus tôt seulement, j'avais reçu un SMS de Brody qui me demandait où j'étais. Je n'avais prévenu personne que je comptais m'absenter après l'heure d'étude surveillée.

Malgré tout ce qui s'était passé, il se souciait encore de moi. Je me suis sentie rougir, ce qui signifiait que j'étais bien atteinte.

Je lui ai répondu : « *Mes parents divorcent, youpi ! Je rentre du tribunal.* » Puis j'ai rangé mon téléphone dans mon sac et jeté celui-ci sur la banquette arrière afin de ne pas être tentée de regarder tout le temps s'il m'avait répondu. J'avais fait pas mal de bêtises, ces derniers temps, mais je n'étais pas bête à ce point. J'étais au volant, après tout.

Sur le trajet, j'ai eu l'impression d'entendre mon téléphone biper tout le temps. J'étais persuadée que Brody m'avait répondu et je mourais d'envie de savoir ce qu'il pouvait bien m'avoir dit. Mais avais-je réellement entendu mon téléphone ? Il pleuvait à torrent, et j'avais l'impression que la voiture était la cible de centaines de lances à incendie. Impossible de dépasser les cinquante kilomètres-heure sans risquer de perdre le contrôle du véhicule.

Quand je suis enfin arrivée sur le parking du lycée, il ne pleuvait plus. Malheureusement, le calme n'était sans doute que temporaire. L'atmosphère était humide, l'asphalte chaud, et l'air sentait la pluie. Le ciel, gris clair, tourbillonnait étrangement.

J'ai pris mon appareil et mon trépied, traversé en courant le parking plein de voitures mais vide de gens et je me suis dirigée vers le stade. Courant tellement vite que j'en avais mal aux jambes, j'ai gravi les marches de la tribune la plus haute et j'ai regardé par-dessus le garde-corps.

Au-delà du campus s'étirait un quartier résidentiel. Des toits pointaient à travers une couverture épaisse composée de feuilles de palmiers et de chênes. Puis venaient le ruban fin et blanc de la plage, et de furieuses vagues grises.

Une trombe marine – une tornade qui se balade sur l'eau plutôt que sur la terre ferme – serpentait de façon élégante entre les nuages noirs et l'océan, ondulant telle une danseuse. Elle brillait d'un éclat blanc sur la toile du ciel.

Heureusement, j'étais devenue une experte en installation de trépied, fixation d'appareil et réglages. Quelques secondes plus tard seulement, j'étais en train de mitrailler ce spectacle, puis de changer les réglages et de le mitrailler encore. Ainsi, sur des centaines de clichés, il y en aurait au moins un de parfait.

Plusieurs minutes se sont écoulées avant qu'il me vienne à l'esprit qu'il y avait forcément d'autres tornades. Nous n'avions pas de sirènes pour nous prévenir de l'arrivée de ce genre de phénomène dans le comté de Pinellas, aussi convenait-il d'être prudente. Je me suis tournée vers les terres, mais il n'y avait rien dans mon dos. En revanche, Brody était là, qui se tenait tout en bas, à l'entrée du stade.

— Des éclairs ! a-t-il crié en désignant le ciel au sud en train de clignoter – littéralement.

Je me suis tournée vers ma trombe et j'ai eu le temps de prendre une dernière série de clichés avant que le phénomène se rétracte et disparaisse dans les nuages. Puis j'ai attrapé mon trépied sans en détacher l'appareil et j'ai descendu l'escalier quatre à quatre.

— Il y a une alerte-tornade, m'a annoncé Brody en m'accompagnant, une main dans mon dos, vers le lycée. Le danger est suffisamment proche pour que tout le monde soit accroupi dans les couloirs, les mains sur la tête. Je craignais que tu ne puisses pas entrer car les portes sont bloquées. Mais Mme Patel a accepté que je sorte pour voir si... Qu'est-ce que tu fais ?

Je me suis installée au volant de la voiture de mon grand-père.

— Monte. La voiture nous protégera de la foudre, ai-je dit en ouvrant mon ordinateur portable et en y branchant mon appareil photo.

— Tu te connectes ? s'est étonné Brody.

— J'ai photographié la trombe. Je vais tenter de vendre mon boulot au *Journal de Tampa*.

— Harper, a-t-il dit comme je pianotais. Harper, tu te rappelles quand je t'ai dit que tu pouvais prendre des risques uniquement lorsqu'ils étaient calculés ? Si ta photo est publiée, le lycée saura que tu étais dans les gradins pendant la tempête. Tu pourrais être exclue. Garde tes photos pour ton portfolio. Peut-être que…

— Je ne suis pas dans l'enceinte du lycée. L'établissement ne sera pas responsable s'il m'arrive quelque chose.

J'ai terminé de taper l'adresse e-mail du rédacteur en chef du *Journal de Tampa* et ajouté une photo en pièce jointe.

— Tu ne braves pas ces dangers uniquement pour me reconquérir, n'est-ce pas ?

— Une seconde, s'il te plaît… (Une fois le fichier chargé, j'ai cliqué sur « envoyer ».) Qu'est-ce que tu disais ?

— Rien, rien, a-t-il répondu en me lançant un regard en coin.

— J'adorerais sortir de nouveau avec toi, ai-je subitement lâché, aiguillonnée par l'adrénaline qui inondait mon organisme. On s'amusait vachement bien, tous les deux, et je n'ai pas envie de faire une croix là-dessus. Nos camarades prennent forcément du crack, autrement, ils auraient voté pour nous deux.

Il s'est penché vers moi et m'a prise dans ses bras. J'ai posé la tête contre son épaule. Il m'a serrée avec douceur et m'a mis les doigts dans les cheveux.

— Oui, madame, a-t-il dit enfin en me lâchant. Maintenant, rejoignons les autres avant d'avoir des ennuis.

Nous avons traversé le parking en courant. À l'intérieur du lycée, les élèves étaient assis contre les murs sur trois rangées. Comme nous nous apprêtions à nous asseoir aussi, la sonnerie a retenti pour signifier la fin de l'alerte. Tout le monde s'est levé en s'étirant.

— Vu qu'on a une minute devant nous…, ai-je commencé en posant la main sur le torse de Brody. Je me disais… Si je proposais à M. Oakley de reprendre mon poste de photographe pour l'album, peut-être qu'il accepterait de faire quelques concessions. L'imprimeur n'attend pas mon travail avant vendredi. Je pourrais demander à refaire la maquette horrible de Kennedy et à remplacer notre photo.

— Pourquoi, tu as une nouvelle idée ?

J'ai dévissé mon appareil de son trépied, fait quelques réglages et l'ai mis entre les mains de Brody.

— Tu as le bras plus long, donc tu vas te charger du selfie. L'appareil va prendre cinq photos d'affilée. Essaie de sourire jusqu'au bout.

Nous avons collé nos têtes l'une contre l'autre.

— Un, deux…

J'ai souri, et le flash nous a illuminés. Nous étions bousculés dans tous les sens par la cohue. Puis nous nous sommes rapprochés des casiers pour regarder le résultat. Nous avons ri tous les deux. Brody avait l'air heureux et satisfait. Moi, je paraissais excitée. Derrière nous, le couloir était plein de monde ; certains tiraient la langue à l'objectif, d'autres ne faisaient pas attention à nous, absorbés par leur propre vie.

— J'aime ce concept, ai-je dit. Tu vois, le lycée tout entier est derrière nous.

— J'aime tes lunettes. Tu es super sexy comme ça. Viens par ici.

Il m'a entourée de ses bras.

— C'est interdit par le règlement intérieur, ai-je protesté. Je croyais que tu avais peur de te faire attraper…

— Je m'en fous, a-t-il murmuré dans mon oreille. J'avais peur que tu sois prise dans la tempête. Je suis heureux qu'il ne te soit rien arrivé.

Il m'a serrée encore une fois.

Pendant le match du vendredi suivant, le photographe du journal local est venu me serrer la main sur le bord du terrain. J'étais très impressionnée car je le voyais photographier les rencontres de notre équipe depuis des années. Depuis tout ce temps, je voulais être lui.

— Vous êtes Harper Davis, n'est-ce pas ?

— Oui, c'est moi.

Il s'est présenté, puis m'a dit :

— Superbe, votre photo de la trombe dans le *Journal de Tampa*.

— Merci. J'ai eu un coup de bol. Et mon trépied.

— Vous êtes une photographe, a-t-il répliqué. Le bol, il faut aller le chercher. Même au moment où nous parlons, vous ne lâchez pas le match des yeux. Vous êtes à l'affût de la bonne photo.

J'ai souri parce que c'était vrai. Je suivais le match, déterminée à ne pas manquer une action importante.

— Vous êtes encore lycéenne ? Votre travail est impressionnant. Je suis sûr que vous irez loin.

Nous avons discuté pendant quelques minutes de mon appareil, du sien, des photos qu'il avait prises de la tempête Debby, quelques années plus tôt. Pendant que je lui parlais, mon regard s'est posé sur Brody, occupé à rire avec le policier qui montait la garde devant l'entrée du stade lors de chaque rencontre.

Reviendrions-nous dans cinq ou dix ans, Brody et moi, moi pour prendre des photos des matchs, lui pour en assurer la sécurité ? Ce n'était pas forcément notre futur, mais c'en était un envisageable. Un avenir agréable à imaginer. Un avenir que je n'aurais jamais pensé possible sans ces élections aux résultats mal interprétés – une erreur qui nous aura aidés à comprendre qui nous étions vraiment.

Le photographe s'est éloigné à la recherche d'un meilleur angle, tandis que l'équipe visiteuse dégageait le ballon et que Brody courait vers le centre du terrain en retirant son casque.

Au milieu de l'attaque qui a suivi, il a été plaqué au sol. J'étais justement en train de zoomer sur lui quand c'est arrivé.

J'ai lâché mon appareil, qui a pesé de tout son poids sur la sangle, et j'ai plaqué mes deux mains sur ma bouche, horrifiée.

D'un seul coup, les cinq mille spectateurs du stade se sont tus. Les entraîneurs ont accouru sur le terrain. Les deux équipes en ont profité pour faire une pause. Les secouristes de garde se sont précipités vers le blessé en poussant un brancard.

J'étais certaine qu'il était paralysé jusqu'à ce que Noah, énorme avec ses protections et son casque, me rejoigne en courant et me dise, tout essoufflé, en posant les mains sur mes épaules :

— Brody va bien.

— Brody va bien ? ai-je couiné.

— Disons qu'il s'en remettra. Il n'a pas pris de coup sur la tête. Le coach a demandé un brancard par précaution à cause de la commotion de cet été. Cette fois, il a juste reçu un coup au plexus.

— Merci, ai-je soupiré.

— Je ne pouvais pas te laisser te faire du mouron.

— Merci, Noah, ai-je lancé en enroulant mes bras autour de son maillot trempé.

— Et je ne lui suis même pas tombé dessus, en plus, a-t-il ajouté en posant une main gantée sur ma tête. Bon, il faut que j'y aille.

Il s'est dégagé et s'en est allé sur le terrain, rejoignant le reste de notre attaque, ainsi que le quarterback remplaçant. Dix personnes entouraient le brancard qui quittait le terrain en direction de l'ambulance. Le stade tout entier s'est levé pour applaudir Brody.

Ravalant mes larmes, je me suis dirigée vers la camionnette. Les soigneurs s'activaient autour de Brody. Les entraîneurs montaient à tour de rôle dans le véhicule. La mère de Brody est apparue, les joues maculées de larmes et de maquillage. Je l'avais vue à d'innombrables fêtes d'école et sur des photos à l'occasion des soirées qui se tenaient parfois chez elle quand elle était absente.

J'ai attendu, le cœur battant à tout rompre.

Un à un, les entraîneurs sont repartis auprès de l'équipe, sur le bord du terrain. J'avais du mal à croire ce que Noah avait dit, que Brody allait bien, et il a fallu que je voie la mère de Brody descendre de l'ambulance en s'essuyant les larmes avec un sourire pour être rassurée. Enfin, elle a contourné la barrière pour retourner dans les tribunes.

J'ai poussé un énorme soupir de soulagement et je me suis approchée de la camionnette.

— Pas de photo, a lancé un secouriste assis sur le pare-chocs à regarder le match, en montrant mon appareil.

— Je suis sa petite amie.

— Oh, a-t-il fait en s'écartant pour me laisser monter.

Ce que j'ai fait, le cœur battant fort et vite. Peu importait ce que Noah avait dit ; voir Brody étendu sur un brancard pas tout à fait assez grand pour lui, entouré d'équipement médical sinistre, était terrifiant. Son casque, ses protections et son maillot formaient un monticule dans un coin. Il portait un maillot de corps de sport avec des protections *high tech* sur les flancs. Les bras croisés sur la poitrine, il paraissait frêle, jeune et vulnérable. Ses longs cheveux humides s'étaient échappés de son bandeau et lui collaient au front. Ses paupières étaient closes.

Je lui ai pris la main et je l'ai serrée.

Il a serré la mienne en retour, ouvrant un œil pour me regarder. Avant de le refermer.

— Je vais bien. J'ai juste perdu mon souffle pendant une minute.

— C'est tout ?

Il a ri.

— Tu as vu le mec qui m'a percuté ? Il devait peser dans les deux cent cinquante kilos.

Le mec n'était pas si gros que cela, mais les joueurs semblaient toujours énormes aux quarterbacks qu'ils essayaient d'écrabouiller. J'ai décidé d'effacer cette série de photos.

— J'étais en train de… (Il a inspiré profondément, avant d'expirer lentement.) … en train de faire les exercices de relaxation que tu m'as montrés. Je crois que je peux y retourner.

— Tu es sûr ?

Il y avait bien trop peu de temps que je l'avais vu étendu, immobile, sur le terrain.

— Les secouristes sont d'accord. Je n'ai reçu aucun choc à la tête.

— Le saurais-tu forcément si tu avais pris un coup dans le crâne ?

— Non, a-t-il admis.

J'ai lâché sa main et brandi sept doigts.

— Sept, a-t-il dit.

— Qui est ton meilleur ami ?

— Noah.

— Depuis combien de temps jouez-vous au foot ensemble ?

— Depuis le CE2.

Il répondait à chaque question sans hésiter. Son cerveau fonctionnait normalement.

— Qu'est-ce que tu fais après le match ? lui ai-je demandé.

— Je vais au *Crab Lab*. Avec toi. Nous n'avons pas parlé de ce que nous ferions après, mais je pensais t'emmener sur la plage de ton grand-père afin de te montrer que nous formons un couple parfait.

— Ah oui ? ai-je fait mine de m'étonner. Et tu as hâte ?

Il m'a fait signe d'approcher avec son doigt. Je me suis penchée vers lui.

— Ce sera notre plus belle nuit, a-t-il murmuré.

Puis ses lèvres se sont posées sur les miennes pour un baiser sexy.

— Putain, je sens que je vais morfler, demain, a-t-il lancé en se redressant avec force grimaces. Mais, pour l'instant, je me sens super bien. Allez, c'est l'heure d'aller jouer un peu au foot !

J'ai ramassé ses protections.

— Tu es complètement fou, tu sais ? Je crois bien que tu t'es cogné la tête.

Une fois équipé et rhabillé, il a sauté de la camionnette et m'a fait un dernier signe de la main avant de rejoindre ses coéquipiers en trottinant pour terminer son aventure.

J'ai brandi mon appareil photo et j'ai immortalisé ce moment.

REMERCIEMENTS

J'adresse mes plus sincères remerciements à mon éditrice et pom-pom girl préférée, Annette Pollert. Tous les auteurs de fiction pour jeunes adultes devraient avoir une éditrice qui dessine des petits cœurs sur leurs manuscrits.
À mon agent extraordinaire, Laura Bradford. Sans toi, je ne serais pas là.
Et à Victoria Dahl, ma sœur d'arme face aux critiques, la meilleure qui soit.

Achevé d'imprimer en juin 2017
Par CPI France
N° d'impression : 3023651
Dépôt légal : juillet 2017
Imprimé en France
36231227-1